U0050245

嫡女策

4

文創 風 047

西蘭 著

目錄

第八十五章　重理家事

杭天曜溫熱的氣息撲到風荷臉上、脖頸裡，引起一陣輕微的顫慄，她無措的扭了扭身子，試圖背對著杭天曜。

時至今日，她還沒有做好心理準備。她自然不是因為兩人沒有愛情而拒絕杭天曜，而是因為時候未到，於她而言，這種事也是經過精密計算的，要發生在最適當的時間，那種從未見過面、新婚初夜就把自己交給男子的女子，第一步就失了先機。

任是杭天曜再腹黑，也不可能想到他的妻子從新婚當日就給他設了一個局，他卻一步步陷進去，化為她手心的繞指柔。他理所當然地以為那是一個女孩兒對初次的恐懼，或是對他的不信任。

而實際上，杭天曜並不是完全沒有私心的，他亦想用這種方式感動風荷，想看到她心甘情願在自己身下的魅惑風姿。不然，以他一個成熟男子，只怕早就忍不住了。過去，為了安全他對那些女子都是避而遠之的，只有風荷讓他覺得安心，卻不得不忍耐著，他相信自己堅持不了太久了。

杭天曜沒有阻止風荷背對著自己，他也側了身，從背後環繞著風荷，一手在她腰間流連，一手游移到了她的胸前。肚兜薄如蟬翼，他能清晰感到她身體的曲線與肌膚的每一寸質感，細膩得有如最上等的瓷器，有微涼的觸覺。

風荷倒吸一口涼氣，狠狠咬住了唇角，沒有叫出聲，只是身體不受控制的緊繃起來。她再一次想要脫離他的懷抱，但沒有料到她的摩擦使得他已經堅硬的地方越發滾燙起來，她甚至能感到那個東西狠狠頂在她大腿側。

這樣的結果使杭天曜哭笑不得，他很想解釋自己不是色狼，可他的舉動實實在在把他此刻的心思暴露無遺。他苦笑著往後挪了挪，拚命吸了一口氣，聲音喑啞地喚道：「娘子，娘子？」

尷尬使得風荷小小的結巴起來。「呃，什麼……什麼事？」

其實，杭天曜只是試探著喚她，並沒有事情，絞盡腦汁想起之前太妃讓風荷學著管家的事情，忙道：「妳明兒開始就要跟著王妃學管家了嗎？」

「嗯，是啊，你有什麼話要囑咐我的嗎？」風荷漸漸放鬆下來，身體開始柔軟，語調平緩。

「妳那麼能幹聰明，我有什麼可說的。也虧了祖母，想到在這個時候讓妳學管家，三哥、五弟那邊都被自己院裡的事弄得焦頭爛額，估計沒有時間來給妳使絆子了。只要他們不動，其他幾房弄不出什麼么蛾子來，妳能輕鬆不少。」杭天曜隨著風荷的柔緩迫使自己冷靜下來，他用心想事，倒沒有先前那麼難受了。

風荷心裡是很感激太妃的，自她進府一直頗為照應，又竭力為他們爭取，上次管家被人暗中破壞，這次再不能容許發生那樣的事了，不然對她的能力是極大的否定，她勢必要打起十二萬分的精神去應付。她輕道：「是呀，祖母這般為我們著想，我們不能讓她失望了。五弟那邊，出了什麼事不成嗎？」

杭天曜壞壞地笑道：「算不得什麼事，不過是爭風吃醋罷了。」

風荷只是愣了一瞬，很快就了然於心，笑道：「莫非是要給五弟房裡安排人了。照理說，這也符合規矩，五弟妹身子不好不能伺候，安排一、兩個房裡人是應當的，難道五弟妹不願？」她想起蔣氏的性情就知事情沒有這麼容易，但有些事是勢在必行的，不由抿嘴道：「即便王妃憐五弟妹受屈，可這憐惜之情能持續多久，總及不上對自己兒子的疼愛。五弟妹若是個聰明的，就應受了，不然王妃、五弟那裡，她都得不了什麼好。」

這絕對是風荷的肺腑之言，如果是她，對自己的夫君沒有十足的把握之前，不會在納妾之事上與他對上。男人都是有逆反心理的，妳越反對，他越要那樣行事；妳若委委屈屈接受，他反而能憐愛妳幾分，心中升起悔意。當然，對現在的杭天曜來說，這一點不符合，因為他已經有太多妾室了，風荷有足夠的理由拒絕。

聽了風荷的話，杭天曜倒是哈哈笑了起來。「我還以為妳這小醋罈子會同情蔣氏呢，沒想到妳心眼這麼壞啊。我哪日想要納妾了，妳許是不許呢？」

風荷保證，自己不是有心看蔣氏的笑話，而是真心為她好，夫妻之間，計較的不是一時的得失，而是長久的拉鋸戰。她難道就沒有委屈，杭天曜那麼多的妾室，外頭還不知有多少女人呢，她不一個個歡歡喜喜接受了，難不成把她們趕出去？

倘若她那樣做了，只怕一開始就徹底失了杭天曜的心，風荷自問自己不是那樣剛烈的人，她只在關鍵時刻強硬，平時嘛，就得溫溫柔柔伺候那個男人。

她轉過身來，將面頰貼在杭天曜臉上，低語道：「有一日，你看上了別的女人，我也不攔你納妾，一定為你辦得風風光光的。只從今以後，你也別怪我待你清冷，我為你盡一個妻子的義務，卻不是你的玩偶，你不用指望我會為你哭哭啼啼以淚洗面的，君若無心我便休。」她的聲音嬌弱得似春日剛發芽的柳條，隨意一折就會斷裂，偏偏迎風拂動，讓人一時還抓不住。

杭天曜每次都不能自已的沈淪在她淡淡哀傷的語調裡，為她的難過而心痛，為她的憂愁而苦悶，他緊緊摟著她，讓她貼靠在自己胸前，讓她聽自己的心跳。

夜，靜靜滑過。

安慶院比往日更顯肅穆些，王妃還在裡屋。風荷一早用了飯，先去太妃那邊請了安，伺候了杭天曜出門，就來王妃這裡了。

姚黃等幾個大丫鬟都沒有在裡邊伺候，而是在堂屋或是廂房裡各做各的，見了風荷進來，紫萱已經笑吟吟迎上來。「四少夫人來得真早，娘娘那邊還有些事，四少夫人先用些茶水吧。」

紫萱本來生得不錯，尤其今日的氣色上佳，一身嫩黃的衣裙，襯得她如最嬌嫩的花瓣，言語間也比往時不同些。

風荷暗暗詫異，隨著她去了耳房坐下，仔細打量她行事。她從小丫鬟手中接過茶，親自奉給風荷，行動間隱隱有輕快宜人的感覺，風荷更覺驚訝。

她與王妃的接觸多半都在太妃院裡，所以對王妃身邊幾個丫鬟並不熟悉，也就幾個大丫鬟能叫出名字來，四個貼身大丫鬟，分別是姚黃、綠漪、紫萱、紅袖，六個二等大丫鬟的名字倒是好記，都是帶月的，攏月、搠月、待月、月容、月華、月清。其餘許多小丫鬟卻是記不住了。

這個紫萱她只是會過幾面，感覺是個有點心高氣傲的丫鬟，平日待人不甚熱情。她應該是府裡家生子，爹娘都在府裡的，年紀看著近二十了，也到了配人的時候。以前來，她似乎沒有這麼熱情，難道好事近了？

王妃從前陪嫁來的丫鬟都嫁人生子了，現在這些都是王府裡挑上來的。

外頭傳來略重的腳步聲，風荷屏聲細聽，不像是女子的，王爺此時上朝去了，那可能是五少爺的了。從腳步聲聽來，好像有些煩躁，隨後有丫鬟的問安聲，的確是杭天睿。不過怪異的是，杭天睿腳步不停，也沒招呼人，就遠遠地去了。

以杭天睿的脾氣，待下人是頗和氣的，尤其這裡的都是他母妃跟前的姊姊，他至少要有禮才行，看來是心情不好。風荷對昨晚杭天曜說的更有幾分把握了，心下冷笑。

不過一小會兒，王妃就遣人來喚她了。她忙起身，平整了衣衫，就隨著丫鬟過去。

王妃穿著藕絲琵琶衿上裳和銀紋繡百蝶度花裙，妝容比平時略濃些，風荷一眼就瞥見了她眼底淡淡的鴉青色，知她事事不順沒有歇好，故用妝容掩蓋著。那魏平侯老夫人的病，也不知是真病還是假病。

風荷福身行禮。「媳婦給母妃請安。」

王妃勉強笑著道：「不用這些虛禮。這些日子來，府裡事情一件連一件的，我一個人忙不過來，恰好還有妳能幫著些。往後妳慢慢會了，就能替我分擔一部分去，也讓我能好好養幾日。」

風荷可不敢受她這話，忙帶了三分慌亂地道：「媳婦年幼，從沒有學過管家，只怕做不好，反而累得母妃給媳婦收拾亂攤子。媳婦愚笨，不敢期望能稍解母妃的煩勞，只求能陪著母妃說說話，讓母妃鬆散鬆散。何況等三嫂與五弟妹身子好轉，就能為母妃分憂了。」

「妳呀，就是謙虛，連王爺都在我面前讚過妳行事妥貼的，比妳五弟妹強多了。我母親病了，我今兒要回去看看，府裡的事妳多照應著些，有不懂的就請太妃娘娘拿主意。左右都是有舊例可循的，下人僕婦們有不好的該打就打該罰就罰，妳不要不好意思，免得那些下人欺妳年輕。」王妃聽了她的話，臉色好轉不少。

「是，媳婦謹遵母妃的教誨。」風荷可不信她會把事情真的交給自己處置，只怕會把府中的事一一安排妥當之後才走，何況即使她走了，不是還有茂樹家的嗎？自己不過是個跑腿的而已。

誰知王妃接下來這句話真把她嚇了一跳。「這才好。咱們王府說大不大，說小也不小，每日的事情沒有幾百樣也有幾十樣，妳剛接觸可能一時間沒個頭緒的。所以我的意思呢，妳先學著打理帳房，等帳房的事情熟了，府裡一大半的事務就弄明白了。那時候再各處走走看看，心裡有了譜，上手就容易多了。妳看好是不好？」

王妃笑咪咪的，彷彿真把她看成自己兒媳婦待，滿心傳授經驗。

若是那些沒見過世面沒管過家的，估計一聽說是打理帳房就樂得找不著北了，而風荷卻是暗中出了一把汗。

王妃啊王妃，果然對她使心眼，閨閣女子，雖會學點簡單的管家小事，可是對帳房多半是一竅不通的。那些帳冊，一拿到手就能看得人暈頭轉向，沒個幾個月根本理不出一個頭緒來；假設不識字沒有學過算術的，那就別想看懂了。

許多大家族，都是分內帳與外帳的，一般女子只管內帳，外帳自有爺們打理，因為外帳比內帳更加繁雜瑣碎幾倍。而莊郡王府不同，外帳也併到了內帳處，都由王府的當家主母一處料理，能讓人學上幾年呢。

風荷要沒有一點看帳的經驗，去了帳房就沒出頭之日了，還有帳房那些老先生，仗著自己有資格，對她一個小輩的還不知怎樣呢，願不願意說給她聽？沒人解說，光靠自己揣摩，等到風荷吃透了帳房，王府還不知落到了誰手裡呢。

好在風荷看過帳冊，王府的帳冊雖然會繁瑣些，但道理是相通的，只要她細心探索總能掌握的。而且王妃不知她這是歪打正著了，一旦看懂了帳冊，王府日常之事就相當於了然於心了，這對風荷來說是利大於弊的。

「媳婦聽母妃的。」風荷沒有耽擱，很快應了下來，一派天真。

王妃滿意，笑著與她說笑了幾句，就打發她去帳房了，還道帳房管事是茂樹，有事儘管吩咐他，她已經傳了話過去。

風荷再一次感激地道謝，然後辭別王妃，出了安慶院。

王妃也不耽擱，很快去向太妃告了假，回了娘家，這一去，直到晚飯前才趕回來。

話說帳房設在王府外院，女眷們等閒是不去的，風荷多帶了幾個人，尤其有幾個婆子護著。帳房那邊確實得了消息她今天會去，但沒有很當回事，一個新過門的媳婦，丫頭片子，能懂什麼？有太妃寵愛算什麼，弄不懂帳房流程，太妃再寵著也沒用啊。

風荷到了後，都只是勉強請了一個安，也沒有茶水的，好在風荷從來不吃外頭的，自己隨身都會攜帶。

倒是茂樹身為管事，態度還不錯，略微給風荷講解了帳房的職責，就捧出一大堆帳冊，意思讓她自己看。

風荷也不惱，笑著問道：「先生們都在這裡忙活，我們一大幫子人反而打攪了，不知我能不能將這些帳冊帶回去看，有不懂的再來請教先生。」

她性子好，茂樹更不能太過拿大，左右都是十來年前的舊帳了，還是不大要緊的，自然滿口同意。「少夫人儘管拿去，只要別丟了就好。有事使人來喚小的就好，免得少夫人來來回回的跑。」

風荷笑著應了，又問了幾句閒話，就讓丫鬟抱了帳冊，一行人回院子。

這來來回回，就近中午了。剛進院子門，就看見茂樹家的過來了，還帶了一個做管事媳婦打扮的中年婦人。

風荷記得，王妃每日都是準時召見管事的，一般都在辰時正到巳時正，其他時候沒有意外是不回話的。這個管事媳婦這時候來，已經過了時間，是不是故意輕慢就不知了。

落坐之後，風荷也不理她，只與茂樹家的說話，茂樹家的定力不夠，先開口道：「四少夫人，這位是管下人人事調動的祝貴娘子，方才側妃娘娘使人來說慎少爺年紀大了，想給他安排幾個小廝使喚，祝貴娘子不敢拿主意，來請示四少夫人的。」

祝貴家的連連點頭。

風荷聞言，就道：「側妃娘娘說得也是正理，不知是幾時使人去祝娘子那兒的？」她表現得很尋常，像是隨口問著。

祝貴家的與茂樹家的都是心中一咯噔，卻強道：「因是外頭的安排，所以是吩咐了我家男人，原是早上的事，偏我家男人手頭上正有急事，來不及進來回給四少夫人。」

風荷面容平靜清冷，她說話的聲音卻越來越輕，四少夫人，她還是有幾分怵的，即使有茂樹家的在場。

「人人都像妳家男人那樣，有事忘了，那母妃不是每天要被妳們支使得團團轉，一會兒一個人的。我是年輕媳婦，臉皮薄，有些話不好說，但也不得不說，主子們交代的事情，妳們只該馬上去做，如何能拖延，主子的事情也是妳們能耽誤得起的？倘若慎哥兒這回急著使人，那找誰去？

「妳們都是辦事辦老了的，原該比我明白，如何也糊塗起來了？好在這不是什麼大事，回頭我會傳話給富安，讓他革妳家男人半月銀米，妳們可服氣？」她端坐上首，自有一股子威嚴與氣勢，何況說得又在理。

祝貴家的自知理虧，不敢辯駁，吶吶應了。

見她無話可說，風荷才道：「此事先不著急，待我回頭問明白了側妃娘娘的意思再說，免得妳們一時急混了也未可知。」

給小少爺安排小廝，相當於貼身的人，這可不是小事，她不敢隨便拿主意，還是請示過了比較妥當。而且側妃那邊，或許早就看中了人，不然不會無緣無故提起這個話頭。

打發走二人，就是午飯時辰了。風荷用了飯，略微歪了歪，就開始看帳冊。順便打發了沈烟、雲暮分別去太妃、側妃那邊詢問慎哥兒添小廝的詳情。

到底是王府，光女眷所用胭脂水粉就能單獨一本帳冊，更別提人來客往了。風荷只拿了一部分，就有十來本了，一年的帳冊都加起來還不知多少呢。

其他還能勉強看看，就其中有兩本關於下人的賞賜，實在太亂，這裡邊記的並不是下人月銀之類的，而是額外公中賞的，這個有那個沒有，瑣碎凌亂得要死。偏記帳之人筆跡潦草，顯然沒有將這當回事。

風荷看得頭都大了，恰好另外幾本裡也有幾個疑問，索性命人去傳了茂樹過來。雲碧聽令，還沒走出門口，風荷重新喚住她道：「別急，妳把秋菡也帶上。」雲碧聽得愣了愣，很快反應過來，笑著應下，果真出去尋了秋菡與她一同去帳房。

過了有一頓飯工夫，兩人才回來，帶來的並不是茂樹，而是另一位老先生，風荷點頭笑了。

「少夫人，茂樹管事有事不在，奴婢作主請了王帳房過來。」雲碧臉上只有淡淡的不悅，還在努力控制著。

風荷早知會這樣，她估摸著帳房那群老先生沒有那麼聽話，真的隨叫隨到，必會想辦法推託。別人不敢應，王帳房想來也不敢來，但他女兒去了，旁人就不好攔他，以為他是看在女兒面上。

她笑著向秋菡招手道：「見了妳爹還是這副樣子，難不成我會把妳爹怎樣？」

秋菡小心翼翼看了她爹一眼，上前幾步輕聲笑道：「奴婢不敢，這都是府裡的規矩，便是見了親生爹娘也不能壞了規矩。少夫人待人和善，奴婢不擔心我爹。」她說得很乖巧。

看得出來王帳房為人小心謹慎，連帶他妻女都是如此，見他低垂著頭，眼睛盯著地上，半點不敢斜視。一身青布衣衫很尋常的料子，半舊的，頭髮鬢角處顯出了銀白，身體卻不錯的樣子。

風荷賞了他坐他還不敢，直到他女兒再三說他，方勉強坐了。

還沒來得及說話，含秋就滿臉帶笑的進來了，走到風荷身邊壓低了聲音回了幾句話。

風荷臉上亦是帶了笑顏，欲要站起來的樣子，終究沒有起身，只是問道：「有幾個人？先安置在前院庫房吧，回頭我再來看看。」

「除了少爺身邊的平野之外，還有兩個車伕，八個抬東西的小廝，都不是我們府裡的人手，但車錢、雇錢已經支付過了。」她忙回道，看著風荷的樣子有些不一樣。

風荷被她看得微紅了臉，輕輕瞪了她一眼，道：「每人賞二兩銀子一吊錢，再送些茶水點心過去，讓他們歇一歇再走好了。如果平野有什麼說的，說給妳也一樣。」

含秋越發抿了嘴，笑道：「奴婢也是這麼說的，可平野不聽，非說少爺有話要他親自帶給少夫人。」

風荷無法，讓秋菡陪著她爹，自己起身帶人出去。平野等在院子裡，見了風荷，笑嘻嘻行禮問安。

「你們爺有什麼說的？」

平野為難地看了看風荷左右的人，動了動唇沒有說話。風荷只得擺手讓人退後。

平野見大家站得遠了，低頭笑道：「少爺說，現在天氣還涼，晚上不敢睡在外頭，少夫人若是還怕熱，就、就換了薄些的被子吧。」平野發誓，他絕對不是故意傳錯少爺的話的，他是真的不敢說啊，叫少夫人少穿些，他敢開這個口，就別想活了。

風荷登時脹紅了臉，又是惱怒又是無奈，咬牙回想著昨晚的事情。杭天曜一直抱著她，摟得那般緊，又蓋了被子，害得她熱出了汗，半夜一直蹬被子踢人，幾次踢在杭天曜身上。早上他還拿此事取笑過她呢，沒想到賊心不死，當著下人的面說這些，讓她的臉往哪兒擱？

她也不說話，徑直扔下了平野，快步回了屋，心下氣難平。他自己身上那麼燙，弄得自己害熱，居然還有臉來說，哼。

好不容易平復了情緒，風荷不好意思地吃了一口茶，清了清嗓子，開始問起王帳房帳本的事。

王帳房老老實實與她講解，雖然語速慢，但說得很清楚明瞭，一聽就能懂。風荷越發看重他，就把一些隱秘為難的地方都拿來問他。堂堂王府，不知有多少油水可撈，帳房那邊不可能沒有做過一點手腳。王帳房不敢直說，但隱隱約約透露了不少，風荷聽得暗暗心驚。

別小看一項兩項都只有幾十兩百來兩銀子，累積起來可不是小數目，一年算下來怕是被人從中貪了好幾千兩去。眼下風調雨順，王府莊子上的出息好，不用怕，但往後呢，一家子幾百口人，子孫越來越多，每一代都要分出去不少，靠著莊上的出息，靠著王爺的俸祿，這日子只有越過越差。

聽王帳房的口氣，近十年來，王府就沒有添過什麼產業，只買過一片山地和兩家鋪子，這夠做什麼的。她有些不解，太妃應該是知情的，為何也沒有慮到這處去，難道是為著府裡形勢太過紛亂，一時間顧不到。

雲碧是從前就學的記帳看帳，風荷讓她一同聽，有不懂的多問。王帳房沒有想到不但少夫人出乎他的意料，連身邊的丫鬟都能算是半個帳房先生了，不由對當日自家媳婦的選擇刮目相看起來。

請教了有一個時辰，才把手頭的帳目理清了，風荷好好謝了他一番，讓秋菡送她爹出去。沒有給他賞賜，以免他犯了眾怒，要賞賞給王嬸子還不是一樣。

候他一走，沈烟與雲暮早回來了，等著給風荷回話。

雲暮先道：「奴婢去見側妃娘娘的時候，看到側妃娘娘在教小少爺外頭的事，什麼茶樓啊酒肆啊之類的，小少爺聽得津津有味。」

「側妃娘娘給小少爺說外頭的事？」風荷止住雲暮的話頭，突然問道。一個大門不出二門不邁的大家千金，後來的王府側妃，居然對外頭的事知道得比自己還多，真是不容易啊。

「是呢，說男子漢大丈夫的，以後免不了應酬，但也不能被人欺了，讓小少爺早些學著見見外頭的世面，別總在婦人的羽翼下過活，那樣不會有出息。」雲暮對側妃的見識還是佩服的，至少她不像賀氏那般，把一個男孩兒每日帶在自己身邊，一味問他讀書識字，都不許他出門。男孩兒這樣教法，與女孩兒有什麼不同，那可是王府子嗣啊，不是小門小戶的。

風荷聽得點頭不已，這個方側妃，當年就是這麼教導杭天瑾的嗎，能讓一個庶出子弟被京城人推崇，是多麼艱難的一件事啊。慎哥兒有她撫育不會吃太多虧，就怕他日後與他父親一般。

她頓了頓，問道：「側妃有沒有說想要哪幾個小廝？」

雲暮細細回著。「側妃娘娘說，照理，小少爺跟前可以配八個小廝，但小少爺不常出門，少幾個也使得，有四個就夠用了。只要生得乾淨清秀些兒，聰明伶俐的，沒有壞習氣，就行。」

風荷不由忖度側妃的意思，難道只是單純的為了給慎哥兒安排幾個小廝嗎？這也不是不可能，慎哥兒年紀太小，眼下實在沒有什麼能利用的地方，有幾個小廝陪著他耍樂就行了。她看向沈烟，不知太妃是什麼意思。

沈烟會意，回道：「太妃娘娘說，側妃娘娘慮得很是，就照規矩給小少爺安排八個小廝吧，府裡人手不夠，就從莊子裡去挑，再不濟買幾個也使得。年紀不要太大，以免小少爺不習慣，就要八、九歲的那種，讓教了規矩再送去給小少爺。」

聽太妃的意思，似乎不讓她等王妃回來拿主意，直接把這事交給了她，讓她自己定奪。她雖不解太妃的顧忌，也沒有多做猶豫，直接下令道：「那妳們一會兒去人事那邊照側妃的要求挑十來個小廝，回頭帶來給我過目，我親自送去給側妃。」

她自然不能只帶八個人去，側妃要對其中一、兩個不滿意還得換人也麻煩，不如一次多挑幾個，側妃看中哪個留哪個。只是太妃讓教了規矩再送去，是送到外院教規矩呢，還是讓三少爺拿主意？

風荷想著晚上再去聽聽太妃的意思，或者太妃另有打算也說不準，就按住了話題。

沈烟二人領命去了。

忙完這些，風荷才有時間去看杭天曜命人送回來的東西，是一個很大的竹榻，能容兩人睡得很寬敞，再有一個竹製的小圓桌，幾把竹椅子。做工精細，竹子打磨得光滑細膩，不見粗糲，只讓人覺得有趣而新鮮。

她用手摸了摸，涼意頓時襲上心頭，越看越愛。笑道：「把小圓桌和椅子就擺在咱們後院的空地上，回頭吃了晚飯乘涼去，這個竹榻就等到再熱些搬出去用吧。」這還是她幾個月前玩笑時與杭天曜提起的，沒想到他記下了，還真的命人做了一個。

杭天曜回來時已是晚飯後，他想起平野回的話，就忍不住想笑，加快了腳步。在拐角處聞到了一股熟悉的香味，抬眼看到一抹綠色的裙角，忙趕上去叫道：「風荷。」

那人沒有應他，但停下了腳步，杭天曜走近，就著月色一看，原來不是風荷，而是個丫鬟，就有些興致缺缺，問道：「妳是誰？」

「奴婢梨素，是雪姨娘的丫鬟。」梨素穿了月白色的上衣淺綠色的紗裙，低頭行禮，眉目間有一縷書卷氣。

杭天曜恍惚想起雪姨娘跟前有個氣質清冷的丫頭，又覺她身上味道熟悉，問道：「這麼晚在這做甚？妳薰的什麼香？」

梨素依舊淡淡地道：「雪姨娘丟了一塊帕子，著急得不行，讓奴婢出來尋。奴婢並沒有薰香。」

「一塊帕子？有什麼大不了的，再換一塊就罷了。」他應付著。

梨素似乎小小的吃驚，抬頭用她那雙清亮的雙眸盯著杭天曜看了看，方垂眸低語道：「那是從前少爺送給姨娘的，她愛得什麼似的，每日都捧在手心看幾遍，剛才發現沒了，都急哭了。」

杭天曜仔細回想著，想不起來自己幾時送了人家一塊帕子，便是送了也沒放在心上，懶懶應了一聲，就要抬腳走路。

他剛走兩步，就有一陣風吹來，熟悉的味道再次瀰漫在周圍，他停住腳又問梨素：「妳身上哪兒來的蘭花香？」

梨素發怔，隨即笑道：「是少夫人賞給我們姨娘的一塊膏子，聞著很好聞，就與蘭花的香味一般，正適合夏天用，清清爽爽的。恰好方才姨娘讓奴婢也試了試，可能就是這個味道吧。」

她的話未說完，杭天曜就有些不悅，臉上淡淡的發黑，甩袖就往前走。什麼人嘛，自己的東西也能給別人用，難道不知道他喜歡她身上獨有的香味嗎？想想又覺得自己無理取鬧，風荷身上不只蘭花香，她那種淡淡清幽的香味就像是夏日裡的荷花，不是別人能夠模仿的。

直到他的背影走遠，梨素靜靜地從懷中抽出一條帕子來，自己捧在手心看了看，就取道回了茜紗閣。這條帕子，雪姨娘一日都要看上幾回，而帕子的所有人卻根本不記得了，雪姨娘這般，又有什麼意思呢，難怪終日無情無緒的，換了誰都受不住。只是不知這個少夫人，能霸住少爺的心有多久？

風荷領了幾個丫鬟在後院摘枇杷玩兒，那裡有一棵小小的枇杷樹，結了幾十個黃澄澄的果子，此時正是成熟的季節，有芳甜的味兒。

杭天曜回房沒看見風荷，浮上幾分失望，抓了個小丫頭問道：「少夫人呢？」

「少夫人帶姊姊們去後院乘涼了。」小丫頭不知少爺哪兒來的氣，戰戰兢兢回話。

他快步出屋去後院，聽到清脆的嬉笑聲，心中安定下來。後院樹上掛了幾盞明瓦燈，照得視線很清楚。

「少夫人，您看這桃兒，青青的真好看，要等到幾月才能吃呢？」

「那個不能吃，這種只能賞花，結的桃兒都又酸又澀，吃不得。」是風荷的嬌笑聲。

「侯府那邊種了那麼多桃樹，難道都是不能吃的？」

風荷隨手撫了撫耳旁的落髮，將一枚青青的果子摘了下來玩，口裡笑道：「那倒不是，咱們當日看見的，有些能吃有些不能。具體我也不甚明白，要問韓小姐去。」

應該是淺草的聲音。「我上次聽韓小姐身邊的姊姊們說，韓小姐最喜歡菊花而不是桃花，倒是他們小侯爺喜歡桃花，府裡的桃樹有一多半是他命人種上的。」

杭天曜也不知為什麼，聽著聽著就像是吃了那一枚青澀的桃子一般，嘴裡發苦。他故意放重了腳步上前道：「妳們倒是會找樂子，也不等我一起來。」

風荷對他揚起笑臉，指了指最高處的幾顆枇杷果道：「這不是給你留著，就看你怎麼取下來。」

杭天曜順著她的手指往上望，還好不算高，頂多也就不到兩人高，但長得個頭飽滿，顏色鮮豔，應該是最好的幾顆。他摸了摸風荷的臉頰笑道：「我若摘下來，妳待要怎麼辦？」

「那還用說，自然是給你吃了。」風荷偏頭躲開他的手，這麼多丫鬟呢，他又不知檢點了。

「我不要吃枇杷，我要吃別的。」他雙眼亮得似夜星，彷彿要把風荷看穿一般，眼裡帶著蠱惑的笑意。

風荷醒悟過來他的意思，就覺有火燒到了她的頭，羞惱地給他使眼色，嗔道：「你先摘了下來再說。」

她話音剛落，杭天曜就輕輕一躍，畫出一道優美的弧線，然後迅速抓了幾顆枇杷，落回地上。風荷不知他還會功夫，看得睜大了雙眼，半日惱道：「這不算。」

「為何不算？」杭天曜淺笑著把果子放到她手心。

「我說不算就不算。」風荷的話一出口，就聽見滿院子響起了丫鬟的笑聲，她不知該惱還是該笑，跺著腳往屋子跑。

「行，都聽妳的。」杭天曜也不落後，攬了她肩膀，又捏了捏她氣得鼓鼓的粉頰。

夜色如水，照在這一對玉人身上，美得就似那下凡的謫仙。杭天曜少見的穿了白色長袍，而風荷是一襲水紅色的曳地長裙，拖在地上有窸窸窣窣的響聲，靜謐而安詳。

偶爾，空氣中能聞到甜絲絲的味，像是花香又不像。杭天曜頻頻轉頭去看風荷，看她側面精緻的輪廓，看她小巧的紅唇，看她盈盈的笑意，他突然彎了身，出其不意地把風荷揹到身上，快步跑了開來。

風荷被他嚇得揪緊了他的衣服，繼而摟緊了他的脖子，伏在他背上，將臉埋在他背上裝鴕鳥。

風荷想著，其實杭天曜是個挺浪漫的男人，總能給人帶來不一樣的新鮮感，比起那些整日嚴肅陰沈，連話都不肯多說一個字的正經男子好玩多了。她在他後頸上，深深印上一吻，然後小小的咬了一口，留下一排米粒般的牙印。

第八十六章　王府驚魂

第二日，風荷把為慎哥兒挑選小廝的事回稟了王妃，王妃沒有說什麼，只讓她與方側妃商量著辦。不是王妃不想在慎哥兒那裡安排自己的人，而是此舉容易被人看破，還不如讓她們挑了人，左右都是府裡的下人，她要拿捏一二，還是極簡單的事。

風荷見幾個主子都沒有意見，也就喚了沈烟選來的十二個小廝隨意問了問家庭出身，聽他們咬字清晰，面容清秀，倒還罷了。

小小的四合院佈置得很清雅，粉牆黛瓦，進門靠左側就是幾株蔥翠的修竹，右邊是個菜圃，種著尋常吃的幾樣蔬菜。甬道是用鵝卵石鋪成的，不寬，只能容二人並肩行走。正房前邊分別種了一株杏樹，兩溜低矮的廂房作下人房。正房三間，中間是宴息室，右手是臥房，左手是個小佛堂。後邊一排低矮的三間倒座，應該是庫房之類的。

按分例，方側妃身邊有一個一等大丫鬟，兩個二等大丫鬟，四個三等的，還有幾個不入等的小丫頭。實際上，她身邊並沒有一等丫鬟，反而有個與她相似年紀的媳婦，人呼顧嫂子，占了一等的分例。聽說是她剛進府時帶來的，後來出去配了人，過了幾年又重新回來伺候她。

就是這位顧嫂子出來迎的風荷，她生得居然不嬌小，倒有點高大的感覺，身子挺壯，但說起話來很隨和，眼睛裡都是笑意。「四少夫人過來了，真是難得，我們側妃娘娘這個時候都要在佛堂禮佛。四少夫人請裡邊坐，奴婢去請側妃娘娘。」

風荷見她周身只戴了兩件平常的首飾，衣服又是普通的料子，一點都不像王府側妃跟前的紅人，好比個外邊家境過得去的農家婦，但與整個院子的感覺很協調。她不免笑道：「這怎麼使得，我就在這裡等等何妨，禮佛之人最要心誠，豈能輕易進去打攪。慎哥兒呢，可是上學去了？」

「人都說四少夫人最是寬厚待人的，奴婢今兒有幸一見，真是一段大福了。小少爺去先生那裡讀書了，再有半個時辰就該回來用午飯了。」她親自打起簾子，請風荷上座。

正面是個羅漢床，立著秋香色半舊的靠背，下邊四個相對的扶手椅，都是紅木的。屋子裡有一股似有若無的檀香氣息，是長年禮佛的結果。風荷沒有照顧嫂子的意思坐在羅漢床上，只是坐在右邊第一個椅子上。

隨即就有面貌敦厚親切的丫鬟斟了茶上來，還有一個紅梅花的攢盒，裡邊是幾樣乾果。

風荷細細啜了一口茶，上好的西湖龍井，王爺待方側妃還是很有情分的，這是幾日前宮裡賞賜下來的，他們院裡也不過得了幾兩。

她並沒有等太久，很快方側妃就出來了，上邊是薑黃色的夏衫，下邊一條青色的百褶裙，只在袖口處有幾朵翠色的繡花，不見繁華。她綰著個尋常的纂兒，用一支桃木的簪子隨意別著，髮髻背面壓著一朵茉莉，不仔細看幾乎不能看見。

她本就生得婉約，這樣一打扮更顯風致了，有世外佳人的清純之態，根本想像不到她已經四十多了。

風荷笑著起身招呼。「娘娘真是誠心向佛啊。」

「我整日也是閒著無事，就當為王爺祈求平安康泰，祝禱太妃娘娘壽比南山，王妃娘娘福澤連綿。四少夫人如今學著理家，還抽空來看我，倒讓我不好意思了。」她的聲音很甜美，略微帶著點南邊的軟糯，那種骨子裡透出來的柔媚不是能模仿的。

「理應早些來拜望娘娘的，又怕打攪娘娘靜養。現在慎哥兒在娘娘這邊，往後能熱鬧不少。」兩人分賓主坐了，言笑晏晏。

方側妃轉頭命丫鬟們去拿一碟子榆錢餅過來，才笑著與風荷道：「可不是，我原先安靜慣了，他剛來還有點不習慣，幾日之後就好了，他一天不鬧騰，我還悶得慌。好在他是個極懂事的孩子，每當我在禮佛時都儘量不吵鬧。」

小丫鬟捧了一個白瓷碟兒進來，上邊整整齊齊擺著六塊榆錢餅，乾乾淨淨的。

方側妃將碟子推到風荷眼前，羞澀笑道：「也沒有什麼好東西招待四少夫人，都是些鄉野之間的俗物，四少夫人可別嫌棄。」

風荷拈了一塊咬了一小口，慢慢吃著，笑道：「娘娘太謙了，我偶爾也讓廚房做幾個榆錢餅、香椿餃子什麼的，可是他們都習慣了放一大堆別的調料，反而蓋住這原本的清香爽口味兒。我看娘娘這裡的就做得好，吃著有野趣。」

方側妃自己卻不吃。「妳若喜歡，回頭裝碟子回去，也不是什麼好東西。」

「那我就不客氣了，卻是來和娘娘要東西來的。」她點頭笑著，隨即又道：「差點忘了正事，我這邊帶了十來個小廝過來，娘娘親自挑八個給慎哥兒吧，就在院外等著呢。」

「八個，會不會太多了，慎哥兒左右難得出府？」她微偏了頭，往院外望，當然是望不到的。

風荷抿了口茶，拿帕子擦了擦手，搖頭笑道：「這是太妃娘娘囑咐的，也不算多，府裡的少爺都是這個分例。慎哥兒如今年紀雖小，但小孩子長得快，再有幾年王爺只怕就開了他的門禁，那時候出去得多了。與其到時候人手不夠臨時找人，還不如現在就把人挑了，娘娘也好慢慢磨著他們的規矩，免得衝撞了慎哥兒。」

方側妃聞言，也不再拒絕，點頭應是，還讚太妃與風荷想得周到。

風荷便領了她到院裡，分兩批叫進了十二個小廝。

方側妃並沒有多問什麼，只是隨口問了姓名，就點了其中八個留下，剩下四個由風荷打發回了前邊。

風荷又道：「太妃娘娘的意思呢，是先把這幾個孩子送去給富安管家教教規矩，等過一個月，再進來服侍慎哥兒。他們平時在外邊粗手粗腳慣了，怕是還不知道咱們裡頭的規矩呢。」方側妃一面聽著，一面連連點頭。「很是該如此，好在年小正是學規矩的時候，等晚幾年就不好進二門了。」

因為方側妃的院子小，所以最後決定慎哥兒晚上不住在這裡，而是仍然住在先前臨湘榭隔壁的院子裡，這樣也方便三少爺每日見見孩子。除了晚上歇息，就都在方側妃這裡了。

風荷辦完了事，就欲告辭，恰好慎哥兒下了學回來。

慎哥兒長得比一般同齡孩子要小些，雖然穿的是錦衣華服，但神色間並不倨傲，相反有點畏畏縮縮。

風荷滿心訝異，從前她也見過慎哥兒幾回，雖愛黏在賀氏身後，但眉宇間能看出孩子的活潑好動之氣，怎麼短短幾日，整個人就像變了樣子呢？

他愣了愣，才反應過來，上前恭恭敬敬給風荷行禮，小大人一般。

風荷忙拉了他的手道：「可是下學了？」

他點頭應是。

方側妃不由蹙眉問道：「今兒回來得似乎早了一刻鐘。」

慎哥兒害怕地望著方側妃，小聲回道：「先生說我今日的書背得好，讓我早點回來，下午多練幾頁大字。」他這麼小，怕是連筆都握不好，寫毛筆字是很考驗筆力的，但聽他的意思，應該已經練了挺久。

方側妃很快軟了生氣，笑著對風荷道：「這孩子，膽子小了些。」

「還好，我看慎哥兒很聰明。」她說著，拍了拍慎哥兒的頭。

慎哥兒彷彿吃了驚，訝異地看著風荷，眼裡水光澄澈。他還沒到懂事的年紀，但是記得母親也是這樣常常拍著他或是撫摸他的，而自從母親不在，他來了這裡，側妃娘娘只會平靜的與他說話，很少觸碰他，孩子的心裡就會感到極大的失落。

風荷的心就一軟，笑著蹲下與慎哥兒說道：「慎哥兒做完功課的時候，可以去找四嬸娘，你姊姊也常去我那裡，咱們可以一起玩。」

慎哥兒的眼睛分明一下子變亮了，但很快黯淡下來，小心翼翼地看著方側妃，不敢答言。

方側妃忙道：「既是你四嬸娘喜歡你，還不快答應了。」

慎哥兒終於露出了笑顏，重重點了點頭。他現在除了上學、睡覺，其他時候都跟著方側妃，他小小的心裡還是喜歡玩耍的，尤其聽到可以和姊姊一起玩，自然更加動心。

風荷又與他們說笑幾句，才告辭離去。

轉眼間，就到了五月中旬，這天氣越發熱了起來，只是還不到用冰的時間。

燥熱的午後，烈日當空，萬里無雲，連絲風都沒有。偶爾傳來知了的鳴叫聲，也是有氣無力的。

風荷歪在美人榻上，下邊是青絲細篾涼蓆，倒很有幾分涼意，躺著不動也不覺得太熱。她只穿了一件杭綢素面湖綠色的長裙，腰間鬆鬆繫著橘色的腰帶，滿頭青絲綰成一個纂兒，閉目養神。或是這兩日既要忙著看帳本，又要操心新店開業之事，她很有些疲累，居然就睡著了。

院子裡很安靜，多半下人都去午歇了，只有雲暮和芰香守在外頭，一邊打瞌睡，一邊做幾針針線。

杭天曜給她們做了一個噤口的手勢，輕手輕腳摸了進去，湘妃竹簾發出細微的沙沙聲。他發現風荷睡著了，不由露出滿足的笑容，在她唇上啄了一口，就拿了扇子有一下沒一下地給她打著，竟然有絲絲涼風。

風荷睡得舒服，翻了個身，手裡握著的美人團扇滑落下來，杭天曜趕緊接住放到了一邊。長裙的腰帶本就繫得鬆鬆垮垮，這一來就更鬆散了，衣襟慢慢散開，能看到隱約的粉紫色肚兜。

杭天曜認為自己是君子，不能乘人之危，決定閉上眼睛，可惜他的眼睛根本不受控制，連他的手也哆嗦起來。

他顫抖著探向了風荷的衣襟，剛觸到，那衣衫就越發滑開了，露出整個圓潤的胸，他能看見挺立的蓓蕾。杭天曜想著，反正都這樣了，他還忍著就不是男人了，二話不說扯開了自己的衣衫，將頭埋到風荷胸前隔著肚兜吮吸起來。

他一面親吻，一面把手探到背後，去尋肚兜的結，輕輕一扯就掉了，雪白的胸脯映入眼簾，而最驚豔眩人的就是那高聳的山峰，凝脂般細膩，美玉般無瑕，透著鮮活的粉紅，顫顫巍巍。

杭天曜一口就含住了那顆櫻桃，時而輕柔的親吻，時而用力的吮咬，一隻手就覆在了另一邊，反覆揉捏。

風荷睡得正沈，朦朧中發現身上有點異樣，還不肯睜開眼，但是那感覺越來越強烈，逼得她清醒過來，驚愕地發現自己的處境。她不受控制的驚呼出聲，對上杭天曜發紅的眼睛，隨即她連聲音都發不出來了，整個被杭天曜吞沒了。

很快，兩人身上就滲出了輕薄的汗，使得他們黏得更緊，更加曖昧而纏綿。

杭天曜已經整個人壓在風荷身上，用他的唇、他的手不住地到處點火，風荷彷彿置身於大火中，焦躁而急促的呼吸著。

他再一次含住她的乳兒，用牙齒揉搓著，風荷發出了低低的嚶嚀聲。

就在杭天曜以為將要成功之時，門外響起嘈雜的腳步聲，雲碧喳喳呼呼喊著少夫人，不等雲暮、芰香去攔她，她已唰的一下掀起簾子，然後整個人僵硬住了。

她不可置信的看著眼前的旖旎春光，怔了一瞬，隨即雙手捂住唇，踉蹌地退了出去，撞到雲暮身上，兩個人都歪向一邊，倒在地上。

風荷的臉不可遏止的紅了，紅得能滴出血來，她忙用手捂住自己的眼睛臉頰，卻驚訝地聽見杭天曜越來越響的喘息聲。天呢，這人，都這樣了，難道還不想停手。她強自放開手，發現他的目光直勾勾盯在自己胸前，臉色脹得發紫。

風荷能聽見自己的腦袋轟地一聲響，開始手忙腳亂扯了衣衫來擋住自己，用憤恨警告的目光連連瞪著杭天曜。

杭天曜總算被她瞪得有了點自覺，欲要替風荷把衣服穿上又不敢，他不是怕風荷惱他，他是怕自己控制不住。他的手伸到半空，拚命吸了幾口氣，卻依然平靜不下來，只得呆愣著不動。

風荷胡亂把衣服裹在身上，又發現這樣不行，搥著杭天曜嗔道：「你還不轉過頭去。」

杭天曜呆呆地轉過身，這樣風荷才勉強把衣服都穿好，跳下榻來到桌邊喝了一口茶。想了想，倒了一杯走過去遞給杭天曜，此時杭天曜的臉色好看多了，只有淡淡的紅暈，他從風荷手裡接過杯子，一仰脖灌了下去。

他結結巴巴不知該說什麼好，想說自己不是故意的，偏偏他就是故意的，一時間又傻又呆。

風荷看得好笑，卻故意惡狠狠說道：「你安分待著，我不回來你不許動。」

杭天曜再次傻傻地點頭。

風荷坐到梳妝檯前，仔細檢查了一番自己身上，又拉了拉領口，勉強遮住胸前的紅印，才淡定地走出去。

雲碧幹了這麼件十惡不赦的大事，哪裡還敢待著等處罰呢，乖乖回房面壁去了，她是一段時間內不敢面對風荷與杭天曜了。

雲暮只當什麼也沒發生過，笑著上前攙著她的手道：「少夫人睡醒了，怎麼不叫奴婢進去伺候？」

風荷暗命自己冷靜，與平時無異地坐下，笑道：「這麼點事我自己就行了。我彷彿聽見剛才雲碧在外面大呼小叫的，可是有什麼事？」

「她呀，毛躁的性子就是改不了，被奴婢說了兩句，賭氣回房去了。倒還真有一件大事呢，咱們董府的二小姐過了再選了，而且直接被指給嘉郡王府的世子為妾了，不用參加最後的選秀了。」雲暮替雲碧遮掩了一番，雖然主子們心裡有數，但這樣說無疑給雲碧留了臺階的同時也保全了主子的臉面。

風荷非常滿意的對雲暮點點頭，連董鳳嬌的消息都沒有太過震驚。她想不明白的是蕭尚居然把一次戲言當了真，還主動提出了婚事，他不會真的看上董鳳嬌吧？風荷怎麼想怎麼不可能，只得按捺著性子，蕭尚與杭天曜一樣，都是古怪性子，誰知他們心裡怎麼想的呢，她沒心情去理會。

而董鳳嬌，既然選擇了這條路，以後就不要後悔。或許董鳳嬌以為別人家的妾室也像董家一樣呢，能有杜姨娘這麼風光，她實在是想得太簡單了。

接下來一下午，風荷都在繡房裡看帳冊，沒有理會杭天曜。杭天曜倒是耐得住，一個人待在房裡，都沒點聲響。

直到晚飯時，兩人總算見了面，還有幾分尷尬。

風荷只得沒話找話說。「二十六是順親王府的賞荷宴，母妃答了去的，估計連我與五弟妹都會跟著一起去，還有五妹妹。」

「哦，妳們都去了，府裡怎麼辦？那日人多，登徒子更多，妳去做什麼？」杭天曜些微不滿，他娘子，怎麼能被別人看了去。

「母妃親自點了我陪五弟妹去散散心，如何還能推得了，左右都是與女眷們在一處，不會有事的。」風荷斜睨了他一眼。登徒子，還有誰比得上你自己這個大登徒子？

杭天曜經過一下午的修練，臉皮功夫獲得很大進步，面不改色心不跳地說道：「雖如此說，還是多帶幾個人比較好。」

風荷無奈的翻了個白眼，有沒有一點常識啊，與他解釋。「那麼多的貴婦小姐們，若是每人帶一堆丫鬟進去，那就不是賞花了，改為人擠人好了。最多只能帶兩個丫鬟進去，其餘留在前邊歇息，不然園子再大也容不下幾百號人啊。」

的確，杭天曜沒有去過類似的場合，便是去了也是敷衍，根本沒有關心過這些，他摸了摸自己的鼻子，應道：「噢，那妳帶了沈烟吧，我看她頗為穩重，遇事沈著不慌，是個好幫手。」

誰不知道，還用得著你來提醒？風荷決定不理他，自己吃飯。

杭天曜反而尋了話頭。「董府二小姐成了蕭尚的妾室，妳要不要回去恭賀一下，送份賀禮呢？」

「等到迎娶之日再去吧，唉，也不是迎娶，反正回去走一圈。」風荷皺皺眉，這回董家老太太、杜姨娘是該高興還是不滿呢，給人作妾，虧得董家丟得起這個人，上面還壓著一個不尋常的世子妃，頤親王府的郡主？

「我過兩日要出趟門，不遠，大概兩、三天就能回來了，大致就是順親王府宴會那幾日，不能陪妳去了。」他說著，就帶上了討好的笑。

風荷愣了一愣，咬牙道：「誰要你陪，你幾時見過有成年男子去的，也不害臊。」

這一晚，風荷都沒讓杭天曜好過，把他攆到了榻上湊和了一晚。風荷忿忿地想著，自己可是便宜了他呢，他毀的可是自己的清譽呢，導致自己見了幾個丫頭就心虛，還得強撐著氣勢。

轉眼間，就是二十六了。杭天曜昨晚就走了。

風荷一早起來梳洗，換上了全新的雲霏妝花緞織彩繡花夏衫和撒花純面百褶裙，綰了流雲髻，裝扮一新去了前頭給太妃請安。

蔣氏的身子好了七、八，王妃怕她在院子裡悶久了也不好，就硬是叫了她一起去。她亦是做了一番打扮。

杭瑩今日卻是盛裝，深淺玫瑰紅錦緞的衣裙，上等的頭面，襯得她膚白如玉，巧笑倩兮。

四夫人的長子定的是江蘇巡撫徐家的女兒，年內完婚；次子只有十三歲，但也到了說親的年紀，是以四夫人也去。

一大家人，王妃、四夫人坐了八人抬的轎子，風荷、蔣氏、杭瑩俱是一輛朱櫻華蓋車，伺候的丫鬟婆子、跟車的下人，整整百來人，浩浩蕩蕩前往順親王府。

順親王府占地很廣，離皇城很近，杭家過去並不遠。

順親王今年四十開外，他與和親王一樣，都不太理朝事，只是做他的富貴閒散王爺。王妃是北邊蠻族人，當日為了兩國交好來和親，由先皇指給了順親王。

順親王妃隨了那邊的人，長得有些粗獷，性情爽直，說一不二。育有一子，是為世子，娶的就是蔣氏的姊姊。

順親王府裡姬妾不多，據說王妃對此管得頗嚴，長相略好些的就到不了王爺跟前，能留下來伺候的都是普通姿色。王爺因此似乎鬧過幾次，但苦於王妃性烈如火，最後都敗下陣來。

不過，王妃選兒媳婦卻與選妾室不同，挑中了蔣氏，溫婉美麗那是出了名的，似乎婆媳關係還不錯。

王妃其人，對中原文化瞭解不多，亦不明白中原人愛搞個什麼賞花之類的來相親。依她們那邊的風俗，還不如來個篝火晚會呢。男女被分開安排，相的什麼親？是以，順親王府的賞花會上規矩最鬆，也是最受青年公子們歡迎的，他們能藉此一睹姑娘芳容。

這才辰時末，順親王府門前就被擠了個水洩不通，車馬停滿了一條街。

當然，像杭家這樣身分的，剛到街口就有僕人來領路，越過那些排隊的人先進了大門。

進去之後，大家直接被領到了後花園。

後花園一早就佈置好了，環繞著幾個湖邊的都是供賓客歇息的屋宇亭子。湖裡滿池翠荷，迎風搖曳，粉紅的、潔白的荷花三三兩兩開著，還不到怒放的季節。幸好今日有點雲層，天氣不甚熱。

順親王世子妃很快迎了上來，笑著給王妃行禮，王妃忙止了她，問道：「妳母妃呢，可是忙得不見了人影。」

「原在這裡等著娘娘的，後來廚房那裡有些事，過去瞧瞧，囑我在這兒伺候娘娘們呢。」她亦是用心打扮了，說話很動聽。

「瞧妳，也太伶俐了些。咱們至親，還用這些虛禮不成。今兒特地把妳妹妹帶來，讓她跟著散散心，身子也就好得快了起來。」王妃順手拉了蔣氏到前邊，把她交給世子妃。

正好有先到的貴婦小姐們過來打招呼，王妃就顧著與她們說話，大小蔣氏低低耳語著。

京城排得上名號的都接到了邀請，來了許多人。這本就是一個名義而已，也不用正正經經開宴，都是素來交好的、親厚的、或有意的，自己揀了地方坐下說話，散落在各處的亭子裡。

很快，順親王妃就回來了，她果然長得特別。高高的個子，身材有些壯實，皮膚也比這邊人黑一些，瞧著沒有什麼壞心眼。穿了王妃的服飾，有些不倫不類的感覺，但是那股子高高在上的威嚴還是挺明顯的。

世子妃還要去招待別的賓客，不能一直陪著蔣氏，蔣氏就與風荷、杭瑩跟著王妃在其中一個最大的涼亭裡坐了。這裡邊坐的多半是王公府邸的女眷們，有恭親王妃、頤親王妃，他們府裡都有庶出的子弟們到了適婚的年紀。餘下的就是幾個國公府了，輔國公、英勇公等等，不一而足。

午宴不坐席，每人按著等級來，或是一個小几，或是兩個小几，揀了各樣清淡爽口的菜做上來。一共有四個亭子開了席。

也有男客們，但不進園，都在前頭廳裡吃酒。

一般下午是大家自由活動，有意向的坐一塊兒，互相試探；而男客們，也會在那時候混進來，在園子外圍偷偷觀看。

午宴之後，世子妃怕小蔣氏身體受不住，稟了兩位王妃帶她回自己房裡歇著。

杭瑩被王妃拉在跟前，見了不少有意向的貴婦。奈何這裡邊竟沒有幾個合適的，或是出身太低王妃看不上，或是出身好但子弟紈袴，總之，王妃越看越覺得，上次永昌侯府的親事沒作成，實在是太可惜了，上哪兒去尋這麼好的女婿啊？

這一來，就更加看不順眼了，索然無味。

風荷枯坐無聊，索性找了塊樹蔭真箇賞起了荷花。沒想到韓穆雪也來了，之前一直在其他地方，這回與風荷恰好在池邊遇上，兩人都有些驚喜。

「怎麼妳也來了，我還以為妳沒來呢。」韓穆雪快走幾步，執了風荷的手。

這是一張小石桌，擺著風荷愛吃的茶點，她拉了韓穆雪坐在她對面道：「我們王妃要來，我自然要伺候著了。」

韓穆雪走了一段路，正有些渴，先吃了一杯茶，讚道：「妳倒會享受啊，什麼伺候王妃，也沒見妳們王妃在啊，妳伺候誰呢？」

風荷把一小碟切好的西瓜推給她，笑道：「我這不是聽說妳要過來了，烹茶以待嘛。不過，我真沒想到妳會來？」她說到最後一句時加重了語氣。

韓穆雪自然明白她的意思，不好意思的紅了臉，扭著帕子，低語道：「皇后娘娘說讓我多出來走動，學學皇室的規矩氣派，以後自己方能辦得了大宴會，不會失禮。」她越說聲音越細，幾近聽不見。

看來她入宮為太子妃應該是板上釘釘的事情了，只等著過幾天宣佈了。風荷也不知該恭喜她還是擔心她，卻知一切已成定局，還不如祝福她。「那可要恭喜了，未來的太子妃娘娘。」

「連妳也取笑我，不理妳了。」韓穆雪畢竟是未出閣的女兒家，難免羞怯，背過身去作賭氣狀。

風荷笑著推了推她，嗔道：「莫非當了太子妃娘娘，這脾氣也見長了？連我都使性子，枉我待妳一片情意。」

韓穆雪被她說得噗哧笑出了聲，回頭揪著她嘴角道：「看妳還敢不敢胡說，人都說杭家四少爺厲害，我看不盡然，連他娘子都管不好，也不知怎麼當爺兒們的。」

「我可是真心關心妳，倒招妳這片子話，真沒良心。妳只管說，那可是妳往後的表哥。」風荷故意生氣的嘟著嘴，左右掃了一眼見只有幾個心腹，也就湊近她低聲問道：「那魏平侯府的小姐與蘇小姐呢，也准了？」

「嗯，准了。聽說妳與蘇小姐是閨中好友，她為人如何？」也不知為什麼，韓穆雪對風荷就是提不起戒備之心，她明知風荷與蘇曼羅是好友，還問著風荷。

風荷捋了捋被風吹起的髮絲，淺笑道：「是個通透人，有她在，妳就放心魏平侯小姐吧，翻不起浪來，妳只管安心對付其他人。」

韓穆雪聽著好笑，啐道：「妳以為我進宮是打仗去了不成，哪有那麼多人要對付。」

風荷也抿嘴笑了。「那可說不定。不過她的為人我還是清楚的，對那位置沒興趣，但若是有人敢欺負到她頭上，也不是好惹的，非把人好好治一頓不可，從來不肯吃一點虧。」

兩人正說著，卻有一個穿王府二等服飾的小丫鬟，急著跑過來對風荷說道：「請問是莊郡王府的四少夫人嗎？」

「是我，妳是誰？」風荷詫異。

小丫鬟喘了幾口氣，連珠炮似地說道：「府上的五少夫人剛才可能是熱著了，一直嚷著不舒服。偏偏我們世子妃娘娘被王妃叫過去說話了，奴婢們不敢作主，就來請示。誰知滿園子找不到世子妃，又怕是奴婢們太緊張弄錯了不敢回報給王妃娘娘，所以請四少夫人幫忙去看看吧。」

風荷一聽，也吃了一驚，旋即鎮定下來。「那妳怎麼知道我是杭家四少夫人，有沒有人去回稟我們王妃？」

小丫鬟不過半刻的怔住，很快回道：「剛才尋世子妃時，路邊一位姊姊指給我說的，說看到四少夫人好似在這附近，奴婢才找來。應該有別的人去回給王妃了，奴婢也不知道那邊的情形。」小丫頭說著，就帶了哭音。

不管怎麼樣，風荷都得前去看看，倘若蔣氏真有個什麼好歹就麻煩了。

她先命含秋去找王妃回稟情況，自己身邊還剩一個沈烟，忙與韓穆雪辭別。「我去看看再來。」

韓穆雪本想跟她一起去，又怕自己母親尋她，而且這裡是順親王府，他們兩家不熟，只得罷了。

風荷扶著沈烟跟了小丫鬟穿花度柳，往園子外行去。因她們走的是條小徑，路上沒有遇到什麼人，偶爾有幾個王府的丫鬟僕婦忙碌著經過。出了園子，轉過兩座小院，是一條長長的南北甬道，與杭家類似的格局。

也不知那小丫鬟是不是走得太急了，忽然扭了腳，痛得掉下淚來。

「妳怎麼樣？還能不能走路？」風荷鼻尖上冒出了細細的汗珠，心裡更急。

小丫鬟試著想要邁開腳，但似乎傷得很重，哇的一聲驚呼，就站不起來了，痛得癱在了地上。

風荷讓沈烟給她檢查一下，發現她腳踝處確實紅了，多半是不能走路。只得道：「離這裡還遠不遠？要不妳把路指給我們，我們自己找過去。」她已經看過四周了，估摸著開荷花會把能用的丫鬟們都調去伺候了，附近居然沒有看到一個丫鬟的身影。

那小丫頭含著淚道：「不遠了，這條甬道往前五十步，西手有一座小巧的假山，繞過假山就能看到我們世子妃院子的後門了，五少夫人就在那裡。」

風荷起身往前邊望瞭望，能模糊看到一座假山的角橫了出來，就道：「那妳先在這裡等，我們去叫了人來幫妳。」

小丫鬟連連點頭。

風荷與沈烟兩人，顧不上她，提了裙子就往前走。走了大概有五十步的距離，果然看到西邊有一座假山，四周環繞著鬱鬱蔥蔥的竹林、芭蕉林，竹林地上鋪著厚厚的竹葉。這應該有許多年了，不然不可能長得這麼茂盛。

這根本沒有路啊？風荷只是頓了一頓，很快發現假山是鏤空的，中間有條小道，估計時常有人貪近便往裡邊穿過去，都沒有青苔。她忙扶著沈烟的手往裡邊走，卻不意聽到一聲壓抑的驚呼聲，趕緊止住腳步，還沒來得及開口說話，就從假山石頭的縫隙裡看見旁邊有個山洞。

那個洞與這條道並不通，那就是有別的入口了，裡邊光線很暗，但風荷依然震驚地看到裡邊的人是世子妃，她今天穿了鮮豔的正紅色，很顯眼，她被一個男人緊緊摟著，嘴被人吻住了。

隱約的亮光下，風荷能看清那個男人身上穿著王爺服飾，他是一個王爺，而且年紀並不年輕了，膀大腰圓。

一下子，寒氣從潮濕的山洞地上蔓延上來，裹緊了風荷的心，她全身發冷，拚命用手捂住自己的唇，不讓自己尖叫出來。她若是撞破了別人的好事，只怕離死期就不遠了，那可是一個大男人，她與沈烟只怕打不過，而附近很難有人來救她們。尤其，她一想到能進來王府內院的男子，還是這麼個年紀的，她就心驚膽顫，順親王？

倘若真是順親王，便是叫來了人，也不會幫她們。

沈烟的方向恰好看不到，但她看風荷的臉色就知不對勁，暗暗扯了扯風荷的衣袖，風荷猛地看向她，回過神來，示意沈烟不要開口，拉著她躡手躡腳往回走。

剛以為走到洞口的地方可以沒事了，誰知地上有一根枯枝，沈烟不意踩到了它，發出清脆的喀吱聲。在這樣竭力的安靜下忽然發出這樣的聲音，無疑能把人嚇得丟了魂魄，二人對視一眼，第一個念頭就是快跑。

山洞裡傳來沈悶的怒斥聲。「誰？」隨即就有一陣迅速的腳步聲。

風荷的心跳得快要冒出嗓子眼了，拉緊了沈烟奔出了山洞，可是眼前是一條寬敞的甬道，隨便一望就能看到什麼人了，她們根本沒有地方可以躲。

她與沈烟交握著的手全濕了，滿滿的汗水黏糊糊的，像是手心有小蟲子在爬。

就在這當口，她只覺一股巨大的力量從背後摟住了她，還沒等她叫出聲，就感覺身子騰空而起躍了幾丈，然後摔了下來，掉在一片芭蕉林掩映的暗處，她驚恐地發現腰間那隻手還在那裡。

慌得轉頭，看到沈烟與她一樣，發懵地斜站著，原來她們同時被人擄了。

風荷以為她們是被山洞裡的男人抓住了，即將被滅口，覺得死得冤。不管有沒有用，她都打算呼叫求救。可是耳畔有溫熱的氣息撲來，一個熟悉的男音壓低了聲音道：「別叫，是我。」

第八十七章 被人暗算

甬道的方向傳來一陣急促的腳步聲，來回跑了一圈，接著是一道壓低的慌亂女音。「有沒有人？」

「沒有，或許是我們聽錯了。」聲音沈悶而帶些尖刻。

「還是快走吧，今天人多，被有心之人混了進來就麻煩了。」還是那個女音，風荷已經能聽出來這是世子妃的聲音，只是比平時更多了一分妖嬈。

男子的話很是猥瑣。「寶貝兒，我好不容易擺脫那個母夜叉來與妳歡會，妳就這般走了，太沒良心了。」

女子似乎考慮了一段時間，隨即輕聲說著，風荷聽不太清，隱約提到什麼晚上、吃醉了之類的。那男子好似笑了，繼而傳來一聲清脆的吧唧聲，然後就是兩個人的腳步越行越遠，直到沒了蹤影。

聽到最後的時候，不只風荷，沈烟的臉也是熱辣辣的，彷彿她們偷窺了別人的什麼私密事一樣，她們絕對是被迫偷窺的啊。

風荷緩緩吁出一口氣，剛想回頭說話，心中卻是發緊，因為她此刻的姿勢曖昧至極，她的背完全貼在一個男子身上，幾乎整個人壓在人家胸前，而她還被人抱在懷裡。一瞬間，她就反應過來，暗暗在男子手上捏了一把，男子吃痛，立時放開了她，她忙往前一步，脫離那個男子的懷抱。

這一切，發生得很快。沈烟之前一直只顧注意著緊張的形勢，沒有太多關注兩人的處境，此刻倒是發現了異樣，不過轉眼間她就明白剛才可能發生了什麼事，但她只作不知。

沒有半點意外的，風荷轉身看見韓穆溪尷尬地立在地上，面上升騰起緋紅的雲霞，兩隻手訕訕地沒地方放。他很想說是一時情急，卻開不了口，這種事只會越描越黑。他生得很好看，溫潤中有英氣，儒雅中有不羈，一襲寶藍色的長袍將他的氣質襯托得恰到好處，而慌亂的眼神、脹紅的臉蛋又顯出了他稚嫩的一面。

風荷亦是有幾分難堪，她怎麼覺得是自己占了人家男孩兒的便宜呢，瞧把人羞成這樣。她腦海中忽然閃過杭天曜的身影，和他那堪比城牆的厚臉皮。

韓穆溪低頭醞釀了半天，總算平穩了呼吸，想說一、兩句話緩解氣氛的時候，敏銳地感覺到了外邊瑣碎慢騰騰的腳步聲，他當即大驚，給風荷兩人做了一個手勢。二話不說將風荷拉到自己身後，他輕輕探出小半個頭，想要看看外面的情景。

假山是東西向的，環繞著假山有一大片的竹林、芭蕉林，他們所在的地方應該是在假山以北的芭蕉林裡，芭蕉外圍還有一大圈密密的竹林。透過竹林的空隙，往西能看到之前那條甬道，往東卻是一條兩旁植滿了一人多高小樹的鵝卵石羊腸小道，小道旁有一個籬笆圍起來的花圃，再就是遠處模糊的院牆了。

腳步聲漸漸近了，韓穆溪側耳細聽，好似從花圃那邊傳來的。花圃裡種著的都是石榴、丁香、玉蘭等樹，頗能遮擋住人影。

這時，風荷與沈烟也聽到了，不由更急。倘若被人發現她們與一個男子待在這樣隱密的場所，那有嘴也說不清了，她們只能連呼吸都刻意壓抑了一下。

花圃裡居然走出來兩個人，都是錦衣華服的男子，表情略帶不滿。

韓穆溪一眼就認出其中一個是恭親王的庶子，另一個卻沒有印象。他彎身低下頭去，怕被人發現他們。

兩人沒有很快離開，而是在鵝卵石小道上逗留了一番，聽腳步聲也是故意放輕了，說明兩人可能是偷偷進來的。

一人小聲而焦慮的說道：「怎麼人還沒來？不是說有個大美人會經過這裡嗎，爺等了這麼久，連個人影都沒有，會不會剛才我們沒注意的時候已經過去了？」

「不可能，爺我一直仔細聽著，就沒有人經過這條小道，前面那條甬道上倒是傳來過聲音。要是敢騙老子，老子非讓他沒有好日子過。」一聽聲音，風荷認為應該是個滿臉橫肉的猥瑣男子，她的心忽地撲通撲通跳了起來。他們是在等人，還是個女子？

先前說話的人再次道：「究竟是哪家的美人兒啊，居然引得你冒險進來，我聽人說前邊那院子就是他們世子妃的，可別被發現了。」

另一人冷冷哼了一聲，滿不在乎地道：「被發現又怎麼，他們還能把爺我關起來不成，頂多是去我父王面前告一狀。告訴你也無妨，這美人可是我死對頭的女人。杭天曜，你敢打我，就別怪我不念咱們的親戚情分，哈哈，給你戴了綠帽子，你還蒙在鼓裡呢！」

風荷聽得渾身掉了一地雞皮疙瘩，愣愣地與沈烟、韓穆溪對視一眼，想來他們都聽懂了。居然打的是她的主意，她方才還以為是有人故意將她引到這裡來，看了不該看的東西被滅口，是一招借刀殺人之計，原來不是。她就說嘛，誰有那麼大本事查到世子妃會在這個時候這個地點恰好與人偷情，而她就恰好看見了，這個局可不是那麼容易就布下的。

她甚至還以為是世子妃自導自演的一齣戲呢，目的就是借他人之手除去她。可是怎麼想都不可能，世子妃會傻到自曝醜事來達到目的嗎？倘若事情不成反而被人要挾豈不是糟了，她有心殺風荷法子多了去，沒必要用這樣危險的計謀。

唉，沒想到這根本就是另有他謀。

有人故意把她引到這裡，實際上埋了一個很大的陷阱給她，只要被人抓住她與別的男子在一處，不管有沒有發生什麼，她的閨譽已經毀了，她能不能繼續待在王府還是個未知數，別說其他事了。

她還真得感謝世子妃，要不是世子妃和人在此地偷情，吸引了她的注意力，或許她就真的落在了那人手裡。

這般想著，瞥眼看見面色不大好看的韓穆溪，風荷很有些羞愧，她應該感激的是小侯爺吧，而絕不是什麼世子妃，她差點還送了命呢。

小侯爺真是她的福星呢，每次都能在關鍵時刻救了她，是個好孩子。

外面繼續傳來一人驚訝至極的聲音——

「什麼，是杭天曜他夫人，不行啊，杭家可不是好惹的，尤其是杭天曜，仗著有個皇后姑媽，誰都不怕呢。」

另一人不悅的打斷了他的話。「怕什麼，他有皇后姑媽，我還有皇帝堂哥呢。都是皇親國戚，誰還比誰高貴不成。我就算玩了他女人，他又能怎樣，你想啊，這樣丟臉的事，他夫人會告訴他嗎？肯定是頭一個要隱瞞的。何況，聽人說，他那小妻子長得國色天香呢，在京城那是數得上的。」

「當真？只是這裡人來人往的，不大好辦事啊。」

「這個我自有安排，你不消多慮。前邊有個小院，是世子的地方，咱們就去他那裡，這個時候定沒有人會去。」他得意地笑著。

不說風荷，韓穆溪卻是氣得咬牙切齒了，若不是顧忌這時候出去影響風荷的閨譽，他早把人狠狠揍上一頓了。

恭親王不成器的兒子，也敢妄想她，他真是活膩了，這件事先記下了。

沈烟被嚇得臉色煞白，她一想到如果她們冒然的穿過了假山，經過那個花圃邊上，說不定這時候就出大事了。少夫人雖然聰明絕頂，可遇到兩個動粗的大男人，她們要脫身就麻煩了，尤其不能引人前去，不然那些屎盆子扣下來，少夫人就被毀了。

風荷只是略略一想，就知其中一人是上次被杭天曜狠狠打了一頓的恭親王之子，估計是心裡不忿報仇來了。

好啊，好了傷疤就忘了疼，這一次你既然有膽來打自己的主意，可別怪我心狠手辣了。反正恭親王兒子多了去了，多一個不嫌多少一個也沒什麼大不了，你就當去地底下給你爹超度吧！

那兩人又等了一會兒，還是沒見人來，越發著急起來，左右踱著步。

遠處的院子那邊傳來不小的動靜，似乎很多人出來的樣子，腳步聲很嘈雜。兩人怕被人發現，無奈只得暫時溜了出去，等待著其他機會。

風荷長長吁出一口氣，這實在太驚險了，往後她可不能大意了，一定要小心行事，只是不知是誰想陷害她。這個先不管了，脫了身再說吧。

她終於對韓穆溪笑了笑，謝道：「這都是小侯爺第二次救我了，風荷無以為報。」話一出口，她有點後悔，她應該以杭天曜的妻子來自稱的，更不該隨意將自己的名字露給外男，都是方才太過緊張疏忽了。

韓穆溪臉上倒是露出了歡喜的笑容，他早就知道她的閨名，但聽她自己說出來就是另一回事了，是不是表示她不把他當外人了？

他忙道：「不必多禮，我也是恰巧經過這裡。」話音未落，他的心就懸了起來，這裡是王府內院，他一個外男進來這裡，她會不會也把他看成那種人？

風荷當然想到了這一點，但她對韓穆溪的人品還是信任的，而且這是別人的私事，她也不會過問，也就笑道：「雖如此說，小侯爺救了我是事實，改日一定登門拜謝。」她不能名正言順的上門謝他，不代表不能以杭天曜的名義。

而韓穆溪似乎並沒有聽清她的話，反而垂眸與她解釋道：「是世子帶我進來的，說有樣東西要給我看，誰知走到半路前頭有人把他叫了去，他讓我去他書房等，就看到了妳們。」

他的話使風荷怔了怔，她並沒有問，韓穆溪幹麼給她說起這個，但不能不應道：「不管是巧合還是什麼，我都會永遠感念小侯爺的恩情。」

恩情？他一點都不喜歡這兩個字，平白把他們的距離推遠了。可是，他們的距離本就遙遠得似天邊的星辰，甚至比那還遠。

韓穆溪的心中忽然升起一股悲涼，一種強烈的悵惘，有些人、有些事，即便是夢中想起，也是奢求。

雖然只見過短短的幾面，但他發現她的眉眼、她的身段、她的聲音，他都是那麼的熟悉，好似在眼前出現了無數次，更好似朝夕相處一般。連父母親人，他都沒有這種感覺。

他隱隱知道，自己錯了，錯得很離譜。他的軌道偏離了，他很想問問還能不能回到從前，可他又不捨，幾個瞬間的畫面把他的心填得滿滿的，一旦抽離就會空虛得不能自已。

他一直不是這樣的，為何會變成這樣？

風荷看見韓穆溪迷茫惆悵的眼神，不自覺的心軟，軟得能滴出水來，她很想伸出手來，但是理智阻止了她。

風荷強笑著。「我這邊還有急事，能不能請小侯爺幫忙掩護我出去？」

她的低語喚醒了韓穆溪，他很快點頭應道：「自然沒問題，如果有人問起妳去了哪裡，妳想好對策了嗎？」他不想喚她「世嫂」，那一聲「世嫂」裡有他不能遏制的酸楚。

「天氣這麼熱，我急著趕過來，中了一點暑氣，心頭悶得不行，沈烟只得扶著我在樹蔭下站了一小會兒。」她淺笑吟吟，眼裡水光流轉。

韓穆溪聽到自己擂鼓般的心跳聲，他用了十分努力，才把自己的目光從她身上移開。他語調顫慄。「嗯，再有個眼見的就好了。」他頓了一頓，又道：「這是我的令牌，沿著甬道一直走有個小抱廈，我的丫鬟在那裡等，該怎麼說妳應該知道。離這裡不遠，妳認識路嗎？」

沈烟回想了一番進來時的路徑，點頭應是。「沒問題，我見過那個小抱廈，我不會讓人發現的。少夫人，您要小心。」

風荷自然清楚韓穆溪的好意，有外人作證總比自己人說來有用，而且去喊自己的丫鬟，要到二門那邊丫鬟歇腳的院子，那裡人太多，沈烟一去就會被發現。還不如按照韓穆溪的方法，又快又安全。

韓穆溪仔細看清了外邊，對沈烟點點頭，沈烟小心翼翼鑽了出去，拔腳往前跑。她都是走在路最邊上的，有樹木能擋一擋。而且今日丫鬟們都忙，只要不遇到杭家自己人，應該沒人會發現她的異樣。

芭蕉林裡，寂靜得一片竹葉落地的聲音都能聽見。茂密的竹林擋住了大半的光線，有細碎的影子投射下來，明晃晃的，時間一點一滴過去。

風荷看著自己的繡鞋，她第一次有這麼尷尬的時候。面對杭天曜，她常能應付自如，難有這樣無措的時候。

「我——」

兩人異口同聲說出這個字，卻是一齊笑了。

「妳笑什麼？」韓穆溪恍然，原來他可以這麼自如的與她說話，這種感覺真好。

風荷抿嘴，輕輕踢著腳下的一顆小石塊。「我笑小侯爺就好比傳說中的英雄好漢，總在危急關頭挺身救人。」

韓穆溪靦覥的摸了摸自己的頭，第一次有人誇他像個英雄好漢，旁人誇他說的都是翩翩佳公子，相比起來，他更喜歡當英雄，他亦是有抱負的。

他的性格，並不適合生在貴族之家，更應該生在中等人家，看書、種花、打柴、餵鳥，偶爾出去行走江湖，瀟灑人生。而他，不行，他必須履行身上的義務，對家族、對父母、對妹妹。

他望著風荷明亮的雙眸，暗暗感慨著要不是他生在貴族之家，也許他根本不會認識她，他笑道：「我笑妳，哪兒招來那麼多仇人。」

光影投射到她臉上，明明暗暗的，細膩得似春風，又朦朧得似秋水。滿目的綠色掩映下，她就是那朵唯一的花，瀲灩而楚楚可憐。

風荷微仰起頭，飛揚的眉毛像是會說話，她嫣然笑著，別有風情。

滿滿的幸福鋪天蓋地而來，韓穆溪終於肯定了自己的心情。其實，只要有她，即使沒有花花草草，沒有山山水水，他依然歡喜，歡喜地想要抱住她，旋轉。

時間只有這麼短的一刻，沈烟帶了韓穆溪的丫鬟匆匆來了，兩人不再遲疑，快速閃了出來。

風荷笑著向韓穆溪揮揮手，扶了沈烟與另一個丫鬟的手朝世子妃的院子走去，她還要面對接下來的一切。

世子妃的院裡，已經聚集了一大堆人，世子妃、魏王妃、輔國公夫人都到了，迴廊下站著幾十個丫鬟媳婦，含秋也在裡邊。

她一直焦急地望著院門口，看到風荷幾人，差點就要驚呼出聲，幾步衝了過來，輕聲哽咽道：「少夫人，您去哪兒了，嚇死我了。」

「沒事，別怕，怎麼樣了？」風荷輕輕拍了拍含秋的手，面容疲倦而有些發白。這是她在竹林裡站得久了，沒有被陽光照到而顯得特別白。

含秋一面扶著她往裡走，一面回稟道：「奴婢很快就找見了娘娘，娘娘一聽，帶了五小姐匆忙趕過來，命人去請了太醫。隨後，輔國公夫人也來了，世子妃娘娘差不多同時到的。

現在太醫正在裡邊。」
風荷壓低聲音問道：「妳們是哪個門進來的？」
「前門啊。」含秋不解的回道。
風荷點點頭，沒再說什麼，進了屋。
王妃與輔國公夫人對面坐著，世子妃可能是在裡間，她忙行禮。「母妃，媳婦來晚了。五弟妹如何了？」
風荷低著頭，用眼角的餘光掃著兩邊兩位貴婦，王妃焦急而三分埋怨的看了她一眼，輔國公夫人看到她的時候好似有點驚訝，隨即就恢復了憂心忡忡的表情。
「妳不是先得到消息的嗎？怎麼這個時候才來，可是路上遇到什麼事了？」王妃儘量讓自己的語氣聽起來平緩些。
風荷故意歪了歪身子，撫了撫額角，很是自責地說道：「媳婦一聽，就嚇了一跳，吩咐了含秋去找母妃之後，就往這邊趕。誰知走到半路，那個領路的小丫鬟扭了腳，走不了。路上又尋不見一個王府的丫鬟，媳婦與沈烟不認識路，只能依著那小丫鬟的指點大致走過來。但怎麼走都不對，心裡越發急了，可能是走得又快又多，中了暑氣，心頭悶得不行。
「只得在路邊的樹蔭下站了一會兒，想尋個人領我們過來。後來看見這位姑娘，是永昌侯府的，說她認識路，才和沈烟合力將媳婦送到了這裡。」她說著，中間還重重喘了幾口氣。

王妃一聽，倒有些不好意思，再瞧她的氣色，確實有些虛白，忙道：「快別站著了，坐下吧，一會兒太醫看完了妳五弟妹，讓他也給妳把把脈。」

風荷勉強笑著謝過了王妃，坐在王妃下首。

而她再次撞到了輔國公夫人看過來帶些探究的目光，心弦發緊。

太醫出來了，嬤嬤回說是因為蔣氏身子有些虛，受不得長時間久坐曬太陽，吃點解暑的湯藥就好。

王妃鬆了一口氣，又命人留下太醫，讓他給風荷把把脈。結果與蔣氏說得差不多，沒什麼大礙。

蔣氏看見王妃與自己母親進去，歉意的欠了欠身，說道：「都是我不好，累得母妃與母親擔心。我原說沒什麼，只是身上懶懶的，心口有點難受，估計是中午吃得多了。偏偏這幾個小丫鬟不省事，非要當件大事去回稟，倒害得母妃與母親操了半日心，大日頭底下趕過來。」

她的氣色還好，說話也不吃力，王妃與輔國公夫人才笑了。「說的什麼孩子話，身子不舒服自然要請太醫，若是耽擱出什麼事來反而不好。左右我們也是在那兒枯坐著，不如這裡清靜些呢。」

世子妃帶著幾個丫鬟進來了，一人手裡捧著一個紅漆雕花托盤，裡邊幾碗酸梅湯。她笑道：「這是我一早就命人做的，放在井水上晾著，母親、王妃娘娘，還有四少夫人都嚐嚐，去去暑氣。三妹妹一會兒吃藥，先不敢給她吃了。」

幾人都道很是，慢慢吃了酸梅湯，酸酸甜甜的，倒也提神。

風荷並沒有特意去看她，只是心裡暗暗感嘆，這面上竟是一點都看不出來，就這份鎮靜便不是一般人能比的，難怪能嫁入皇家呢。順親王與兒媳婦，這可不是件小事啊，一定要好好把握了，需要時也許還能有點用呢。幸好剛才沒有鬧破，不然這樣的猛料就失去了價值，風荷壞心眼的想著。

等到日頭偏西了，外邊沒有那麼熱了，杭家一行人才打道回府。

太妃聽說今日之事後，還道：「早知這樣，就不該叫妳們去了，寧願清清靜靜待在家裡的好。」

「可不是這樣，媳婦心裡正後悔著呢。」王妃微笑著。

太妃憐惜幾個女孩兒累了，打發她們回房歇息，命晚飯後不用來請安，自己只留了王妃說話。

「怎麼樣？有沒有合意的？」其實京城就這些子弟，都在太妃心中，她還真挑不出一個滿意的來。

王妃亦是為難地搖頭。「不是出身不好，就是人品不好，怕是難了。」

太妃聽得唏噓，她雖然最疼愛杭四，但其他幾個孫子孫女都是杭家的子嗣，她是都喜歡的，尤其杭瑩乖巧可愛，不想委屈了她。鎮國公兒子人品還行，但不上進，一味的孩子氣；

永安侯兒子體弱多病；承平公主的次子不錯，但公主為人不好相處；和親王的次子太軟弱；頤親王的三子太要強，連長兄的風頭都要搶。

現在看來，韓穆溪是最好的人選，無奈壞在一個女人身上。滿打滿算，竟不能為杭瑩挑出一個合適的人來。

實在不行，只能從今科進士中探訪了，但這些進士的門第多半不會好到哪兒去，權貴之家子弟都是走恩封的，不走科舉之路。

不是太妃看不起書生，而是門第擺在那裡，讓一個中下等的人家把個郡主娶回去怎麼辦，拿什麼供養她？

對了，老四媳婦她娘家哥哥中了探花，現在去了六部習學，也是前程遠大的，但他是庶出，父親只有二品，若是個一品就好了，拚著低嫁也行。

看太妃的臉色，王妃愈加愁眉苦臉起來，女兒十四了，耽誤不起啊。

太妃想了半晌，搖頭嘆息道：「咱們再細心訪察吧，只要人品好，家世差一些沒關係，實心實意待五丫頭就好。」

「媳婦也是這麼想的，媳婦就這麼一個女兒，只要能把她風風光光嫁了，多陪送點體己也是願意的。」王妃這話是真心的，兒子以後有王府，不怕沒銀子花，唯有一個女兒，遲早是別人家的人。

太妃擺手道：「先不說這個了，老三的呢，有沒有哪家願讓女兒為小的？」

杭瑩的事還能緩上一緩，這個卻是當務之急，雖說是二房，但以後老三院裡的事都要交給她，而且不是那種沒有希望扶正的妾室。依太妃的想法，倘若老三媳婦沒了，再娶個繼室來反而不好，寧願眼下就納個貴妾回來，許她扶正之位，不怕她不用心料理老三院裡的事。不然，一個妾室，現在即使勉強掌理院中之事，以後若是娶了繼室，那怎麼辦，兩個人不可能不為著權力相爭起來。與其那時候讓人看笑話，還不如歇了娶繼室的心。

王妃自然是滿心贊成這個主意的，要是給老三再娶回來一個門第不錯的繼室，就是給自己堵心來了，納個貴妾，再貴能貴到哪裡去。

她終於有了笑顏。「這個，媳婦倒是看中了幾家的姑娘。工部侍郎莫家有個庶女，才德兼備，打小養在他們夫人名下，是個大方知禮的孩子，聽他們夫人的口吻，作小也不是不行；鴻臚寺卿有個嫡女，先前許的夫家沒了，也願意當二房；還有輕車都尉李家的嫡女，他們夫人是繼室，只想攀了高枝。」

太妃一點也不奇怪，一般只有庶女才肯作小，嫡女願意當小的，定是有原因的。這幾家的姑娘，她耳聞過一二，還要細細打探一番，至少人品要好，不然丹姊兒、慎哥兒的日子就苦了。

她道：「既如此，再差人去打聽打聽人家姑娘的品行，也不用管是嫡還是庶，人好模樣好就行。最好能在年內納進門，老三院子裡不能沒個女的操持。」

「媳婦知道，媳婦一定盡快叫人打探清楚了來回給母妃。若是快的話，入秋就能行事了。」她是恨不得快點將人納進門呢，不然她總是不安心，生怕賀氏還有機會回來。

「嗯，妳拿主意就好。不過，妳也別只顧著老三，小五那邊，妳也該留點心了。」太妃不輕不重地說著，眼睛專注地看著案几上的蓮花。

王妃先是一愣，繼而反應過來，就有些吃驚，驚呼一聲。「小五他媳婦剛沒了孩子，咱們這樣，親家那邊怕是有話說。」輔國公手中還有實權，而且還有世子妃盯著呢，不到萬不得已，王妃還不想得罪了他們，他們是小五日後最大的助力之一啊。

太妃當然明白她的心思，輕輕哼了一聲，冷冷道：「誰家子弟沒有三妻四妾，小五成親一年多了，咱們也沒往他們房裡放人，難道這樣還不夠？咱們便是給他放幾個房裡人，他們能說什麼，岳父母還能管到女婿房裡去了，世上沒有這樣的理。妳瞧瞧，誰家姑娘進門前不是已經有一、兩個暖房的了，咱們顧著蔣家的面子，把先前的人都打發了。

「妳是做母親的人了，也要想想小五啊，他這個年紀，正是身強力壯的時候，小五他媳婦不能伺候，難道妳忍心讓小五睡空房？若為小五他媳婦傷心，萬沒有這樣的理，咱們家可容不得這樣的妒婦，妳瞧老四房裡，還有五個姨娘呢，老四他媳婦幾時露過一句不樂意的話了。

「大不了，咱們也不給名分，放個通房總行吧，也算顧全了蔣家的面子。子嗣一事，倒不用急，沒有嫡子，生再多庶子都不頂用，他們蔣家想使手段儘管使，小五還年輕，不急。便是人選，也能由他們自己安排，那樣總放心了吧。」

說實話，太妃對蔣家不大滿意，更對王妃不滿。一個當婆婆的、當王妃的，怕自己的媳婦或親家，說出去丟的可是莊郡王府的臉面。想要獲得他們的助力也不是這麼個法的，他們還能為了這樣的事不支持女兒女婿，反去支持外人？說來說去，都是王妃想得不透澈。

王妃之前只顧著蔣家那邊，忽略了自己兒子，這聽太妃一說，恍然發覺，認為太妃說得有理，不由點頭讚道：「還是母妃想得通透，就照母妃說的辦。」

這晚上，杭天曜沒有回來，風荷獨寢。躺在床上，翻來覆去，左思右想。

月底的日子，天邊沒有月亮，星星很亮，照得夜空發出迷人的深藍色。晚風吹拂著窗紗，留下綿綿的沙沙聲，燈被挑得很暗，橘紅的光暈溫馨宜人。

杏子紅的薄被子被照得特別甜美，風荷側了身，支著頭細細回想著今天發生的一切。蔣氏身子不適，所以丫鬟去請她，事實證明丫鬟沒有說謊，或者說是沒有全部撒謊。而蔣氏那邊，口稱不嚴重，是丫鬟們害怕去叫人的，那麼有可能就是丫鬟之前受人叮囑過了，只要蔣氏有一點不對勁，就以擔心她為由去請人。

所以，這才是第一步，如果一切不是蔣氏刻意安排的，那只有一個解釋，就是有人事先收買了蔣氏身邊的丫鬟，不管是杭家自己帶去的，還是世子妃安排的丫鬟。蔣氏的可能性不大，她最近傷心，又因五少爺房裡的事發愁，應該沒心情算計風荷。

而除她之外，能支使得動兩邊丫鬟的還有幾個人，世子妃那是不用說的，王妃應該也可以，輔國公夫人不是沒有可能。以她們的身分，只要稍稍給丫鬟提一句，丫鬟一定把蔣氏的身體當作重中之重，一有不對就去回稟。

那麼關鍵就在去叫自己的那個丫鬟身上了，她穿著王府服飾，在平地上走路扭了腳，給自己指的路不是大家都走的前門，而引到了危險中去。那丫鬟的可疑是不用說了，可惜人在王府內院，她有什麼法子能到王府內院去打聽一個丫鬟呢，而且那丫鬟很有可能被人殺了滅口。

最後的突破口就是恭親王那庶子了，他是聽了誰的消息，是誰指點他去那裡等自己的？聯繫起來，風荷清楚眼下她要把調查的重心放在恭親王庶子與那個丫鬟身上，但她無人可用，確實，她居然沒有能去打聽的人手。

風荷不由想到，若是杭天曜在就好了，他一定可以想辦法去查探的，他不在，自己還是束手束腳啊。

這般想著，竟然沈沈睡去了，估計是這一天太累了。

早上醒來，天氣很好，又是一個豔陽天。

從太妃那邊請安回來，葉嬤嬤居然在屋子裡等她。最近幾日，店鋪馬上要開業，葉嬤嬤亦是忙得沒時間進來，來了就是有事回稟。

風荷笑著與葉嬤嬤打了一個招呼。「嬤嬤來了，先坐坐，我梳洗一下。」這麼一圈走下來，身上有些發熱，丫鬟打了水來，她淨了面，重新理了妝，方才坐下來吃了一口茶。

「嬤嬤這麼早就過來，用早飯了嗎？」

「用了，有事來回給少夫人呢，怕晚了少夫人太忙，早些過來。」她的神情不似平常，有些著急的樣子，又掃了一眼地上伺候的丫鬟們。

風荷會意，擺手揮退了丫鬟，放下茶盞笑問道：「可是有什麼要緊事？」

門沒有關，看到沈烟與雲暮兩人坐在迴廊欄杆上說話，葉嬤嬤才放了心，從袖中掏出一封信，頓了頓，沒有馬上遞給風荷，壓低了聲音道：「今兒天沒亮，一位年輕的公子來敲我們家的門，他自稱是永昌侯府小侯爺，認識少夫人，有一件非常重要的事要告訴少夫人。但他不能進府，所以寫了這麼一封信，讓嬤嬤送來給您，還說至關重要，一定要小心。

「嬤嬤覺得此事嚴重，有些不大信他，又怕耽誤了少夫人的事，勉強收了他的信。他看嬤嬤懷疑的樣子，就把這個玉珮給了我，說少夫人一看便知。」

葉嬤嬤一面說著，從懷裡袖出荷包，打開掏出一枚美玉來，上面刻了一個「韓」字。

風荷握在掌心，細細看著，她確實看見韓穆溪身上一直佩著一塊竹節樣的玉珮來，玉質極好，不是尋常市面上能見到的貨色，這塊就是了。

他有信給自己，而且相當重要，難道是為了昨天的事？

風荷忙接了信在手，展開快速拜讀了一遍。她已經可以確定這是韓穆溪送來的了，不是因為她認識韓穆溪的字跡，而是信尾寫了一句話——

我笑妳，哪兒招來那麼多仇人？

這是她昨天與韓穆溪單獨一處時他說的話，別人不可能聽去，更不可能利用。

這個人，待自己這般好？自己還沒有動手，他先把事情給查清楚了。

給自己引路的丫鬟，因為扭傷了腳被送回了家裡，晚上就發起了高熱，至今人事未醒。那是世子妃院裡伺候的三等小丫頭，得了上面大丫鬟的令去尋人。

至於恭親王的庶子，卻是接到了一封密信才起了歹意，送信的只是一個尋常伺候茶水的小丫鬟，因為昨天不小心打碎了一套非常珍貴的茶具，被順親王妃一怒之下打死了。

寫信之人，一定不會傻到留下自己的名諱，但字裡行間不可能看不出一點破綻，那封信已經到了韓穆溪手中，他承諾會想辦法破解的。

這個人，是早就謀算好了這一切，不然不可能下手這麼快，一下子就把大半的證人給害了。

韓穆溪叮囑風荷千萬不要輕舉妄動，一定要等他的消息。

風荷無奈地笑了，她不聽他的，就是不領他的好意；聽他的，這算什麼，他們非親非故，他只是湊巧救了自己，沒必要牽涉進去。她欠韓穆溪的人情，越來越多，也不知有沒有還的那一日。

葉嬷嬷沒有看過信，也不知昨天發生的一切，但察言觀色就知少夫人有事，欲問不好問，少夫人一向自有主張，不說就最好不要問。其實，她只是擔心那個什麼小侯爺與少夫人的關係，這樣的信件不能落入別人的手中啊，不然對少夫人就是致命的打擊。

風荷摘下手指上的寶石戒指，大熱天的，再戴上這些東西，更加黏糊糊了。她笑著對葉嬤嬤點頭，示意她放心，又道：「初一店鋪就要開業了，一切都順利嗎？那日我不能出去，煩勞嬤嬤一家照應了。」

提起店鋪，葉嬤嬤的心裡就鬆快不少，眉眼都笑彎了。

「都好得很，少夫人安心等著好消息吧。到時候人來人往的不安全，少夫人去了難免被人衝撞，還是讓我們老頭子哥兒去鬧騰。什麼煩勞不煩勞的，恕嬤嬤說句僭越的話，少夫人是我奶大的，跟親生的一樣，少夫人過得好了，比我自己過得好還要高興。」

葉嬤嬤說著，眼裡都含了淚，想來是記起從前在董家的日子，有那麼一段時間，她真怕小姐會熬不過去，好在小姐比她想像的堅強厲害多了，誰要別想討到好去。

風荷亦是心酸，她離了董家那個狼窩，掉進了杭家這個虎窟，這日子，要到何時才能結束？

她卻笑著勸葉嬤嬤。「嬤嬤是歡喜壞了吧，等到梧哥兒桐哥兒都有了出息，妳與葉叔叔就能安享晚年了，那時候咱們再把母親一塊兒接來，一家人好好過日子。」

雖然葉嬤嬤也有那麼點盼頭，但她從來沒想過還有那樣的日子，小姐嫁人了，是別人家的人了，怎麼還能把夫人接來。若是小門小戶還罷了，夫人還能常來常往，偏就是王府，規矩多如牛毛，一個不慎就會給小姐招惹麻煩。所以，她是每日不忘提醒兩個兒子，別看生意做得大了就驕傲起來，他們的體面都是小姐賞的，要知恩圖報。

送走葉嬤嬤，風荷又悄悄將韓穆溪的信看了一遍，才叫沈烟拿了香爐過來，她素日都不愛薰香，今兒倒要薰一薰了。

午後，天邊烏壓壓的，雲層鋪天蓋地而來，大風四起，吹得竹簾帳幔紛紛飛舞，樹葉狂搖，發出各種奇怪的聲音。

風荷指揮著丫鬟們收了曬在外面的玫瑰花、桃花、梨花，這都是春天開的時候收的，打算做成胭脂膏子或者餡料、香露。誰知會突然颳起大風，要不是收得快，只怕一多半就吹沒了。

大雨傾盆而下，嘩啦啦的巨響，風漸漸小了下來，天邊也透出了濛濛的亮光。不過短短一刻鐘時間，院子裡的地上就積了一汪汪的小水潭，映著綠油油的樹木，青翠鮮活，賞心悅目得很。

大家都站在廊簷下看雨，風荷亦是站在屋簷下，這是今年第一場陣雨。這雨一來，池塘裡的荷花應該開得更好了，更有精神，明天就能賞荷了。

院門口突然衝進來一個人，身形高大，行動如風。小丫鬟們沒看清是誰，嚇得都發出了尖叫聲。風荷定睛一看，帶了笑，罵道：「還不打了傘去接妳們爺，都一個個站著看戲呢，回頭小心妳們爺打折妳們的腿。」

丫鬟們一聽，再一瞧，嚇得慌了神，忙打了傘奔過去，彼時杭天曜已經衝進了二進院。

他也不管那打傘的丫鬟，自己冒著雨奔了過來，一身黑色夏衫像是水裡撈起來一般，滴滴答答不停滴著水珠。

頭髮上、眉梢眼角全濕漉漉的，倒把英俊的面龐襯得更加帥氣了幾分，一雙眸子烏黑發亮，找尋著風荷的身影。

風荷想也沒想，用自己衣袖去擦拭著杭天曜滿頭的水珠，嘴裡抱怨道：「這麼大的雨，你就不能先在前邊躲一躲，或是找把傘，怎麼就這樣過來了，回頭著了涼可怎麼好？走，快進屋去，打了水來洗一洗，換身乾淨的衣服。」她一面說著，一面拉了杭天曜的胳膊往屋裡走。

杭天曜哈哈笑了起來，院子裡都是他爽朗的笑聲。

第八十八章　蔣氏生惄

夫妻兩人進了房，幾個貼身丫鬟跟了進去。杭天曜身上的水滴一路滴進來，弄得地毯上到處都是水印子。

他卻不肯讓丫鬟替他洗漱，非要風荷伺候他。

風荷嗔怨地瞪了他一眼，兩人一起去淨房，為他脫了衣服，羞紅著臉不敢看他，胡亂拿水往他身上潑。

杭天曜越發大笑，一會要擦這裡，一會要按摩那裡，把風荷氣得咬牙切齒，狠狠在他腰裡揪了幾把，直到他發出淒慘的叫聲才停下。倒不是風荷心疼他，而是被丫頭們聽了，不知想成什麼樣呢。

待給他洗完，風荷死也不肯替他穿衣服，一把將衣服扔到他身上，飛也似的溜了出去。

「小妖精，妳看我一會能不能抓住妳。」他望著風荷的背影，調笑道。

風荷不理他，回房換衣服。給杭天曜沐浴，把她身上都弄濕了一大片，她非常後悔自己作出了這麼個輕率的決定。

雨在他們洗浴時就停了，空氣很新鮮，夾雜著泥土的味兒。

杭瑩穿著木屐扶了丫鬟的手過來了，風荷讓她先在花廳等一等，忙忙梳洗停當。在臥房門口被從淨房出來的杭天曜攔住了——

「妳又要去哪兒？」

「五妹妹來了，我去與她說話。」風荷笑得像隻小狐狸，還不忘在他臉頰上拍了拍，揚長而去。哼，看你怎麼抓我！

果然，杭天曜不滿的跺跺腳，撲到了床上，一天到晚人來人往，就沒個消停的時候。

杭瑩坐著看風荷做的針線，抬頭笑道：「丫鬟們跟我說四哥外頭回來淋了雨，莫非四嫂也淋了雨不成，見我也不必特意換衣服啊，我三天兩頭來的不用客氣。」

風荷被她說得語塞，趕緊轉移話題。「五妹妹還說呢，有許久沒有過來了吧，也不知來陪我打發時間。」

「四嫂這分明是惡人先告狀。五嫂一個人無聊，我雖時常去她那裡坐坐，但四嫂這裡亦是常來走動的。反是四嫂，上次我來時去了帳房，今天我過來又躲在裡面不出來，顯見得是四哥來了就不待見我這個妹妹。」她振振有詞，小臉泛紅。

風荷被她說得好笑，抬手為她撫平過來時被風吹散的頭髮，問道：「那我今兒專門陪妳一日如何？晚上妳也別回去了，留在這兒我們秉燭夜談？」

杭瑩從小到大沒個親姊妹，府裡幾個姑娘年紀與她差得又有點遠，一個人住習慣了，偶爾也有些寂寞無聊，一聽風荷的提議就拍起手來。「好啊，我這就讓她們去把我的梳洗用具送來，四嫂讓廚房給我做香煎小黃魚吃，還有那個清燉蟹粉獅子頭。」大廚房裡做的就是沒有四嫂這邊做的好吃。

杭天曜本是要來把杭瑩趕走的，到了門口聽到這兩句，心都涼了。他忙掀起簾子邁了進去。

從前杭瑩與他接觸少，有些怕他，後來過來找風荷也常遇到他，漸漸熟悉起來，笑著與他打招呼。「四哥。」

杭天曜勉強扯了扯嘴角，對她露出一個比哭還難看的笑容，哀怨地拉了風荷衣袖問道：「娘子，五妹妹住這兒，我住哪兒去？」風荷不會把他趕去茜紗閣吧，咦，想想就是一陣惡寒。

「你一個大男人，隨便哪裡都能湊合一晚上。」風荷又羞又惱，杭瑩不懂就罷了，若是懂了，她以後還怎麼在人面前裝出嫂子的樣兒來。

誰知杭瑩聽了，也是皺眉，隨即歡快的笑道：「這有何難，四嫂去我的院子住不就好了，四哥仍然可以住在這裡。」她難得想出一個好主意來，笑得眼睛都瞇了。

如果可以，杭天曜真想掐死她，平時笨笨蠢蠢的五小姐，幾時變得這麼聰明了，這樣快的反應，不愧跟著風荷久了，人都機靈起來。

風荷一聽，笑得人都軟了，靠在炕几上，一雙水亮的眸子斜睨著杭天曜，一副看你如何應付的架勢。

伺候杭瑩過來的一個嬷嬷動了動嘴唇，終是什麼都沒說，主子面前哪有她們插嘴的地方。五小姐到底是未出閣的姑娘家，不明白這些事也是常理，平白與她說了反而不好。

最後，竟是王妃給他解了圍，王妃遣人來尋五小姐，有事要說，杭瑩方去了。

杭天曜沒好氣的看著裊裊婷婷進屋的風荷，噘著嘴道：「妳晚上真要去五妹妹那裡？」都當人娘子的人了，怎麼就沒有一點自覺，拋下自家相公不管，去跟人家小姑娘鬧騰什麼，就不怕自己一個把持不住去了別的女人那裡。

風荷故意柔柔地偎到他身上，對著他耳朵哈氣，輕道：「既然答應了五妹妹豈能作假，爺反正嫌兩個人睡太熱，這樣不更好。」

「妳要敢去，看我回頭怎麼收拾妳。」他一面恨恨說著，一面在風荷挺翹的臀上拍了一記。

風荷吃痛，索性坐到他腿上，挑釁地道：「你再打我試試。」

她微仰著頭，紅唇翕開，嬌俏嫵媚。

杭天曜口乾舌燥，覺得那紅唇就是一汪清泉，誘惑著他，他一把攬了風荷的後背往自己跟前送了送，就吻了下去。

風荷不肯，拚命扭動著身子，卻掙脫不了他有力的禁錮，只能繳械投降。

杭天曜吻得心滿意足，才鬆開了她，笑吟吟說道：「娘子不夠投入啊。」

風荷氣得在他頭上敲了兩下，嗔道：「我有正事與你說。」

「噢，娘子請說。」杭天曜發現風荷有點野蠻的潛質，他惹不起。

的事。

風荷見他還算乖，方把昨日在順親王府發生的一切原原本本告訴了他，並沒有隱去韓穆溪一節，杭天曜那麼聰明，一定會聽出破綻來的，而且小侯爺救了她，又不是什麼見不得人的事。

杭天曜先時還是嬉笑的神色，越聽臉色越不好，黑得鍋蓋一般，眼神彷彿能殺人。

「好，真是好，竟敢把主意打到妳身上，我要讓他不得好死。」他啪地一下，居然把一張黃花梨木的炕桌拍成了兩截。

風荷哆嗦了一下，小聲勸道：「他畢竟是恭親王寵愛的兒子，你可不能輕舉妄動，這樣的人最易對付，萬不能為他牽連了你自己。」

杭天曜低頭看她那副楚楚的嬌態，心軟了下來，摸著她臉頰應道：「不要為我擔心，不過我也絕不會放過他，這種人留著也是個禍害，就當為民除害罷了。只是幕後那個人可惡，一心要毀妳清譽，比那混帳東西更加該死一百倍。」

風荷想到當時要沒有韓穆溪，自己的結局還不好說，也是一陣後怕，皺眉道：「不知是誰這麼恨我，使出這樣下三濫的招數來。」

「這個事妳別管了，我會查清楚的，只是……」他頓住話頭，捏著風荷的下巴讓她正對著自己，問道：「韓穆溪的信呢？」

「信，燒了啊。」風荷非常無辜。

「燒了？」杭天曜略有詫異。

「是啊，留著落到別人手裡，又是一大麻煩。」杭天曜的心思她能猜到七、八分，卻不能明說，只能與他耍花槍。

杭天曜逼視著她的眼睛，不解而單純，心下才好受許多。

其實他不是怪風荷，也不是怪韓穆溪，他是怪他自己，沒有保護好風荷，每次都要別人救她幫她，他受不了這種感覺，把自己女人交給別人保護的感覺。

他嘆了一口氣，輕輕拍撫著風荷的背，歉意滿滿。「是我不好，我應該派幾個人日常保護妳的，妳也不會遇到這樣的危險。」

風荷摟著他脖子，莞爾笑道：「你便是派了人保護我也沒用啊，我都是在內院，而侍衛們根本進不去內院，出了事情他們一點辦法都沒有。是我自己太大意了，往後會小心的。」

這也是實情，杭天曜手下的人全是男子，沒有女的，風荷面對危險都是在內院，他們根本就近不了身。他愈加為風荷的善解人意感到羞愧，鼻子裡酸酸的，抱著風荷靜靜坐著不說話。

一直過了有許久，房裡只有兩人平緩的呼吸聲，杭天曜把風荷抱坐在炕上，握著她的手道：「妳先歇歇，我出去一會兒，等我回來吃晚飯。」

「嗯，那你早點回來。」風荷乖巧的在他臉上親了親。

他忍不住又纏綿一番，才起身出去。

雨後的天空碧藍如洗，空氣清新得讓人想要大聲呼叫，樹枝上、屋簷下偶爾還發出滴答的水聲，悅耳而安寧。

杭天曜與韓穆溪對面站立，一個穿著石青色竹節紋的夏衫，一個穿著黛綠色素面的綢衣，都是玉冠束髮，風度翩翩。

杭天曜第一次發現從前那個溫潤如玉的韓穆溪身上有了一種不一樣的氣質，一種叫做男兒柔腸的東西，他的眼睛比以前更加深邃。

自己彷彿能從他深黑的眸子裡看到風荷的倒影，看到風荷依偎在他懷裡的慌亂神情，看到風荷叫他小侯爺時的嫣然笑意。

杭天曜沒有自己想像的那麼冷靜，看到韓穆溪的第一眼，他就覺得自己體內有妒火在燒。

他一次一次壓制自己欲要噴薄而出的惱怒，他不能對韓穆溪如何，因為那樣，風荷會不高興甚至會看不起他。是的，他要記住，他今天找韓穆溪，只是為了以風荷丈夫的身分感謝韓穆溪對妻子的救命之恩，僅此而已。

「昨天的事多謝你了，風荷都告訴我了。」他總算維持住自己的風度了。

韓穆溪從來沒有把杭天曜當作別人眼中的紈袴子弟，不然也不會與他結交。

在旁人眼裡，他應該更喜歡與杭家三少爺結交才對，但他與杭天瑾幾乎沒有正正經經說過幾句話，倒是杭天曜，偶爾還會一起喝杯酒。他雖然看不慣杭天曜的有些舉動，但是對他與風荷之間的感情，他沒有深想過。

在聽到杭天曜開口之後，他才開始正視杭天曜對風荷的不同，這個男子，對風荷沒有外面傳揚的那麼不堪。不然，以風荷的性格，或許根本不會把昨天的事告訴他，而風荷不但說了，還把關於自己的一切都交代了，是不是說明他們夫妻是完全信任對方的。這個發現，讓韓穆溪的心猛然顫動了一下。

韓穆溪暗暗握緊了拳，緩緩鬆開，用儘量平靜的語調笑道：「原是舉手之勞而已，換了別人，也會那麼做的。」

杭天曜敏銳地聽出了他聲音裡的克制，他幾乎能夠確定自己的猜測了——韓穆溪，喜歡風荷。

有些事，只能心照不宣，說出來卻不行。他依舊感激地說道：「不管如何，我心裡記著你的恩情。這件事，接下來你就不要管了，我會處理的，牽連上你們永昌侯府不合適。」

他這輩子，從沒對任何一個人表示過感激，但為了風荷，他願意，更願意承擔風荷欠別人的人情。

韓穆溪停頓了好久，才點頭應道：「好。」多一個字，他都難以成言。

早飯後，董家來了人，嘉郡王府定在六月初一納董鳳嬌。

只有兩天時間了，嘉郡王府居然這麼急切？

董鳳嬌聽到後，很不滿意，因為她為自己設想了隆重的婚禮，還有蓋過風荷的陪嫁，那些還沒來得及準備呢，六月初一，她連嫁衣都沒有製好。但是轉念一想，蕭世子這麼急切迎自己進門，一定是非常歡喜自己的，即便現在受了這麼點點委屈又如何，以後她在王府風光就能挽回今日的這一切了。

所以，董家最後答應了王府那邊。

董老爺起初是不同意董鳳嬌去嘉郡王府的，但旨意都下來了，也只能罷了。

不過王府那邊的行事讓他說不出的憋屈，作妾就是作妾啊，蕭家可不管這個妾是不是皇上指的，一切比照著納妾的規矩來。不要董家的陪嫁，不擺酒席，就自己人熱鬧熱鬧，董老爺眼睜睜看著自己女兒像個丫鬟一樣被人抬上了轎子，吃了蒼蠅一般難受。

風荷是長姊，無論如何都要回去一趟，杭天曜卻不去，因為這日是風荷茶樓開業的日子，他說好了要去捧場。

「我告訴你啊，你可不許拿著自己的銀子請人去我的茶樓吃茶，我要賺的是別人的銀子，可不想從左邊口袋流到了右邊口袋，中間還掉了不少。」風荷一面給杭天曜穿衣，一面鄭重警告他，這紈袴，說不定就能做出包下茶樓請所有人吃茶的愚蠢舉動來。

「瞧妳把人看得也忒扁了，我幾時做過虧本買賣。」他重重在風荷頰上印上一吻。

是呀，確實沒有做過虧本買賣，人家壓根兒是沒有做過買賣好不好！

風荷心裡腹誹著，但面上帶了羞怯的笑意，扶正杭天曜頭上的玉冠，低笑道：「正經些，丫鬟們都看著呢。」

杭天曜聞言，索性抱了她猛親一氣，胡亂嚷道：「那就讓她們看去，主子們恩愛那是她們的福氣。」

風荷小手捶著他的胸，啐道：「誰與你恩愛了，出去看看早飯得了不曾。」早飯，那有丫鬟管著，什麼時候輪到他一個少爺去看了，分明是要把他支開，他可不吃這套！

他當即高聲對外喊著：「誰去廚房看看，讓她們快些擺了早飯上來。」然後摸著風荷的腰嬉笑道：「娘子，為夫服侍妳更衣。」

流氓，占了自己便宜，還說得這麼冠冕堂皇！風荷咬碎了一口銀牙。

杭天曜最近愛上了給她穿衣，每次乘機吃她豆腐，晚上折騰得自己睡不好也罷了，白天還不肯放過她，色狼！

太妃笑咪咪看著小夫妻給她行禮，讓丫鬟取了她的賀禮來，一份是恭賀風荷新店開業，一份是送給董家的。

風荷忙道謝。「又讓祖母破費了，孫媳汗顏。」

「不怕，等妳鋪子賺錢了，送我幾份乾股吃吃也就夠了，一家人有什麼計較的。」太妃說得理直氣壯，滿屋子人都大笑起來。

杭瑩坐在太妃身邊，抱著太妃胳膊笑道：「四嫂光從祖母這裡占便宜，好歹也有機會還回來了，祖母這虧吃得值。」

「娘子妳別怕，祖母那壓箱底的元寶都滾出來了，還能看得上咱們那點子小錢不成，便是把茶樓都送了祖母又如何，她一高興或許賞得比那還多呢。」他藉著衣袖下垂遮蓋住，暗暗捏著風荷的玉腕，細膩爽滑。

風荷幾次抽手都沒有抽出來，只當不覺，亦是笑道：「還用你說，祖母疼愛孫子孫女那是沒得說的，我還怕吃虧了不成。」

大家笑著送走了夫妻二人。

董家那邊只擺了幾桌酒，請了幾個至親好友。老太太與杜姨娘、董鳳嬌再不樂意也沒法，這給人作妾畢竟不是光彩的事呢，不過想想將來有希望當上側妃，好受不少。

風荷吃了午飯就回了杭家，她心裡放不下鋪子的事，與母親也說了半日的話，這時候回去也不算早。

先到太妃院裡，太妃正與丹姊兒說話解悶。見風荷來了，更添樂趣。

「咱們丹姊兒越發乖巧了，把祖母逗得這麼高興。」風荷拉了丹姊兒的手，與她一同坐在太妃左右。

丹姊兒抿著嘴，一副大家閨秀的做派。「我若能有四嬸娘一半會說話，曾祖母也不會無聊了。」

太妃笑著抱住丹姊兒的肩膀，指著風荷道：「妳四嬸娘的伶牙俐齒咱們都是見識了，妳看妳四叔，都被妳四嬸娘管得服服貼貼。」

這話把風荷說得不好意思起來，紅了臉伏在太妃肩頭，嚷著不依。

太妃越發高興，拍著她的頭道：「瞧瞧，都當嬸娘的人了，還這麼會撒嬌，連丹姊兒都比妳老成。」

「曾祖母這句話說到我心窩子裡去了。」丹姊兒有一口好看的白牙，笑起來尤其好看。

三人說著說著，提起給丹姊兒打首飾的事，太妃覺著丹姊兒像個大姑娘了，要好好打扮一番，而且這孩子孝順知趣，又沒娘在身邊，多添了幾分疼愛，便要拿出自己的體己東西給丹姊兒打幾套時新的首飾。

丹姊兒卻道：「曾祖母疼惜曾孫女是曾孫女的福氣，母親走之前還特地交代了我，給我留了幾匣子往日的舊首飾，如今也不流行了，讓我求曾祖母幫著請人打幾樣新首飾呢。那些東西還擱在臨湘榭裡，我這就去取來交給曾祖母保管，免得什麼時候少了丟了都不知道。」

太妃原要說用她的，後來想想放在那裡沒個主子的，或許有手腳不乾淨的丫鬟婆子順手拿了去，那就可惜了，便點頭笑道：「妳取來也好，就放在妳自己房裡罷了，諒我們院裡沒人敢動這個心。讓妳四嬸娘陪妳走一趟吧。」

「四嬸娘忙了一日理應歇著，怎麼好再為了我煩勞呢。」丹姊兒忙站起來說道。

「我正想看看三嫂都給丹姊兒留了什麼好東西，丹姊兒可不許小氣喔。」風荷說著也站了起來。

丹姊兒聞言，也不再推辭，兩人拉著手往外走。

行到臨湘榭不遠處的地方，忽然聽見前邊拐角處似乎傳來男孩子的嚶嚶抽泣聲，兩人都吃了一驚。

府裡的男孩兒只有慎哥兒一人，這裡又離臨湘榭不遠，不會是慎哥兒吧？

她們忙加快了腳步往前走。

拐角處的樹蔭下果然站著一群人，是蔣氏和幾個丫鬟，大家都是一副怪異的表情。再往地上一看，慎哥兒的奶娘全旺家的跪在地上抱著慎哥兒，慎哥兒背著身嗚咽，旁邊還站著兩個嚇得臉色蒼白的小丫頭，幾人都站在日頭底下。

丹姊兒不看還好，這一看把她嚇得不得了，幾步衝上前去，摟著慎哥兒哭問：「出了什麼事，哥兒為什麼哭，妳們是怎麼伺候的？」她跟著太妃一些時日，身上隱隱有了大家子小姐的威嚴氣派。

大家見了她都是吃驚不小，奶娘與丫鬟低垂著頭，一臉羞愧的樣子，吶吶著不說話。

慎哥兒哭著撲進了丹姊兒懷裡。他人雖小，但一時用力過猛，而丹姊兒不過比他略大了一點，差點被他撞翻了。

風荷趕緊上去扶住姊弟二人，沈烟立時領著人上前給他們打傘。這麼熱的天氣，再曬了太陽，少夫人可禁不住。

慎哥兒哭得小臉糊成了一片，摟著丹姊兒的脖子瑟瑟發抖，不肯放開。

風荷見這樣不行，溫柔地拍著他的背，輕聲細語勸道：「慎哥兒不哭啊，我是你四嬸娘。你看看，你姊姊被你摟得喘不過氣來了，咱們先放開她好不好？」

慎哥兒勉強鬆了鬆手上的勁道，抬起一雙淚眼望著丹姊兒，矇矓看到自己姊姊被他摟得小臉通紅，拚命喘氣，忙放了開來，哽咽著喚了一聲「姊姊」。

丹姊兒見弟弟哭得那般淒慘可憐，整張小臉皺成一團，臉上、脖頸裡、頭髮上都沾了鼻涕淚水，想到母親遠在家廟裡，還不知何時才能見上一面，這心裡的難過傷心一齊湧上喉頭，抱了慎哥兒低聲哭泣。

風荷雖然覺得賀氏可惡可怕也可憐，但與兩個孩子無干，丹姊兒懂事大方，慎哥兒一團孩子氣，都很招人喜歡。

看到兩個孩子哭成這樣，風荷心裡也發酸，強笑著勸道：「丹姊兒，弟弟好不容易止了哭泣，妳怎麼反而招了他傷心呢。大日頭下的，待久了慎哥兒的身子可受不住，咱們快找個陰涼的地方給他梳洗一番，回頭側妃娘娘見了，還當是出了什麼事呢。」

果然，她一提側妃，兩個孩子都抽抽噎噎停了下來，丹姊兒勉強回道：「四嬸娘說得對……是我，糊塗了。」

而蔣氏一行人還站在原地發愣，手足無措的樣子。

風荷心知裡邊有問題，讓奶娘抱了慎哥兒，自己拉了丹姊兒與她說道：「五弟妹，咱們先進院子裡說話吧，妳身子未大好，這樣站著也不是個理。」

蔣氏百般不願踏進臨湘榭的大門，但此事若不說清楚，回頭眾人誤會大了更難解釋，沒奈何，跟著風荷進了臨湘榭的大門。

在屋子裡坐定，風荷命人打了水來給姊弟二人梳洗，她親自拿帕子給慎哥兒小心翼翼擦洗著面部，誰知慎哥兒忽的喊痛，把眾人都嚇了一跳。

風荷訝異，她已經很輕柔了，不可能弄痛慎哥兒的，忙湊近他細看，震驚地發現慎哥兒左邊臉頰一片紅腫，還有隱約幾個指印。

丹姊兒亦是看到了，嚇得腿下一軟，拉著慎哥兒驚呼。「怎麼回事，這是哪兒來的？」慎哥兒這個年紀的皮膚最是嬌嫩，拍打幾下就會留下紅痕，尤其這紅腫這麼嚴重，可不是隨隨便便能有的。

奶娘與丫鬟縮了縮身子，依然不說話。

風荷也有些怒了，生氣地拍了一下桌子，斥道：「都啞巴了不成，大小姐問妳們話呢，若是不會伺候人，直接讓富安娘子領了出去，沒得墮了王府的威名，以為我們府裡的下人都這樣囂張。」

她現在可不是以前的四少夫人了，府裡都知道她協助王妃管家，聽她這麼一說難免害怕，撲通一下跪倒了地上，連連求饒。「四少夫人，奴婢該死，這、這不關奴婢們的事啊！」

「還都杵著幹麼，趕緊去請太醫啊！」風荷先對屋外伺候的婆子喊了一句，然後厲聲喝道：「不關妳們的事，妳們是伺候小主子的，主子出了事妳們推個一乾二淨，我們府裡容不下欺主的刁奴。」

欺主的名頭扣下來，她們被趕出王府之後也沒了活路，還有誰願意用她們呢，還是那個奶娘鎮定些，索性豁出去了，看著蔣氏哭訴道：「是五少夫人打的小少爺啊，我們都嚇懵了，沒攔住不敢攔。」

她這話一出，蔣氏的面色尷尬至極，紅中發紫，絞著手中的帕子，咬著唇不言語。

丹姊兒不可置信地看著蔣氏，雖然五嬸娘不大喜歡他們姊弟，但他們好歹也是王府的子嗣，五嬸娘不會真的動手打弟弟吧？這、這怎麼可以？

風荷的身子搖了搖，眼角的餘光掃過蔣氏，自然早發現了她的異樣，平靜地問道：「五弟妹，奴才的話是做不得數的，若五弟妹當時也看到了，就請與我們說上一說。」

慎哥兒往風荷懷裡靠了靠，驚懼地望著蔣氏。

蔣氏情知這一節掩不下去，而且她也不是故意的，就拔高了聲音，故作聲勢。「四嫂，我並不是有心的。我從母妃那邊回來，就在那拐角處被人撞了一下，我以為是個沒長眼的小丫頭，情急之下甩了她一巴掌，我沒想到會是慎哥兒的。」她對天發誓，她真的沒看清來人是誰。

她當時聽了王妃的話，真是又氣又傷心，氣頭之下做出過激的事情來也是常理，而且她以為慎哥兒這時候在書房讀書呢。

丹姊兒聽得唰地站了起來，渾身顫抖，但那是她的長輩她的嬸娘，她連一個斥責的字都不能說，只能可憐的看著弟弟。

風荷倒是沒有懷疑蔣氏的話，依蔣氏的性子不屑於為這種事情撒謊，而且要說急切裡從旁邊衝出一個人來撞了也有可能。不過，蔣氏今日的火氣來得有點大，若是平時，被撞了一下她頂多罵一、兩句，不至於會親自動手，難道是王妃那裡受了氣？王妃待她不比親女兒差，有什麼事會弄得她們兩人生了矛盾，難道是因為五少爺？

慎哥兒觸到姊姊的眼神，點頭說道：「我昨天背不出側妃娘娘教給我的書，就帶了回來晚上背，然後早上走得急就忘了。剛才午飯後想起來，怕回頭側妃娘娘考我，趕回來拿書的。因為著急，走得快了些，撞上了五嬸娘。」他還是個孩子，在杭家從沒有人打過他，心裡是很委屈的。

蔣氏聽著，越發低垂了頭，無論怎麼說，她打了慎哥兒都是她的錯。

「慎哥兒是好孩子，我們一會兒讓太醫給你檢查一下好不好？」風荷攬著慎哥兒，輕柔地撫摸著他的頭。

「我聽四嬸娘的。」他乖巧的點頭。

很快，太醫就來了。風荷讓沈烟領了慎哥兒去隔壁，由太醫給他檢查。

自己搖頭與蔣氏道：「五弟妹，這原不過是湊巧，但慎哥兒挨打一事必定瞞不過去，五弟妹別怪我稟報給祖母與母妃。五弟妹也非有意，想來祖母、母妃不會見怪的。」

蔣氏本堵了一肚子的氣，當即冷冷地說道：「不勞四嫂費心，我自己去與祖母、母妃說，有什麼罪過我自己領了。」憑什麼，他母親害死了自己的兒子，不過被關在家廟裡，好吃好喝供著，自己不小心打了他一下就是多大件事似的，她就不信太妃、王妃會為了這件事處置她。

說完，她也不等太醫出來說慎哥兒的情況，拂袖起身，辭別先去了。

丹姊兒見此，不由為弟弟委屈，五嬸娘又不是故意的，而且她是長輩，她最多被王妃說兩句而已，可憐慎哥兒被嚇了一場。

好在慎哥兒只是臉上紅腫，沒有其他地方受傷，太醫開了些活血化瘀的藥就走了。

慎哥兒臉上抹了藥，一動不敢動的坐在那裡，怕疼，風荷笑著與他道：「咱們今兒不上學了，嬸娘讓人去稟報側妃娘娘與你父親，你看好不好？」

「側妃娘娘會生氣的。」慎哥兒一聽，眼睛頓時亮了起來，很快黯淡下去，垂頭喪氣說著。他怕側妃，儘管側妃不罵他不打他，但他還是怕。

「不怕，慎哥兒看吧，一會兒太妃娘娘那邊會有姊姊來傳話，讓哥兒好好休養幾日，側妃娘娘也不會有話說的。」她笑得分外親切。

慎哥兒還有些不大信，誰知說話的工夫，太妃身邊的端惠就親自過來了，身後小丫頭手裡捧了不少藥材，她笑道：「娘娘讓哥兒好生養傷，想什麼吃的玩的都打發人去要，連姊兒都不必過去了，在這裡陪哥兒幾日好了。還請四少夫人幫著把這裡打點打點，丫鬟婆子們狠狠教訓一番，讓她們知道什麼叫護主。」

慎哥兒一聽，就差沒歡呼起來，不用上學也罷了，最好的是他能與姊姊像從前一樣玩了，他當然開心。

風荷愣愣地看了端惠一眼，確定她沒有傳錯話，心下抱怨了太妃一番。雖然三爺院子裡沒有女主子，但這些事交給他一個男子也不是不可以，何必巴巴傳話給自己，這一來，自己倒不能不管了。不論管得好不好，她都直接插手了大伯子院裡的事情，傳出去算什麼。她勉強有個管家的名頭，太妃倒是用得得心應手起來。

但她不敢辯駁，嘆氣著認了。

「端惠姊姊回去告訴祖母，慎哥兒是我侄子，做嬸娘的疼愛侄子原是該的，理應如此。」她儘量把話說得往慎哥兒身上靠，撇清與杭天瑾的關係。

端惠一走，風荷先讓丹姊兒帶了慎哥兒下去歇息，自己把慎哥兒身邊的人都喚了來。慎哥兒有一個奶娘，兩個大丫鬟，四個小丫鬟，四個做粗活的婆子。有賀氏在時留下的，也有後來挑了上來的，奶娘倒是賀氏當年的陪嫁，出去配了人，正好當了慎哥兒的奶娘，所以待慎哥兒比別人經心些。但女主子不在，她是整日懸著心，怕自己沒個好結果，有時候難免有些偷懶。聽說三少爺要娶二房夫人了，她們這些人，更沒好日子過了。

風荷一個個問了話，從中得出誰比較忠心誰比較刁鑽，其中有一個大丫鬟最是拿大，眼裡都不把慎哥兒當主子看待。風荷一怒之下讓富安娘子把她帶了下去，算是殺雞儆猴。其餘幾人有賞的有罰的，申斥了幾句，只留下奶娘一個人說話。

奶娘與賀氏之間情誼不錯，念著舊主子的恩情，風荷認為此人還能一用，只是忠心不夠，而且缺少眼力。

上上下下打量了她一番，似笑非笑地問道：「全旺家的，妳在府裡算是有點體面，但妳可知妳的體面是哪兒來的？」

全旺家的不意風荷會問出這句話來，怔了一刻，訕訕地道：「奴婢的體面都是主子們給的。」

「哼，那妳可知誰是妳的主子？」風荷將茶盞放在桌上，發出沈悶的響聲。

「當然、當然是三少夫人。」全旺家的結巴起來，三少夫人好似不能提啊，上次誰在三少爺面前提了一句，就被拉出去打了一頓。

風荷冷笑，搖頭嘆道：「我當妳是個聰明人，原來與他們一樣糊塗。三少夫人確是妳的主子，但妳難道不知，妳眼下的主子只有一個，那就是小少爺。妳以後的榮華、妳以後的體面，妳自己想想去，究竟誰能給妳？小少爺出息了，妳是他的奶娘，是最親近的人之一，妳說說，他會不會照應妳，嗯？不要只爭著眼前一點點小利，好好看得長遠些，妳在府裡伺候，謀的不過是兒女將來有個好日子過，妳不靠著小少爺妳靠誰去？」

全旺媳婦聽得如醍醐灌頂，她這些日子來，一直擔憂女主子沒了，她的地位怕是不保，卻忘了越是沒了女主子小少爺才會越親近她，只要小少爺出息了，第一個要報答的就是她了，那時候她豈不是也能嘗嘗老封君的滋味？而且，再過兩年，小少爺大些，添一、兩個伴讀和丫鬟，到時候，她的孩子就是最好的人選。

她一下子激動得跪倒地上，滿口感激。「奴婢愚鈍，多虧了四少夫人提醒，奴婢一定不忘四少夫人的大恩大德。」她幾乎就要與將來的好日子擦肩而過了。

「行了，去吧，好好服侍小少爺。沈烟，回頭送兩疋尺頭來給全旺媳婦，做兩身新衣裳穿。」風荷擺擺手，讓她不必磕頭，只管去。

全旺媳婦愈加感激，以前賀氏也會時不時給她們一點打賞，賀氏沒了，誰還記得打賞她們，除了那一點子月銀，什麼入息都沒了。

門口進來一個人，竟是杭天瑾，瞧他的神色，方才的一切他應該都看見了。

風荷不由詫異，忙起身與他行禮。「三哥回來了，我是陪丹姊兒過來的。」

杭天瑾定定地望著她，露出了誠懇的笑意。「多謝妳，四弟妹，丹姊兒跟我說過妳很照應她。自從她走了，這院子就烏煙瘴氣，我懶得理會，要不是妳，慎哥兒往後還不定會受多大的委屈呢。」

因著賀氏說的一切，每次遇到杭天瑾，風荷就止不住發寒，她趕緊告辭。「我還要去向祖母回話，三哥請留步。」

她一面說著，一面就往外走。

杭天瑾沒有攔她，望著她的背影消失在院門後，方轉過頭來，去看兒子。

從太妃院裡回來，蔣氏的怒氣越發不可遏制。別說太妃，連王妃看她的眼神都變了，她不小心打了那小子罷了，值得一個個這樣怪責她嗎？其實，蔣氏壓根兒沒有弄明白太妃與王妃為何這般生氣。

太妃、王妃生氣不是因為她不小心打了慎哥兒，而是因為她失了婦德。不就是說了一句給小五房裡放個通房嗎，她就氣成那樣，這不是婦人最忌諱的妒是什麼，還居然拿小孩子撒性子，他們杭家幾時出過這樣的妒婦了？

原來，今天中午，王妃特地叫了蔣氏去她那邊用飯，然後把她與太妃的意思提了一提，讓蔣氏挑個可心如意的人兒伺候小五。沒想到，蔣氏的面色當時就變了，絲毫不顧忌她這個當婆婆的臉面，難不成她身子一直不好，他們小五就要跟著一直守空房嗎，這都什麼規矩？

到最後，蔣氏都沒有開口應一個「好」字，只是沈默不語，王妃當時就有幾分不悅。念著她身子不好的分上忍著沒發作，竟不想她會見人就打，打完了居然還不肯認錯，莫非以前都是看錯了這個兒媳婦。

第二日，輔國公夫人來看女兒，母女兩人關在房裡細細說了大半日。

待輔國公夫人離去，蔣氏親自去見了太妃、王妃，說要把自己陪嫁丫鬟中的綠意給了五少爺作通房。兩人都是聽過綠意的，知道是個面貌清秀可人的丫鬟，脾氣性格都溫順，才對蔣氏的態度好轉不少，當即選了好日子擺了一桌酒，正正經經將綠意抬了做通房。

綠意滿面羞怯的坐在床上，穿了一身淡粉紅的衣裙，頭上戴了幾支簪環。她是蔣家家生子，沒少看見蔣家那些妾室最後的下場，心裡是不大樂意為妾的，一直想著出去配做正頭夫妻。但丫鬟身，身不由己，陪嫁來杭家之前夫人就給她露過口風，她是備著給新姑爺當通房的，她不敢反抗，一心一意等著當她的通房丫頭。

誰知，來了杭家一年多，少夫人都沒有提過此事，還從不將她帶在身邊伺候。她估摸著是少夫人不樂意，倒也罷了，過兩年，她年紀大了，求少夫人出去配個小子也好，何必都瞅著姨娘的名分奔去。若能生個一子半女還罷了，若沒個子嗣，容顏憔悴之後她靠著誰去。

何曾想到，突然間就傳來她要當通房的消息了，她說不出是什麼感覺，反正她的一生都是被人擺布的命。

房門被打開，進來的卻不是五少爺，而是少夫人身邊的趙嬤嬤，她忙起身行禮，趙嬤嬤按住了她，笑道：「從今往後妳就是半個主子了，我豈敢再受妳的禮。我是奉了少夫人的命來的，這是少夫人賞妳的，妳吃了吧。」

趙嬤嬤身後的純如親自端了一碗黑乎乎的藥，面上看不大清，似乎強笑的樣子。

綠意詫異，盯著那藥汁子看，不明所以。

「吃吧，主子的令，做下人的服從罷了。」趙嬤嬤依然微笑，而綠意卻感到身上冒著冷意，她顫抖著雙手去搆那藥碗，但無論如何都拿不穩。

這、這應該是防止她懷孕的吧，聽她們說，正室尚未生下嫡子之前，妾室是不得有孕的，待到嫡子生下之後，她們方能懷孕生子。是不是以後，每次少爺來她房裡，她都要吃這個東西？她並不想爭著生下庶長子，只是直覺這藥恐怖，她猛地抓住藥碗，放到唇邊一口氣就灌了下去。

待她吃完，趙嬤嬤才滿意地出去了。

純如走在後頭，看著趙嬤嬤跨出了門，才捂著嘴，低聲泣道：「妹妹，妳別怪姊姊心狠，這都是少夫人的命令。咱們做奴才的，也不敢指望著有人養老送終。」她們都是與綠意一同長大的，明知她可能一輩子都不會有子嗣了，終究有些難過和同情。聽說，綠意家裡只有她這麼個女兒，還指望著她承繼血脈呢。

「啪」地一聲，綠意的手鬆了，藥碗清脆地摔在地上，跌得粉碎，開了一朵雪白的花，在昏暗的燭光下尤其顯眼。

「妳說什麼？這是什麼藥？」她的聲音淒厲，彷彿被人卡住了。

「是、是絕育的藥啊。」純如以為她早知道。

「絕……絕育？」少夫人的心忒狠了一些，逼著自己作妾，又剝奪了自己所有的一切，她甚至連自己的孩子都不能有，那她成了什麼，給五少爺暖床的工具嗎？

那一刻，綠意的心猙獰而糾結，她不想害人別人卻不肯放過她。即便是丫鬟又怎樣，她從小服侍少夫人一場，少夫人非但不念一點素日的情分，居然這麼狠心。

直到近三更的時候，五少爺杭天睿才醉得迷迷糊糊到了她房裡。那一夜，她痛徹心腑，身上那個男人或許根本沒有看清她長得什麼樣，甚至半點沒有憐惜，就要了她。

她第一次產生了恨，她恨這個男人，更恨五少夫人。五少爺與她本沒有情分，可少夫人不同啊，她辛辛苦苦伺候了這些年，都是埋頭做事，小心翼翼的，為什麼要這麼待她？她究竟哪裡錯了，難道怪她生得比別人好些，還是因為她性子軟糯，好欺負？

天濛濛亮，杭天睿迷迷糊糊醒來，隨手摸到了自己身邊一具溫熱而柔軟的身體，他習慣性喊了一聲。「柔玉。」

回應她的不是蔣氏嬌俏的笑聲，而是一道孱弱、慌亂、害怕、淒涼的聲音。「少爺。」

他定睛去看，方知自己弄錯了，他昨夜收了一個通房，這丫頭生得倒是頗招人疼，一雙大眼裡飽含著恐懼的淚水，怯生生望著他。他的心軟了一軟，放柔了聲音。「是妳啊，妳是叫什麼？」

「綠意。」

第八十九章 兩情相悅

直到掌燈時分，杭天曜也未回來，風荷只得叫了晚飯獨自用。剛撤下碗筷，雪姨娘居然來了，她不由滿心詫異，除了早上請安時雪姨娘似乎從沒有來找過她，或者說是來找杭天曜的。

橘紅色的燭光溫暖明亮，照得方磚白晃晃的耀眼，似有若無的幽香瀰漫在空氣中，彷彿置身於漫天的花海裡，雪姨娘的心沈了一沈。

她依然清冷，銀白色的衣裙只在裙褶處繡著淺綠色的竹葉，行動間如有春風飄拂竹葉，容顏依稀有幾分憔悴，幾分傷懷。頭上戴了一支碧玉的簪子，襯得她的肌膚玉般清透細膩。

風荷坐在花廳的炕上，炕桌上一個錦匣裡盛著滿滿的龍眼大的珍珠，顆顆瑩潤飽滿。雲碧半跪在炕上，細細瞧著珍珠，口裡笑道：「這些珍珠的成色倒是好，只是做了項鍊戴怕是不夠，做頭花吧有些浪費了，少夫人又不愛戴什麼手串的，我竟不知拿來做什麼好了。」

「何嘗不是，不然也不會放了這麼久，改日送了人算了。」她搖頭笑道。

「送人會不會太貴重了些，而且這樣好的成色實在難得，等少夫人想用的時候怕是不易尋到呢。」雲碧就著燭光把每一顆都細細欣賞了一番。

雪姨娘由含秋領了進來，微垂著頭，在五步開外福身行禮。「見過少夫人。」

雪姨娘一直不肯在前面加上自稱，風荷知她出身書香門第，有幾分傲氣，亦不想折辱了她，由她去罷了。

風荷笑著抿了一口茶，指著下邊的錦杌說道：「坐吧，用過飯了不曾？」

雪姨娘也不推辭，坐了下來應道：「用過了，妾身有事求見少夫人。」

「哦，什麼事，妳說出來我們斟酌著辦。」風荷心下暗嘆，只怕雪姨娘就是心比天高命比紙薄的範例了吧，以她的姿色出身原可以嫁去中等人家當個少夫人，卻在杭家看人眼色過日子。

雪姨娘平了平呼吸，緩緩道：「妾身的姨媽是戶部侍郎盧家的夫人，聽說她最近身子抱恙，妾身的表姊都出嫁了，姨媽身邊沒個人端茶送藥，妾身想去伴她幾日。」說完，她緊張地看了風荷一眼，這個要求有些僭越，她心裡是明白的。

風荷認真聽著，皺眉不語，為人妾者，便是親生母親病了都沒有資格回去侍疾，何況只是個姨媽。但雪姨娘既然來開了口，就是萬分想去的，她若不應又有些沒有人情，不知杭天曜是什麼意思。

想罷，她微笑道：「此事我一個人也作不了主，妳們爺估計很快就要回來了，等他回來問問他的意思吧。妳在這兒陪我說說話？」

雪姨娘不敢拒絕，點頭應是。

風荷聽她說話前都會深思熟慮，每個字似乎都經過嚴密的忖度，而且有條有理不卑不亢，對她的感覺好了不少。即使心比天高，終究看清了自己的身分。

門外有男子飛快而略重的腳步聲，簾子唰的被掀起，杭天曜笑吟吟走了進來，壓根兒沒看見立在一旁的雪姨娘，直接捧著風荷的小臉笑道：「做什麼呢？等我。」

風荷羞惱，一把拍開他的手啐道：「吃了酒不成，發什麼酒瘋。」

「被妳猜對了，我正是發酒瘋。」他越發得意，猛地抱起風荷轉了一圈，還故意問道：「怕不怕？妳若求饒我就放了妳。」

雪姨娘不可置信地看著眼前這一切，她的腦袋哄一聲響，身子歪了歪，勉強扶住一旁的花几，一手捂住嘴巴，雙眼睜得大大的。這、這怎麼可能，少爺他，他會做出這樣的舉動來？當初少爺納了她進門，雖也常去她房裡，更多時候是與她作詩唸詞，幾乎都不太與她有什麼身體接觸。便是每次行房，也是例行公事一樣的，她甚至懷疑少爺好男風，納那麼多妾室進門只是為了子嗣問題。

大家都說少爺待少夫人越來越好，她還不信，但眼前這一幕給她帶來的震驚、打擊那是無法比擬的。他原來也會如尋常男子一般疼愛妻子，或者說比尋常男子更甚，她的心絞痛起來，像是被什麼東西狠狠勒緊了。

風荷想起雪姨娘還在房裡，好一陣尷尬，忙拍著杭天曜的背叫道：「快放我下來，雪姨娘來找你呢。」

杭天曜愣了一愣，順著風荷的視線看過去，臉色漸漸沈寂下來，放下風荷扶她坐下，才對雪姨娘道：「什麼事？」

雪姨娘的臉色慘白如紙，整個身子像是秋風中的落葉瑟瑟發抖，她沒有聽見杭天曜與她說話，完全沈浸在自己的思緒裡。

風荷嘆了一口氣，或許，雪姨娘是真的喜歡杭天曜吧？她向一旁的雲碧使了一個眼色，大聲說道：「雪姨娘的姨媽戶部侍郎盧大人的夫人病了，她想去看看。」

雲碧的觸碰，風荷的話驚醒了雪姨娘，她僵硬地點了點頭，一雙眼睛直直地盯著杭天曜，卻不言語。

杭天曜被她看得惡寒，小心翼翼瞄了瞄風荷的臉色，擺手道：「想去就去吧。」

「妳們爺已經答應了，妳放寬心去吧，雲碧，妳陪著雪姨娘去沈烟那裡尋幾樣好藥材，就當是我的一片心意。」若說風荷心裡沒有一點感覺那是不可能的，只是她的詫異多過其他。

雲碧忙扶了雪姨娘往外走，而雪姨娘連辭別的話都沒有。

待她一走，杭天曜就恢復了往常的神色，捏著風荷的鼻子罵道：「妳倒是大方，拿著自己的東西給人做人情，也要看人家會不會感激妳。」

風荷輕蔑地瞟了他一眼，回道：「我也不是要她的感激，反正放著也是白放著，不如給了她。」

「瞧瞧，這是什麼規矩，有這麼跟爺說話的嗎，真是素日把妳寵壞了。」杭天曜好笑，握了她的手放在掌心揉搓著。

風荷使力抽出自己的手，背過身去，嘟囔道：「又不曾救我於強盜手中，又不曾急急娶我過門，這也算是寵？」

杭天曜瞧她氣色不對，扳過她肩來，見她小臉脹得紅紅的，眼睛裡含著水光，頓時心慌意亂起來，指天發誓道：「妳這樣說倒叫我無話可解釋了，當日那樣不過是權宜之計而已，我對她們本沒有一絲情分，難道這麼久了妳還看不清這一點。妳自己想想，自妳進門，我可有寵過她們誰，我對妳的心，妳竟是一分也感悟不到嗎？」

他說著，自己也急躁起來，最近自己事多確實忽略了她，偏偏半路上殺出個韓穆溪來，正膈應著呢，倘若她不信自己，那這誤會就大了。

風荷的聲音軟了軟，囁嚅著道：「你對我，你不說，我何從得知？」

「好好好，又是我的錯。」

他話未完，就被風荷打斷了。「什麼叫又是你的錯，說得好像是我無理取鬧一般，你那麼多姨娘，你愛去誰那裡就去誰那裡，我幾時管過你不成，莫非這樣還不夠賢慧？你要我怎麼做，你自己說清楚了吧，免得我會錯了意表錯了情。」

她說著，眼裡的淚就滾落下來，亮晶晶地倒映出了杭天曜的身影，杭天曜哪還有半分氣性，滿心滿眼都是求她諒解。

「妳聽我解釋啊，她們跟我，可是清清白白的，我清清白白交給了妳，妳若疑我，那不是讓我不得好死嗎？」他說得連自己都好笑起來，什麼時候也當了貞節烈夫，可惜朝廷不給牌坊讓他也誇誇口。

「噗哧」一聲，她又是哭又是笑，惡狠狠瞪著杭天曜，只是到底硬不起來，抿著嘴道：「誰跟你說這些了。」

杭天曜見她面上猶有殘淚，眼裡卻全是笑意，心下暢快起來，吻著她眉梢眼角道：「叫我拿妳怎麼辦好。」

風荷抱著他腰，質問著：「你還沒說為何這麼晚回來呢，表弟納妾，你們鬧得太晚不是耽誤了新人嗎？」

「這妳就不知了，王府那邊與平日一般無二，蕭尚還約了我去妳的茶樓吃茶呢，傅青靄、韓穆溪，我們幾個都去了。妳不知，今兒可轟動了，京城誰不知我杭天曜的夫人開了一家茶樓，滿城子弟都風聞著去了，妳只管等著明兒數銀子吧，保妳一個人都數不過來。」他摸著她的青絲，順勢卸下了她的髮釵，滿頭黑髮飄然落下，披在肩頭，映得肌膚勝雪。

有幾根髮絲飄零到她臉上，越發帶了一種迷離的風情，她順手捋了捋耳畔的秀髮，笑得眉眼彎彎。「果真，你可不許騙我。」

杭天曜抱了她歪坐在自己腿上，笑著。「我騙妳做甚，京城茶樓雖多，但還沒有一個是專門針對那群王孫公子們開的，妳佈置得清雅有趣，又是上好的茶葉茶點，價格又貴，如何不把他們吸引去了。便是為了擺擺闊氣，也不能不去啊，不然往後在京城還有什麼臉面混下去。我從前倒不知，妳把這些人的脾性摸得這麼清楚。」

風荷撫摸著他的胸膛，格格笑道：「我以前也不知，後來隨了你才知道。那你難道在那兒待了這麼久？」她有些不信，他什麼時候這麼有耐心了？

杭天曜從她衣衫領口望下去，看到隱約的凸起，故意抱著她換了個姿勢，卻把衣衫扯得更開了些，口裡一本正經。「可不是，我總得給妳鎮鎮場面吧，日後也沒人敢去妳那裡鬧事，妳說，妳要怎麼謝我？」說到「謝」字，語氣就頗為曖昧了。

修練久了，風荷也能做到面不改色心不跳，探進他衣襟掏出一個荷包來，打開看了看，就只有兩張百兩的銀票和一點碎銀子，才滿意道：「回頭每月多給你十兩銀子吧，但你不准隨意揮霍。」

「十兩，那能揮霍得起來嗎？」杭天曜咂舌，他們倆明面上的收入就只有每月的月例銀子，不過他上次出遠門回來後交給了她一個錦盒，裡邊整整五萬兩的銀票，當時把她嚇了一跳，也沒敢用，收在隱蔽的地方。平時家中的用度就隨意放在房裡的黑漆櫃子裡，誰要用自己拿，不過杭天曜似乎從沒有從裡邊取過銀子。

兩人說著閒話，風荷居然歪在他身上睡著了，他不由好氣又心疼，將她輕輕安置在床上，自己也去梳洗了上床。

第三日，葉嬤嬤拿了帳本來給風荷報帳，還帶來了半夏莊那邊送來的新鮮瓜果。葉舒小倆口昨兒傍晚進的京，彼時莊子裡正是最忙的時候，就托了葉嬤嬤一併送進來，他們倆一早就趕回了莊子裡。

丹姊兒也在，親自學著做了一樣糕點來感謝她那日為慎哥兒出頭，一大一小研究著七月裡太妃壽辰送什麼禮好。

聽是葉嬤嬤，風荷忙命快請，讓了葉嬤嬤坐。

葉嬤嬤穿著簇新的絳紫色夏衫，整個人打扮得清清爽爽，看著都年輕了幾歲，喜笑顏開提著一個石青色素面的綢包袱進來，身後跟著一個恬靜的小丫頭，梳著雙丫髻，一身青色的衣裙兒。

風荷略微一想，就知這小丫頭是沈征的女兒，便招手讓她上前，那丫頭也不懼，依禮上前行禮。

問她名姓，她笑著露出兩顆小虎牙。「因我是杏花開時生的，我爹娘就叫我杏兒。」看來在家中頗受寵愛，規矩學得並不好，都忘了要自稱奴婢。但她很快反應過來，臉色一苦，輕輕道：「是奴婢，少夫人。」

風荷看得好笑，也不與她計較，讓沈烟賞了見面禮，才與葉嬤嬤道：「嬤嬤這些日子辛苦了。」

葉嬤嬤精神頭兒很好，打開包袱取出兩本帳本，笑道：「少夫人信任我們將如此大事託付了，豈敢不盡心。而且有什麼苦的，少夫人瞧著，吃好睡好。這是這兩日的流水帳，他爹說第一日除去本錢賺了一百二十兩七錢，第二日少些，也有九十八兩，照這樣下去，一年能有不小收益。」

「這麼多？」風荷滿打滿算以為有五、六十兩，不想比她預計的多了一大截，看來她真是小看京城子弟們的紈袴了，一個個花錢大手大腳，絲毫不放在心上。但她猶有些不放心，斂了笑意問道：「前日妳們爺也去了，他花了多少銀子？」

葉嬤嬤一聽就笑了起來，眼裡有戲謔之色。「少夫人多慮了，少爺一兩銀子也沒花，他們吃茶是嘉郡王世子作的東道，並沒少爺什麼事。」

風荷亦有些赧然，訕訕地咬著唇角。「我也是怕他給我強撐面子嘛。」

丹姊兒忍不住笑出了聲來，掩著嘴角道：「難怪曾祖母總與我說別人是萬萬管不住四叔的，只有四嬸娘能擔得起來，我今兒算是服了這話。」

「小小年紀，懂得不少。」風荷被說了一個大紅臉，擰了擰丹姊兒的臉頰。

丹姊兒忙往後躲了躲，嘻嘻道：「曾祖母讓我多跟著四嬸娘學，我自然要多多關注。」

風荷放過了她，扶正頭上的珠花，對葉嬤嬤道：「往後每半月送帳本過來給我翻翻就好，平日的小事就讓葉叔看著辦，我對這些也不通，只等著收銀子就好。」

葉嬤嬤知她這話是真心，並不推辭。「若有大事拿不定主意的，我們再來請示少夫人。還有就是，半夏莊裡送來了今年頭一茬的瓜果，還有鄉下的幾樣野菜，都在後門口等著少夫人的指示呢。」

風荷前幾日就得到莊子裡送來的消息，也不奇怪，猜想他們還要過幾天才來，忙道：

「那葉舒姊姊呢，如何不見她的人？」

「今年多了一個莊子，事情一下就多了起來，他們放心不下，一早就趕著出城了，讓我代他們給少夫人磕頭，說是等到收完這一季的瓜果，再來給少夫人請安。」說著，葉嬤嬤就要起身磕頭。

風荷趕緊拉住了她，嗔道：「嬤嬤還當真不成，」她又回頭對沈烟道：「去後門口將東西領進來，賞趕車的每人一吊錢。」

葉嬤嬤聞言，又加了一句：「有六、七個大簍子呢，怕是要多叫幾個粗使的婆子過去。」

沈烟笑著應下，點了幾個院裡幹粗活的婆子去了後門。

一會兒，東西送了進來，四簍子又大又圓的西瓜，皮色青綠泛光，還有兩簍子各樣蔬菜，都是新鮮摘下的，綠油油的。

風荷看過之後，讓人分了五份一樣大小的，一份送去董家，一份送去曲家，一份給臨江苑的嚐個鮮，兩份留著自己吃。葉嬤嬤出去時，又叫了一個二門外的小廝，給她提著四個大西瓜。

待辦完這些，都是午飯的時辰了，風荷傳了廚房的，讓她們把飯菜送去太妃那邊，她要和太妃一起用，做了幾樣送來的新鮮菜蔬。

太妃吃得很喜歡，直誇好。又誇她莊子裡產的西瓜甜，汁水多。

風荷一面服侍太妃漱口，一面脆生生道：「孫媳莊子裡蓋了幾間房，想著祖母什麼時候在府裡待悶了，咱們就一起出去走走，散散心。」

「哦，妳這主意好，鄉下有鄉下的好處，我看現在天氣熱，等到八月底九月初的時候，秋高氣爽，咱們就去莊子裡吃螃蟹，也熱鬧幾天。」太妃年輕時愛玩，如今老了，行動不便，府裡待得久了悶得慌，想趁著還能行動出去看看，不然就沒機會了。

風荷見太妃高興，越發湊趣。「祖母這樣說，就是同意了，那孫媳讓他們早先預備著，收拾出幾間乾淨的屋子來，可不許丟了孫媳的臉面。」

太妃扶著她肩膀起來散步，笑罵著。「瞧把妳興頭的，還有幾個月呢，急什麼。」

「孫媳難得有機會孝順祖母，自然要加倍小心，回頭祖母不滿意還當孫媳小氣，藏私。」她嘟著嘴，一副小女兒情態。

這半年多來，太妃一直很關注風荷的動靜，對她極為滿意，心下想了想，作了一個決定。沒頭沒腦令丫鬟去請了王爺、王妃、大少夫人、杭天曜過來，她有話要說。

風荷不知太妃有什麼吩咐，也不敢多問，仍然乖巧的伺候著。

太妃撫摸著她的面頰，語重心長地問道：「妳就不問問祖母為何要叫了妳父王、母妃等人過來？」

她笑著偎到太妃胳膊上，聲音俏麗平和。「既然祖母一會兒會說，我何必再問，白累得祖母多說一遍。」

「真不知老四怎麼娶了妳這個丫頭，一點都不像咱們杭家人的脾性，偏偏就合我胃口。」太妃聽得喜歡，看著她的目光越發帶了三分愛憐。

幾人來得都很快，最先到的是大少夫人，一貫的沈靜溫厚，接著是王妃與王爺，杭天曜是最後到的。

王爺親自扶了太妃上座，笑問道：「母妃把我們叫來，可是有什麼吩咐？」

太妃擺手讓大家都坐，徐徐掃過眾人，嘆道：「這件事本來幾年前就該辦的，但老四一直沒娶媳婦，我便耽擱了下來，如今我看老四娶了媳婦，成熟起來，他媳婦又是我放心的，是把事情交代一下的時候了。」

旁人不解，王爺卻是聽出幾分滋味來了，太妃沒叫老三、小五一家，反而叫了劉氏、老四，定是與華欣有關之事了。華欣走了二十一年，與她有牽連的怕是她當年留下的那些嫁妝了，是該分給兩個孩子們了。

王妃臉色一變，隱隱猜到些許，沒有開口。

太妃繼續道：「華欣走了二十一年，老四長大成人，她在地下應該欣慰了。她來我們家時，有不少的嫁妝，如今都由我收著，替她料理。孩子們都大了，我也不可能給他們照應一輩子，就分了吧，往後如何你們自己看著辦，是好是歹都是你們自己的東西。」她說著，向周嬤嬤伸出手去，周嬤嬤恭恭敬敬奉上一本帳本。

太妃接在手裡，沒看，直接遞給了王爺道：「你打開看看吧。」

王爺忙道：「母妃照應的自然沒錯，兒子有什麼不放心的。」

太妃笑著搖頭道：「雖如此說，就由你唸一遍吧，哪些給老大媳婦，哪些給老四，大家心裡有個數。」

劉氏一聽，慌得跪下道：「祖母，孫媳不敢。大爺他既然不在了，四叔是母妃唯一的血脈，就交給四叔吧，我留著也沒什麼用。」習俗上而言，劉氏可以分，但她無夫無子，一切開銷都是公中的，要這筆銀子本沒多大用處。

杭天曜不說話，看了風荷一眼，風荷會意，一同跪下道：「這是先人留給兒女們的一點念想，我們不敢辭，不過大嫂那份理應她得，若大嫂不要，我們也絕不敢要。」

劉氏發怔，眼裡含了淚，只是輕喚了一句「四弟妹」。杭家總算是有德人家，以她的尷尬情形，別的婆婆長輩只怕見了她不恨已經不錯了，畢竟她嫁過來不到一年大爺就去了，一個剋夫的帽子逃不掉。好在太妃仁慈，這些年待她一如既往，有別的妯娌的絕不會少了她的，她心中很是感激。

太妃點頭讚道：「妳四弟妹說得對，長者賜不能辭，何況這是妳應得的。王爺，唸吧。」

嫁妝很多，兩份單子，唸了有一刻鐘才唸完。給劉氏與給杭天曜夫妻的差不多，不分厚薄。

唸完之後，太妃方道：「我在年前就整理了出來，分了兩份。那兩個莊子都距離不近，老大媳婦一個女子的不便料理，我就作主全部給了老四，折合銀子兩萬兩，所以老大媳婦現銀多了兩萬兩。其餘的，有的能估價有的難以估出來，我也是大概算了算，兩邊各一半。你們若有哪兒不服氣，就這會子與我說清楚，免得以後不安寧。」

分下來，杭天曜得了兩萬四千銀子，店鋪兩家，莊子兩個，四進宅子一座，家具、古董、金銀珠寶、衣料首飾若干。劉氏少了莊子，多了兩萬銀票，宅子是個三進的，但有三家鋪子。

三人都是異口同聲道：「遵照祖母的就很好。」

太妃滿意的點點頭，又看著王爺王妃問：「你們有什麼意見嗎？」

兩人也沒有意見，先王妃的嫁妝就這樣分了。

從太妃院裡出來，杭天曜一直很沈默，握著風荷的手有些緊。

他是想起自己母親了吧，或許那時候他太小沒有多少記憶，但是母親的懷抱、音容笑貌總是先天的一般，讓人無法忘記。風荷輕輕勾了勾他的手指，望著他沈俊的面容出神，卻不料沒看腳下，絆在了臺階上嚇得她猛然驚呼「哎喲」。

杭天曜扶住了她的腰，露出溫和的笑容，一雙眼睛清澈明亮，說道：「傻瓜，這麼不小心。」

風荷索性整個人都靠在他懷裡，看著地面低低道：「誰讓你不看著我。」

「我以後都看著妳好不好？永遠看著妳。」他眼裡有釋然的笑意。

「這可是你說的，我沒有逼你，從現在開始，你只可以看我一個人。」風荷笑得單純，粉紅的唇在他鼻尖印上一吻。

渺茫遙遠的記憶因她的吻而漸漸消散，不堪回首的歲月也成了前世，他只想留住她，留住那樣美好溫婉的感覺。他附在她耳邊，低笑道：「娘子，我們前邊有兩個丫鬟，我們後邊有四個丫鬟，現在還有一個丫鬟在往這裡跑。」

唰的一下，風荷被燙了一般跳開去，眼角餘光掃過那些眼觀鼻鼻觀心的丫鬟，紅暈從臉頰一直蔓延到了脖頸裡、耳根後，急得想哭。全被人看見了，她的臉是沒處擱了。

杭天曜怎麼捨得她焦急，上前攬了她在懷，用衣袖擋住她的臉，輕言慢語。「要是有人問起來，妳就全推到我身上，反正妳是被迫的。」

把風荷氣得拚命用粉拳捶著他，咬牙道：「你還說，你是嫌她們沒看見啊，誰敢問我跟誰急。」她話音未落，就聽見人群裡有人發出壓抑的悶笑，可是她們一個個把頭低得能埋到地下去，根本看不到臉。

風荷感到她們一個個此刻都在笑話她，臉燙得燒起來，衝著遠處跑來的一個丫鬟喝道：「跑什麼跑。」

那丫鬟愣得下巴都要掉了，四少夫人發脾氣？可是，怎麼看她的臉色都不像是生氣呢，好似羞惱更多些。她摸了摸自己的頭，半晌道：「前面有消息說恭親王府的七公子從馬上摔下來，摔斷了腿，太妃娘娘讓少爺與三少爺一起去看看呢。」

恭親王府？七公子？

這幾個字終於把風荷的理智喚了回來，她忍不住捂了嘴，緊張地朝杭天曜看，然後得到杭天曜詭異的笑。她也顧不得這麼多人看著，擺手揮退了丫鬟，挨近杭天曜問道：「你別告訴我是你幹的吧，都弄乾淨了？」

「那還用說，那本就是匹性烈的馬，他自己不信，非要上去，別說被摔斷了腿這點小事，只怕沒那麼容易呢。」他的笑冷酷而悠閒。

「難道還會有什麼事？」風荷摸了摸自己的小心肝。

杭天曜咬著她耳垂恨恨道：「他敢打妳的主意，我自然要他一輩子都打不成那樣的主意。」

風荷起初沒有聽明白，仔細一想，驚得揪緊了他的衣袖，喃喃道：「你的意思，是、是他不能娶妻生子了？」

杭天曜哈哈大笑起來，摟著她道：「他早娶了妻子，妾室也不少，不過生子就麻煩了，往後啊，嘖嘖，只能看著不能動了。」

這話把風荷再次羞得滿面通紅，跺腳道：「你再胡說我就不理你了，祖母讓你去你還不快去，在這兒耽擱什麼勁。」

杭天曜看她那麼可愛好玩，越發拋不下手，卻不得不去，只得道：「我這就去，那妳等我，我回來後，咱們一起去後花園看落日。」

「好，囉嗦什麼呢，快去吧。」風荷雖是這麼說著，心裡卻禁不住泛起淡淡的甜蜜，杭天曜對她，其實真的很不錯。

待杭天曜回來之時，風荷已經一個人去了後園賞花。穿著緋紅色素面杭綢的夏衫和月白紗裙，挨著亭子欄杆數著池塘裡盛開的荷花，念著明日要早起，來收荷葉荷花上的露珠，泡了茶喝。

西邊的天空一帶橘紅，晚霞映在荷花上，潔白的荷花彷彿鑲了一圈圈胭脂邊，美得驚心動魄。

想起書上寫的江南，忽然生出一股急切的嚮往來，在這樣美的意境下採蓮，蓮子清如水，芙蓉兩邊開。再回頭，望到遠處杭家最高的正院，不由輕笑，她是禁錮在這深潭裡的花，開了謝了都在這裡，永遠飛不出去。如果能與杭天曜有一處小小的院落，只有他們兩人生活，她不介意這輩子將自己束縛在他身上。

背著霞光，走來一名男子，白衣翩然。

她嫣然而笑，其實，不管在哪裡，她也願意。她不知何時起，自己慢慢接受了他，接受了她命定的夫君。也許，他不是最適合她的，但感情就是一陣夏日的雨，何時來了都不知道，嚮往著春雨的溫柔而不喜夏雨的暴躁，但是不經意間，卻愛上了那一刻的暢快淋漓。

杭天曜坐在青石的欄杆上，扶著她的肩，指著近處一枝含苞欲放的荷花道：「風荷一枝勝花嬌。」他溫熱的氣息撲到她面上，有曖昧的餘香。

涼風習習，裹著荷葉的清香，風荷略微掙扎，衣袖滑到臂彎裡，露出凝脂般玉白的肌膚。杭天曜握著她的手送到唇邊，輕輕咬了一口，留下一排整齊的牙印。

「為何不等我就來？」

「我為何要等你。」她攏了攏衣袖遮住一片春光，側身望著滿池碎荷。

他坐在她背後，環著她的腰，將下巴擱在她後頸上，閉上眼嗅著清甜的香味兒，舒服的嗯了一聲，隔著細薄的衣料留下一朵朵火熱的吻，甚至乘機拉下她後背的衣服，凝望著圓潤的肩膀。

風荷張嘴，但嚥下了即將逸出來的低吟，抓過他兩手交握在胸前，不讓他胡亂動作。卻不知這樣更方便了杭天曜，他雙手立時握住一團滾圓，揉捏起來。

丫鬟的腳步聲漸漸近了，杭天曜整了整風荷的衣衫，貼著她耳朵問道：「今兒這麼熱的天氣，晚上我們把竹榻搬了來這裡，就睡在園子裡好不好？」

風荷將頭埋在他胸前，聲音低若蚊蠅。「這裡一目了然，來了人怎麼是好？」

杭天曜得了她這句話，歡喜得就差沒驚呼出聲，壓抑著道：「西邊臨水有個小榭，就是備著夏日乘涼用的，讓人這會兒去收拾出來，晚上就能用了。也別關窗，只拿湘妃竹簾遮了，既能吹到晚風，又能聞到滿池的花香，妳看可好？」

「嗯。」風荷再說不出一個字來，只是幾不可見的點了點頭。

過來的是沈烟，她看見只有兩位主子，不由笑問：「那兩個小蹄子呢，讓她們伺候著少夫人，莫不是自己貪玩溜了。」

風荷深深吸氣，強笑道：「她們整日被拘著，由她們逛去吧，不是讓妳先去沐浴嗎，怎麼過來了？」

「原是要去的，臨時有點事耽擱了。」她瞅了瞅杭天曜，欲言又止。

「什麼事？」風荷自然明白沈烟的顧忌，但有些事遲早要擺到明面上。

沈烟心中有數，便輕輕笑了起來。「雪姨娘回來了，盧夫人還讓她帶了禮物來給少夫人，因少夫人不在，奴婢作主讓雪姨娘先回去歇息了。」

這麼快就回來了，風荷還以為她好不容易出去一次會住幾日呢，便道：「都是些什麼東西？」

沈烟細細回想著，無非是些衣料糕點類的。

風荷聽了先是不語，往杭天曜臉上瞟了一眼，才道：「既這樣，就收了吧。」

「還有一事，」她說了一半停頓住了，見風荷點頭，方道：「綠意姑娘那邊，我們需要送禮嗎？」

昨晚，五少爺正式收了一個通房，是蔣氏身邊的陪嫁丫鬟，開了臉，他們這邊自然要表示表示，而蔣氏會不會生氣就不是她管的事了。她淡淡笑道：「比照著上次白姨娘的例送一份過去，讓端姨娘與雲碧一同過去，就當是我們的一點心意。」

沈烟說完這些就要走，杭天曜有些急了，暗暗捏了捏風荷的玉腕，見風荷依然不叫住沈烟，忙不迭開口喚道：「沈烟。」

沈烟都往回走了幾步，聞言訝異地停下來，四少爺平時不大使喚她們幾個。她回身問道：「四少爺有什麼吩咐？」

杭天曜故意隨意地說道：「天氣太熱，咱們院裡又不透風，今晚把西邊臨水的小榭收拾出來，晚上我與妳們少夫人歇在那裡，就用上次製的那個竹榻吧。妳們幾個，隔壁有兩間小屋，本是給人歇腳用的，湊合著睡一晚吧。」他說完，臉色不經意紅了紅。

沈烟不解地看向風荷，可惜風荷低垂著頭沒有看她。她不解的不是晚上歇在園子裡，這是尋常事情，她不解的是那小榭至少有三間房子，她們幾個有一間小的值夜就罷了，怎麼竟把她們打發到旁邊另一座房子裡，那樣主子們有傳喚不是不方便了許多。不過，她的不解沒有持續太久，不過轉眼間就反應過來，滿面帶笑的應了一聲，還多問了一句：「恐怕少夫人少爺晚上要吃茶，要不要多帶些熱水過去？」

她不說還好，這一說，風荷的臉紅得那石榴花一般，欲要跺腳卻不想讓兩人的目光停在她身上，暗中掐著杭天曜的胳膊。

杭天曜此時根本不覺痛，連連點頭讚道：「難怪妳主子這麼疼妳，果然是個乖覺的，我也不多說了，相信妳會料理得妥妥當當的。」

沈烟也止不住紅了臉，笑著去了。

意外的是，當他們回到院裡準備用晚飯的時候，一院子丫鬟看著他們的目光都有些不大對，一個個抿了嘴笑，說話行動都比平時小心翼翼些。然後都是匆匆忙忙往外邊搬東西，應該是要搬到園子裡去。

晚飯還未吃完，太妃身邊的周嬤嬤一臉詭異的笑容過來了，給兩人請了安之後卻把沈烟叫了出去，壓低了聲音與她說了半日，只看到沈烟的臉紅了又紅，然後一個勁兒點頭。

風荷大是驚異，只覺得所有人都在看著她笑，弄得她不知所措起來，連晚飯都沒有好生吃。杭天曜怕她一會兒餓，就命廚房熬了清淡的粳米粥備著。

一用了飯，話裡話外就暗示她去園子，風荷哪還肯去，覺得有點司馬昭之心路人皆知的感覺，拿沐浴拖延時間。

這一洗，就洗了半個時辰多，直到夜色黑透了還沒從裡邊出來。

杭天曜時不時在淨房外邊踱來踱去，又不忍心催她，又擔心她別在裡邊出了事。看看都不早了，才咬牙哄她。「風荷，妳好了嗎？我進來了啊。」

其實，風荷洗完很久了，只是不好意思出來，這下熬不過，慢吞吞挪了出來。

第九十章　東邊日出

四盞平角琉璃燈在前引路，與天邊的一彎新月交相對應，柔白色的光映在地上，彷彿開滿了一朵朵梨花，清冷幽香。

一路上無人說話，只能聽到放輕的腳步聲和衣裙的窸窣聲，弄得人的心越發慌亂起來。風荷幾乎能聽見自己的心跳如擂鼓，每一下都撞擊得她發暈發顫，她幾次想回去，又怕杭天曜看不起她而強自硬撐著。大掌包裹著她纖細的手，手心裡滲出黏膩的汗，潮濕燥熱。

樹影重重，被燈拉得或遠或近，像是跳起了一曲優美的舞。

很快，眼前的視線開闊起來，湖邊沒有大樹，只幾棵柳樹隨著晚風輕輕擺動，沙沙地唱著歌。

這是一個臨水的小榭，三間正房都半建在水裡，四面開著大大的紗窗，窗一開，倒像是個亭子，很是闊朗。

此時，幾面的紗窗依然開著，只是拿了細篾的湘妃竹簾遮了起來，有風過時竹簾偶爾吹起一角，房裡氤氳的橘色燭光露出一星半點。小榭十來步開外的岸上有幾間低矮的屋子，能用作廚房，燒燒熱水，或者供下人歇腳。

就著昏暗的光線，風荷抬頭看到匾額上題了兩個龍飛鳳舞的字──「宛央」，取宛在水中央之意，字跡熟悉，有幾分像杭天曜的手筆，只是略顯稚嫩青澀些。

她不由抿嘴笑看著杭天曜。

杭天曜開口與她解釋。「是我少年時作下的，有一年擴建園子，我隨了祖父進來觀賞，喜歡這裡的夏夜風光，就搶著題了這兩個字。今日看來，卻是有先見之明的。」

說到最後，傳來曖昧的笑聲。

風荷當即明白他的意思，添了三分懊惱、三分甜蜜。

沈烟親自打起簾子，陪笑道：「少夫人看看喜不喜歡，若有不合心意的還來得及改。」

風荷不理她，噘著嘴邁了進去，死沈烟，辦的什麼事，閨閣中那點事被她鬧得人盡皆知，現在怕是整個杭家都在看他們的動靜呢。

沈烟亦是有幾分委屈的，少爺少夫人好不容易準備圓房了，可是頭一等的大事，她又沒經歷過，自然許多事情不懂，難免要向周嬤嬤請教一二，不然鬧出笑話來才好看呢。

周嬤嬤一聽，怎麼可能不把這麼件大事彙報給太妃娘娘知道，太妃娘娘知道，當然要插手了。何況，這也不是什麼見不得人的事，想來明兒太妃娘娘很有可能擺幾桌酒樂和一日呢。

中間一間被暫時佈置成了宴息室，臨湖的那面設了大炕，方便欣賞湖中美景，房中地上一張小圓桌，擺著茶水點心。左右兩面對立著海棠花式樣的高几，分別擺著一盆盛開的石榴花和紫玉蘭。

右側作了淨房，左側則是臥房。左側的房子兩面臨水，今晚是東北風，正好對著風向，格外涼爽些。精緻的竹榻挨牆放著，掛了紫色薄紗的帳幔，風一吹，飄飄揚揚，神秘朦朧。鵝黃色大花的夏被輕薄柔軟，順滑無比，與淺綠色的迎枕放在一起，一下子清爽起來。

幾個丫鬟一齊笑著行禮道了恭喜，然後魚貫退出，把風荷弄得扭捏不已。

她趕忙掙脫杭天曜的手，快步走到面東的窗下，掀起一角湘簾往外看。湖泊挺大，大概有五、六十畝地大，三三兩兩種了荷花，偶爾可見一些菱葉。月光灑在荷葉上，輕薄的乳白色，給荷葉籠上了一層飄渺水霧。那一枝枝亭亭玉立的荷花，或含苞，或怒放，美得似水中的仙子，凌波而來，送來一陣晚風的清香。

小榭旁的湖岸太湖石邊，點綴了幾叢鳶尾花，黃色的花瓣高貴華美，暗香伴著荷香襲來，說不出的醉人。

杭天曜行到她身旁，索性把簾子捲起，雙手環住她的腰，情意綿綿的望著她，一雙星眸溫柔似水，能把人融化在裡邊，眼裡的笑意滿得一直往外溢。

他輕輕托起她的纖腰，低語道：「月下看美人，古人誠不欺我。」

風荷登時低垂螓首，小手扭著他的衣帶，不肯說話。

「湖上不會有人來，咱們晚上打了簾子睡也一樣。」他低頭含住她的耳垂，聲音暗啞。

風荷慌亂的抬起頭來，猛地搖頭，那怎麼行，假設有人來呢，沒人來不是還有湖裡的魚嗎？這個流氓，越玩越有新花樣了。

她趕緊脫了他的懷抱，驚慌著道：「你先睡，我還要看會兒書。」她一面說著，一面就欲出去喊沈烟找本書出來。

杭天曜一把拉住她的手，輕笑道：「不用喊沈烟，我給妳帶了書來。」

聞言，風荷才停住腳步，看他從哪裡變出一本書來。不想杭天曜果然從懷中掏出一本小小的書來，攬著風荷的肩坐在榻上道：「我們坐下看。」

兩人緊挨著坐了，頭都併到了一塊兒去，杭天曜握著風荷的手與她一同翻書。第一頁、第二頁……全是圖，風荷大大的眼睛睜得更大，手似被燙了一般急忙將書擲到杭天曜懷裡，脹紅了臉羞道：「你這都是什麼書？」

「娘子，人家怕妳回頭不滿意，特地尋了書來習學的。」他臉不紅心不跳，哀怨地訴道。

「這、可是你、你從哪兒得來的？」風荷一想到那些男女赤身露體摟在一處的畫面，就覺得耳根都燒起來。

杭天曜興致勃勃地翻開遞到她眼前，笑道：「我從青靄書房裡偷來的，看在我這一片苦心的分上，娘子妳好歹看一眼。」

風荷啪地拍掉他手裡的書，雙手捧著自己的小臉，怔怔道：「他不是還沒有娶親嗎？」

「是啊，但他有幾個通房呢，而且這種事肯定要預先學了，不然新婚夜丟臉可不行。」

別看杭天曜說得輕鬆，心裡還是有幾分緊張的，天知道他一會兒的表現風荷會不會滿意呢，若是不滿意，他往後還有什麼臉見人呢？

風荷幾乎不能聽見他說的話，滿眼都是那些畫面，喇的站起來，半日道：「我，去洗漱。」她必須馬上逃出去，再跟杭天曜待一處她非得被嚇死不可。

杭天曜也不管她，只是把她送到淨房門口，隔著門問道：「娘子，妳之前已經沐浴過了，這回只要換一件寢衣，應該會很快吧。」

風荷咬牙聽著，拚命給自己打氣，千萬不能怯了陣，不然往後都輸了氣勢，她得拿出點顏色來給他瞧瞧，看他還敢得意地賣弄不。

她一面想著，一面換了寢衣，這是一件淺桃紅的睡衣，襯著裡邊的松花綠肚兜，分外嬌嫩嫵媚。風荷斟酌了好幾次，終於狠下心來，把寢衣的腰帶放得鬆了些。然後卸下釵環首飾，只剩一支玉簪別著髻兒。

當她做完這一切，已是一刻鐘之後了，杭天曜靠著門等她呢。一見風荷，杭天曜頓時眼前一亮，嬌而不俗，媚而不妖，他已經有些躍躍欲試了。

風荷拉著他的手唰唰唰幾下就回到了臥房裡，擺出一副比試的架勢來，剛坐回床上又站了起來。杭天曜知道她的用意，按著她坐下，拔下了她髮上的簪子，三千青絲就那麼飛揚而下，落在她的肩頭，襯得她的小臉楚楚動人。他捏了捏她的粉頰，攏了簪子起身，將燭火挑得暗了些，屋子裡被昏暗的紅色燈光所籠罩，無比曖昧。

杭天曜捧了她的臉，慢慢覆上去，將他細密的吻落在她眉心、額角、兩頰、下巴、脖頸、粉唇上，每一下都是點水的蜻蜓一般淺嘗輒止。

風荷故意摟抱著他的腰，在他精壯的背上寸寸摸索著，然後攀住他的脖子，把自己的唇送到他滾燙的唇下。

杭天曜根本禁不起她這樣的挑逗，猛地抱緊了她，一手扶著她的頭，加深那個吻。唇齒間的糾纏帶來滿足，但更帶來空虛，他開始用自己掌心的薄繭摩擦她光滑的肌膚，撫過她的肩膀、後背，隔著輕薄的衣料感受她細膩的觸感。

風荷好不容易鼓起來的勇氣終於崩潰了，酥麻顫慄的感覺讓她不明所以，她試圖掙扎卻掙不脫他有力的胳膊，小嘴裡逸出破碎的低吟聲。

「別怕，一切有我。」他把濕熱的氣息噴在她耳後，看著她雪白的玉頸漫上雲霞，清透的粉紅色澤勝過含苞待放的花。他把她放倒在床上，青絲鋪散開來，就如開了一朵黑色的花，誘惑妖豔。

玉簟涼絲絲的，緩解了她暫時的燥熱，她嫣然笑著抱住他的頭，撫摸著他上下滾動的喉結，然後把自己濕濕的吻印在他的耳畔。她順手扯開他的衣襟，微涼的指尖滑過他胸前因為滾燙而發紅的肌膚，給他帶來一時的消渴，卻加深了他下一刻的渴求。

雪白的胸脯在糾纏中漸漸顯露出來，與桃紅的輕紗一起形成瀲灩的風情，粉嫩得似能沁出水來。他把一枚枚深紅的印跡留在她身上，從脖頸蜿蜒到圓潤的肩膀，用牙齒撕扯開她的衣領，讓她的美毫無保留展現在他眼前。

他的手火熱，每到一處就燎起一片草原，大火中的草原。薄透的衣料根本擋不住他帶來的情潮，反而愈加增添了搔癢，她高聳的胸，平坦的小肚子，甚至挺翹的臀部，緊緻的大腿，都開始泛出胭脂的顏色。

她的衣衫不知何時已經散落在了地上，肚兜脆弱的帶子在他靈活的挑動下獲得了自由，一對白膩豐挺的乳兒倏地跳了出來，呼吸到了涼爽的夜風，引起一陣陣顫慄。

他體貼的怕她冷，覆上自己灼熱的唇，用自己的溫暖包裹住她，慢慢吮咬著、吸扯著，感受他給她帶來的挺立。忽然間，他不再溫柔，不再斯文，甚至帶點野蠻的動作起來，他瘋狂的與她糾纏。

大海中的孤舟，狂風中的嫩芽，風荷覺得自己此時就很符合這樣的描述，她完全不能控制自己，她整個人都在他的掌控下，幻化出他想要的一切。她不可遏止的吸著氣，抓緊他將指尖掐進他的肉裡，迎上自己的胸，用自己的玲瓏曲線去感受他的英挺他的昂揚，似乎只有與他貼緊她才能好受些。

他身上的衣衫早沒了，連褻褲也無影蹤，他把自己的一切都展露在她眼前。

風荷的臉紅得能滴出血來，她拚命躲閃著自己的目光，又想偷偷去看，她只得閉上眼，無力地癱軟在他身下，急促的喘息已經使她無能為力了。

他摸索著摸到她的身下，那個神秘的泉源黏滑的觸感刺激了他，讓他無限脹大起來。他把自己摩擦著她的腿，給她帶來更加致命的衝擊。

風荷清楚，那一刻就要來了，她微微弓起身子，溫柔的撕咬著他的唇，露出勾人心魄的笑。

杭天曜徹底沈迷在她的夢裡，他猛地抓過淺綠色的枕頭，扶起她的腰肢，將枕頭塞到她身下，低吼道：「風荷，如果痛妳就喊出來。」

他儘量打開她的雙腿，環在他腰上，用他的巨大尋找桃源的入口，也給她帶來濕潤的感覺。而他自己，已經痛苦得難以克制了。他抱著她的臀，用力的抱緊，然後一點一點往前送。

空虛開始被他填滿，但還不夠，她還想要更多，可是腫痛的感覺清晰的傳來，痛得她想要縮回自己的身子。她全身被他制住了，她一寸都不能退，只得咬牙承受。

痛楚越來越強烈，她終於忍不住低呼出聲。「不要……痛，好痛。」

他知道會很痛，早就想著咬咬牙挺過去，可一看見她糾結成一團的眉心，委屈而噘著的小嘴，眼裡閃閃的水光，他就很挫敗的捨不得。明知不得不如此，他依然不捨，而他自己的難受已不再重要。

他俯下身，連連吻著她的唇，安慰道：「乖，我們慢點好不好，一會兒就好了。」

風荷得了赦令般的點頭，又感到歉疚，不由投入地與他纏綿著，口裡模模糊糊問著：「會不會弄錯地方了？」說完，她覺得異常羞愧，這種事，怎麼可能弄錯，這不是瞧不起杭天曜嗎？她忙撫摸著他的前胸。

杭天曜不知是該哭還是該笑，弄錯地方，這笑話也太大了些，傳出去，他杭四少再也不用混了，趕緊找個地方躲起來的好。雖然他沒有經驗，可是這種事很大程度上是本能，他相信自己不至於差到這分上。

他不斷的撫摸她，揉搓著，旋磨著，她的眼再一次失了清明，變得迷離，閃著妖冶的光芒。他不經意地再去靠近她，抱住她的頭，低語道：「我要進去了？」

風荷心知這是不得不行的，咬咬牙點頭。

「別緊張，放鬆些，那樣痛楚會輕許多。」他拍著她的粉頰，捏了捏她的鼻子，又道：「閉上眼，我們一起體會。」

黑暗中，撕心裂肺的痛讓她幾乎暈厥，她狠狠抓著枕頭，壓抑的低呼，眼角滑下淚水。

他又愧又疼，忙吻去她的殘淚，用他的身體給她帶來溫暖，方才的痛楚讓她連身子都冰冷起來。

她勉強睜開眼睛，抹了抹兩頰，啐道：「你這個……」

杭天曜笑得眉都散了，摟緊她道：「傻瓜，我就是流氓、色狼、壞蛋，那也只是對妳才這樣。現在，可不可以動了，我受不了了。」說到這兒，他明顯皺了皺眉。

風荷羞赧，幾不可見地點了點頭。

痛楚漸漸退去，取而代之的是一浪高過一浪的情慾，她不能自已，時而嚶嚀，時而低泣，時而哭求。

杭天曜明白最痛苦的時候已經過去，現在即使她有一點難受，但更多的是與自己一樣的滿足，所以他沒有停止，只是一次又一次帶她衝上頂峰。

當他退出她身體的時候，她早已暈暈沈沈，幾欲睡去。

他擁緊她，看著她嘛嘴的睡顏，有一種從未有過的踏實與幸福。他一點點描畫著她的容顏，了無睡意。

風荷不知睡了有多久，當她再次醒來之時發現那個男人依舊在她身上，做著不便的動作。她又羞又惱，揪著他的胳膊問道：「你幹麼吵醒我，我還沒睡好呢。」

「娘子，這樣，妳一會兒會睡得更香。」他的笑醇厚似美酒，帶著蠱惑人心的力量。

這樣露骨的話風荷從未聽過，止不住的捂住自己的耳朵，嬌嗔道：「你騙我。」

他咬著她的蓓蕾，不由抬頭笑道：「那娘子剛才不是睡得很香，咱們再試試，就知我是不是騙妳了。」

風荷懷疑男人天生都是不要臉的，卻無從拒絕，任他予取予求。

她朦朧中感到，有人抱著她放進溫暖的水中，為她細細擦拭著，時不時在她身上留下輕微的痛。

清晨的風清新涼快，帶著荷花的淡淡香氣，拂在人面上有如情人的手。熹微的晨光透進紗簾，映亮她白皙的面容，她倚在他懷裡，小手放在他腰上，細細的呼吸噴在杭天曜的胸口。

似乎有人在撫摸自己，風荷哀怨的睜開眼，嘟囔著：「什麼時辰了？」

「剛到卯時，還早著。」低沈的聲音一如既往，只是更顯溫柔。

風荷揉了揉自己的眼睛，呀的一聲坐了起來，想起昨晚沒有歇在凝霜院，忙道：「你怎麼不叫醒我，我要去收露珠呢，怕是這回都快沒了。」

她欲要穿衣服，發現自己滿身的紅印子，可那個始作俑者居然還用那樣飢渴的目光盯著她看，她忿忿地要起身，才發現自己渾身痠痛，尤其是下腹那裡，還有兩腿，痠脹得幾乎起不來。

杭天曜不過大掌一揮，就將她溫香軟玉的身體攬在了懷裡，笑道：「昨晚睡得香不香？」

風荷愣了半刻，很快反應過來，臊得頭都抬不起來，啐道：「不香。」

「既如此，那為夫我只能繼續努力了。」他話未說完，就在她身上上下其手起來。

他可是正當年華的青年男子，每天眼巴巴看著，卻不能解解饞，不知憋了多少火在心裡。要不是怕她年小第一次受不住，他哪兒那麼容易放過她，一晚上幾乎沒有合眼，這回看她睡飽了，自然要吃幾口，不管能不能填飽肚子，好歹也是意思。

風荷驚恐地瞪大了眼睛，她幾乎不相信杭天曜話裡的意思，他怎麼還有精力不成？她沒有他靈活，很快就成了他手中的羔羊。

一陣翻雲覆雨之後……

風荷哭喪著臉由他給她穿衣服，偶爾狠狠捏捏他，便是這樣她心裡的氣也出不來。這都辰時了，她拿什麼臉見人，回頭那麼多丫鬟下人，還有太妃那裡，她們該怎麼取笑她啊。她恨不得當了縮頭烏龜，躲在這裡不出去，可是那樣更不是辦法了，人家更要懷疑了。

這麼大熱的天，她居然要穿上高領的衣服擋住自己身上的紅痕，她真是恨不得掐死杭天曜算了。還有她的腿，像不是她自己的，根本不聽使喚，剛剛站起來時還打顫呢。

風荷哆嗦著不肯出去，杭天曜騙她。「我聽丫鬟們說祖母那邊似乎買了一大堆鞭炮，一會兒要放呢，妳若不想全京城都知道咱們昨兒晚上幹的事，就快去阻止了吧。」

「什麼？你，我不相信，哪有這樣的規矩？」風荷驚得目瞪口呆，隨即馬上反駁。

「妳不信就算了，一會兒妳等著聽聲音吧。咱倆初次圓房，是件天大的喜事，府裡人本該跟著我們歡喜歡喜。」杭天曜撫摸著她的素手，即使一夜不曾好睡，他也興致頗好，簡直可以說是生龍活虎了。

風荷又急又慌，生怕太妃真的把事情鬧大起來，二話不說拉了杭天曜快步往外走，一群丫鬟正在外面竊竊私語，就等著他們起身進去伺候呢。

大家一見兩人出來，笑吟吟跪下再次恭喜。

風荷的臉唰地紅了，杭天曜怕她臊了回頭不理他，就站到她前面擋住了，大手一揮笑道：「凝霜院人人都有賞，每人賞一月月銀。」

這下子，大家更高興了，也不是在乎那一月的月銀，而是討個好彩頭，這往後四少夫人才是名正言順的了，她們也能在府裡挺直了腰桿，看那幾個姨娘們還敢不敢在少夫人面前做出一副輕佻樣子來不。

一路上，風荷都盯著腳下的路，生怕被絆倒了似的，誰跟她說話，不是嗯就是啊的，不肯多說幾個字。偏偏下人都嘻嘻哈哈，弄得她總以為她們在笑話她。

太妃果然喜得老臉笑成了一朵菊花，直拉著風荷的手問這問那，什麼身子好不好，什麼多補補，她不問還好，這一問，風荷恨不得尋個地洞鑽進去。杭天曜卻連臉都沒紅，一味奉承著太妃的話，把太妃哄得更高興。

不出杭天曜所料，太妃真的讓人備了幾桌席面，把府裡女眷們聚攏了來，一起吃酒作耍。風荷除了低頭就沒有第二個動作了，她非常鬱悶，自己第一次讓眾人為她吃酒不是生辰，而是圓房，這太驚駭了些。

席上，各房的女眷們都來了。不管真高興還是假高興，在太妃面前，至少都擺出一副與有榮焉的樣子來，只有一個蔣氏，從頭至尾沒有露過一個笑容，甚至席未終她便先告退了。

太妃今日高興，也不與她計較，當她是身子不適。而王妃的面就不大好看了，什麼時候開始，蔣氏這樣不知禮了，太掃她的臉面了，讓太妃看了還以為是她們不樂意老四夫妻和睦呢。

今日五少爺沒有出去，正在自己院子裡呢。

蔣氏沒好氣的進了門，滿臉不悅之色，恨恨地坐在椅子上，絞著手中的帕子。

五少爺看見，不免奇怪，訝異地問道：「祖母不是擺了宴叫妳們吃酒嗎，怎麼這麼早就回來了，可是有什麼事？」

想起太妃對風荷那捧在手心裡怕摔了的樣子，她就一陣不適，不過圓了房，能不能生還不一定呢，就把她捧成這副樣子，眼裡哪還有自己。

還有那個杭天曜，不知吃錯了什麼藥，居然這麼體貼溫柔起來。再想想自己，夫君前日剛納了通房，一連兩晚都歇在那個丫頭那裡，根本沒把自己放在心裡，虧得自己為他付出那麼多，還掉了一個孩子，他竟是這般待自己的。

她越想越是有氣，瞪向杭天睿，斥道：「有什麼好吃的，不過那些酒菜，自己又不是吃不起。」轉而看見夫君面色微變的樣子，也有些後悔魯莽了些，就放緩了語氣，問道：「你在房裡做什麼呢？」

話音剛落，就一眼瞥見杭天睿身旁站著的綠意，心底的火氣猛地竄了上來，也不等杭天睿說話，指著綠意喝道：「妳在這裡做什麼，誰叫妳進來的？」

綠意被她那副疾言厲色的樣子嚇得腿一軟，撲通一聲跪到地上，慌亂地回道：「是少爺吩咐奴婢給他打扇子。」她手裡還抓著一把美人團扇，臉色泛白，身子輕輕顫抖，大熱的天顯得分外可憐。

房裡雖然放了冰，但還是有些熱氣，杭天睿讓她打扇子也是常理。而且依杭天睿的心思，蔣氏走時本就帶了不少丫鬟去，院子裡留下的都是粗使的，他不耐煩接觸她們，叫綠意給他打扇子最好了，反正她已經是通房了，沒什麼要避諱的。

可是蔣氏卻不這麼想，她這兩日正是事事不順心的時候，脾氣本就有點大，看了這一幕那醋意更濃，怎麼看怎麼覺得綠意是個狐狸精，故意勾引杭天睿。當即大怒，喝令丫鬟們。「還不給我拉下去，裝什麼狐媚子。」她一生氣，說話就沒輕沒重，忘了她母親跟她說過的話。

綠意何曾聽過這種話，那眼淚唰的一下滾了下來，一雙淚眼楚楚可憐，望了望蔣氏又望了望杭天睿，卻不跟杭天睿求情。

自從孩子沒了，蔣氏的精神頭兒就一直不大好，杭天睿對她一向嬌慣，凡事都聽她的，這回也有幾分氣上來。綠意好端端的被自己叫來服侍，話都不多說，無緣無故就被蔣氏發作了一番，還罵出那樣的重話來，他覺得蔣氏做得有些過了，不免勸道：「妳這是受了什麼氣不成，拿一個下人使什麼性子。」

杭天睿收了綠意不過兩天，與她的情分肯定敵不上蔣氏，而且蔣氏是他明堂正道娶回來的妻子，一個通房丫頭怎麼比得了，話裡還是偏向了蔣氏的。

話說生氣的人不好理喻，蔣氏就是眼前的例子。她聽在耳裡，就以為是杭天睿在給綠意開脫，越發氣惱交加，哭了起來。

「我現在在這裡的地位還及不上一個通房丫頭了，白說了她一句，你就袒護成這樣，這日子還過得什麼意思。」

她一哭，杭天睿自是心疼，擺手讓人先把綠意帶下去，自己走近前來扳著蔣氏的肩膀，強笑道：「妳看妳，這氣性大的，連我都吼上了。太醫說了動氣對身子不好，妳還不歇歇，大熱天的走了這麼多路也不嫌累，回來還跟我鬧。一屋子丫鬟在呢，妳為了一個下人哭哭啼啼，不是叫人看輕了嗎？」

蔣氏聽他說得真，心下好受不少，漸漸止了哭泣，口裡嘟囔道：「誰叫你們一個個合著夥欺負我。」

「誰合著夥欺負妳了，妳說出來我給妳評理。」杭天睿見她回轉，才放下心來。

蔣氏癟癟嘴，低聲道：「不過一個圓房嘛，有必要搞得這樣人盡皆知嗎？」她還是嚥不下這口氣。

杭天睿好笑，握了她手道：「妳呀妳，這原也是規矩，何況四哥這個年紀了還沒有子嗣，他與四嫂好好過，祖母心裡當然歡喜，老人家一高興自然喜歡叫了晚輩子孫們一起吃酒耍戲。妳嘔的什麼氣？」

蔣氏被他說得平了平心氣，可依然嘴硬。「雖如此說，太偏心了點。」

「這話不可胡說。」杭天睿雖單純，規矩還是懂的，晚輩背後議論長輩是非最要不得，他忙正色道：「四哥從小沒了母親，在祖母身邊長大的，祖母待他不同些也是常理，難道我們還爭這個短長？比起來，咱們不是還有母妃嗎？」

提起王妃，蔣氏心下腹誹，要不是王妃心疼兒子，綠意那小蹄子也沒機會被收了通房，但當著杭天睿的面，她不敢說。畢竟人家母子情深，她說王妃不是，眼下杭天睿不一定怪她，若是碰著什麼事難免對她膈應。

她勉強點頭道：「你說的是。對了，今晚你歇在何處？」說這話時，她不錯眼珠的盯著杭天睿瞧。

杭天睿在綠意房裡睡了兩晚，心下原有些愧疚，覺得冷落了蔣氏，聽她這麼一問，忙笑著道：「可不是咱們房裡，不然我去哪兒。」

蔣氏聞言方釋懷不少。

待蔣氏歇了午晌，杭天睿慢慢踱著出來，打算去尋一、二好友吃茶打發時間，卻在院門外看到綠意直挺挺跪著，大是不解。他幾步上前問道：「妳在這兒做甚？還不快起來，日頭正毒辣著呢，著了暑氣倒不好。」

綠意跪得久了，身子也有幾分支持不住，搖搖晃晃的，啞了聲道：「奴婢惹了少夫人生氣，理應受罰，少夫人氣消了奴婢才敢進去。少爺是要出去嗎？不如叫丫鬟打了傘，也能避避日頭。」她被曬得嘴唇發乾，容色頗為憔悴，卻依然關心著杭天睿。

杭天睿聽得大是心疼，竟伸手扶她起來，嗔道：「少夫人不過一時氣惱，原沒有和妳計較，妳快回屋去吧，喝點解暑的湯藥才好，我看還是喚了太醫來看看吧。」

綠意似乎渾身無力，在杭天睿的攙扶下站了起來，搖頭道：「奴婢吃點酸梅湯就好，萬不敢麻煩太醫，回頭鬧得院子裡的姊姊跟奴婢一同受罪，奴婢萬死不辭。」

她態度很是堅決，杭天睿便不再堅持，親自扶著她回了房，把她安置在床上，說道：

「我去叫個丫鬟來伺候妳，妳好生待著吧。」

綠意謝了又謝，眼睜睜望著杭天睿的背影遠去，才低頭沈思。

第九十一章 收買人心

酒宴一直鬧到申時方散，送了太妃回去午歇，風荷欲要回去再打個盹，昨晚睡得太少了。恰好外院有人來尋杭天曜，她笑嘻嘻打發了他出去，暗道終於能清靜一下了。

還沒走幾步，五夫人居然去而復返，而且很焦急的樣子。風荷瞧她神色，估摸著有事，便迎了上去，笑道：「五嬸娘可是尋祖母的，祖母剛剛歇下。」

五夫人窒了窒，太妃年紀大了，她不敢這個時候去喚醒她，就問道：「那王妃娘娘呢？」

風荷攙了她走到樹蔭下說話。「母妃也歇息去了，五嬸娘是不是有急事？」

一聽王妃不在，五夫人的表情更急了，似乎想著什麼事，拉了風荷的手喃喃道：「這可怎麼辦好？」

「五嬸娘有事慢慢說，侄媳雖然沒什麼本事，到底能幫著出出主意。」

五爺最近去了南邊收租，杭家在南邊有幾個大莊子，平素都是管事在打理，五爺念著多年沒去看看，不知成什麼樣子了，是以跟王爺商議了他親自帶人跑一趟。這走了有一個多月，沒意外的話還有一、兩個月方能回來。

五夫人性子沈靜，不大喜歡走動，除了給太妃請安等閒不大過來，就待在房裡教導女兒，撫育兒子。她與風荷說過的話都能數得出來，不過風荷不肯小看了他們夫妻，一個管著家裡的庶務，一個出身永昌侯府，有不小的話語權。若是二夫人或是四夫人，她還懶得問上一句呢。

五夫人聽她如此說，想起太妃對她的寵愛直追杭四，就動了心，沈默半晌，方開口道：「人都說家醜不可外揚，但我不把侄兒媳婦看成外人，少不得說給侄兒媳婦聽，侄兒媳婦若有好的見解，還請不吝賜教。我父親留下一個庶母，育有一女，幾年前已經出嫁了。我哥哥為人寬厚，待庶母一向不錯，誰知我那庶妹要來接了庶母走，而且揚言我父親當年曾把西郊一個莊子給了我庶母，要我哥哥交出來。

「這是從來沒有的事情，我們都未聽過。若是庶弟，分了家去單過，想接了庶母走未嘗不可，可是一個女孩子家的，接走庶母於我哥哥名聲不好聽，不知情的還以為是我哥哥苛待庶母呢。她見我哥哥不答應，就說我哥哥私吞了父親留給庶母的產業，所以才不放人，這是從何說起的事呢。

「我哥哥是個硬氣的人，別人越這般說他，他越不服氣，都不再搭理我那庶妹。我大嫂為人懦弱，被她幾句話一嚇就慌了手腳，哭著來叫我拿主意。這種事，我一個出嫁的女子說什麼好，但到底是骨肉親人，沒有乾看著他們中傷我哥哥的，又怕事情鬧大了妨礙我哥哥的前程，所以來求太妃娘娘幫忙作主。」

聽她說話，也是個千伶百俐的人，平兒的不言語都是守拙呢。

不管她說的是真是假，風荷倒願意相信她。古來有幾個人會把產業不留給自己嫡親的兒女而留給妾室呢，他真有心留給妾室，必然會去官府出具證明留下文書，不可能只是一句空口白話。或者，他索性直接給了庶女當陪嫁不是更好，留給妾室將來還是要傳給子女的，反多了一層麻煩。

聽太妃說，永昌侯之父有一個異母弟弟，是繼室所出，就是五夫人的父親。當年為了分家產一事，鬧得兩房人不大愉快，如今的情分也平常。算下來，永昌侯是五夫人的堂兄，但聽五夫人一篇話說起來，兩家至今不和，不然早應該去尋永昌侯拿主意了，只怕那庶母庶妹也不敢這樣鬧。

不過，打斷骨頭連著筋呢，五夫人哥哥脾氣執拗，若早些去永昌侯府陪個禮說幾句軟話，上一輩的恩怨早就煙消雲散了。

其實，此事一點不難解決，關鍵就是五夫人兄長的聲譽。他倘若任他們接走了人，拿了莊子，別人只會說他沒能力，連祖業都保不住；他不同意，又容易被訛傳成苛待庶母，於官路有礙。只要打消了庶妹庶母的心思，一切就迎刃而解了。

王府外邊的庶務都是在五爺手中的，而且打理得很不錯，據說這些年都翻了一番。他日世子立下，王爺健在，想來剛開始會指導世子管理家中庶務，以資鍛鍊。以杭天曜的能力，打理庶務應該不是件難事，但五爺若不肯放權就有些不好辦了。這些年，杭天曜很是揮霍，讓一向看重銀錢的五爺對他頗有褒貶，怕是到時候有掣肘之處。

杭天曜本就不大服人，如在庶務上沒有做到盡善盡美，極容易被人挑了弊病出來，進而懷疑他的能力。所以，五爺只能交好，不能敵對。

看五爺夫妻的為人，都是不大喜歡糾纏於朝廷面上的事的，只想關起門來過日子，然後賺一筆豐厚的家業。不然，以老王爺的威名，那時候想要給五爺謀個恩封，應該不算什麼難事。

五爺今年剛滿三十，正是年富力強的時候，但院子裡只有一名妾室，還是當年五夫人的陪房，看得出來，他們夫妻感情不會太差。如果能拉攏了五夫人，五爺那邊即使不會支持杭天曜，至少不會在暗中使絆，這對杭天曜接手已經少了很多麻煩。

這般暗暗想著，風荷心中已然打定主意，五夫人這個忙要幫。而且，她幾乎不用插手，只要略加指點五夫人一下，以五夫人的明白很快就能想出合理的對策來。

她不由笑道：「左右祖母還未醒，天兒又熱，五嬸娘不如到我院子裡坐坐，好在離這裡又近，不過幾步路的腳程。」

五夫人一聽，心中微動，這個老四媳婦，言語溫柔，但是待人不會特別親近，除非別人主動親近她，她既然請自己去她院裡，必是有話與自己說的。這麼個伶俐人兒，把太妃的心思摸得透透的，她願意出主意，倒能省了自己許多事。

不過這樣一來，往後自己便是不支持老四，也不好支持他人了。老四從前是胡鬧，聽說娶了這個媳婦後改了好些，他又是最正經的嫡子，上有皇后支持，下有太妃扶持，王妃一族不一定能心想事成呢。輔國公勢盛，蔣氏仗著娘家不把自己這些嬸娘放在眼裡，也就在四嫂那邊恭敬些，她若主理一府，分家時估計沒他們什麼好處。倒是老四他媳婦，大方是出了名的，偶爾手段厲害些也是別人逼到了她頭上，她娘家一般，也不敢胡作非為。

越想，五夫人越是覺得杭天曜當世子比杭天睿更好些。人家有母舅家、妻舅家兩大靠山，這些叔叔們自然不在人家眼中；杭天曜與母舅家這些年來往不甚密切，妻族勢力太小，或許更願意親近這些叔叔們呢。

她心下百轉千迴，面上絲毫不動，笑著應道：「那就打攪侄兒媳婦了。」

風荷一面引路，一面轉頭對她道：「嬸娘平時忙著教導弟弟妹妹們，也沒空閒去我那裡坐坐，讓我盡盡孝心，這是侄媳求也求不來的呢。」

兩人對坐在大炕上，雲碧捧了紅漆茶盤上來，牧童吹笛的青花蓋碗看著很清爽，含秋領著小丫頭上了兩碟子點心，還有一個紅瑪瑙鑲邊的白瓷碟裡擺著一塊塊切好的西瓜，冒著滋滋的涼氣。

「前兒侄兒媳婦送去我那兒的西瓜又甜又脆，曄哥兒直誇好吃，還沒來謝謝侄兒媳婦呢。」老四媳婦就這點好，有孝敬的不會單偏了太妃一人，必會往他們各房裡都送些，多少不管，卻是她一份心意，這就比蔣氏會做人多了。

風荷將碟子往五夫人跟前推了推，淺笑吟吟。「原是自己莊子裡種的，不值幾個錢，不過是個嚐鮮的意思。曄哥兒若愛吃，我這還多著呢，一會兒讓人再送幾個過去。只他年小，脾胃弱，不敢多吃了。」

五夫人覺得簡直遇到了知音，拉了風荷的手絮絮叨叨。「侄兒媳婦真真說到我心坎裡去了，我懷他那年操勞了些，連帶害得他都從小體弱多病，反是他姊姊蹦蹦跳跳的身子好得很。為這，我是操碎了心，便是他愛吃的東西，也都是數著數給，就怕他一不小心吃壞了肚子，可是看著孩子那樣真是心疼。侄媳婦送去的西瓜，他那般愛吃，也只給一小塊，而且沒在冰裡掰過。」

為人母的就是這樣，一旦說起她的孩子，就打開了話匣子，平日素不相識的都能說得熱鬧起來。何況五夫人就這麼一個兒子，她自然疼得不行，指望著靠這兒子過過鳳冠霞帔的癮呢。

「太醫那邊怎麼說，有沒有給哥兒開個調養養胃的方子？脾胃好了，吃下去的東西才能吸收，身子才能真正好起來。」這是太醫常常給董夫人說的話，董夫人病就病在多思胃弱，身子虛下來。風荷記在心裡，她又看過幾本醫書，前後一想也能明白個大概。

五夫人越發對風荷刮目相看了，連這些都懂，真不像十幾歲的小姑娘，她連連點頭道：「太醫正是這麼說的，調養了幾年，比幼時好了不少，但偶爾還是容易傷風鬧肚子。」

風荷沈吟著，試探道：「嬸娘這麼說，倒讓我想起我們爺來，聽祖母說他小時候也多病多災的，後來跟著老王爺習了幾年武，身子反倒好起來。嬸娘看他現在的樣子，哪看出來一點點不好。咱們家的孩子，也不指望著憑這博功名，只要能強身健體就夠了，嬸娘說是不是？」

五夫人原先也有這個打算，只是關心則亂，生怕孩子練武傷身體，有些捨不得。聽風荷這麼說，重新被勾起了心腸，似是自語道：「這也是一個法子，男孩兒，本就該活潑潑的，我那哥哥時常怨我把孩子養得嬌氣了，或許請了師傅教他習武果真有點用也說不準，回頭跟五爺商量商量。」

解決了孩子的事，她心下放寬許多，笑道：「怪到太妃娘娘這般疼愛侄兒媳婦，真是個可人疼的。」她的語氣親近了不少。

風荷暗自滿意，揀了家常事與她閒話。誰知恰好永昌侯府遣了人來，而且指明是她們小姐派來見風荷的，風荷忙命快請。

五夫人更是詫異，她記得上回春日裡去侯府賞花，那是風荷第一次見韓穆雪，兩人何時這般熟悉了？當人被帶進來的時候，她愈加驚訝，因為遣來的不是管事的娘子媳婦，而是韓穆雪身邊貼身的丫鬟和婆子。在大戶人家裡，一般正式拜見或者疏遠些的都會派管事娘子出面，以示尊重，若是打發身邊丫鬟來，那就有通家之好的意思了，不然顯得太過簡慢。

她暗下滿腹懷疑，看風荷應對，風荷並沒有避著她的意思，直接讓人帶到了她們坐的小花廳裡。

那丫鬟也是韓穆雪身邊有頭有臉的，一見五夫人在這兒也有幾分驚訝，不過很快笑著給她們倆請了安。

風荷笑命她起來，隨意道：「妳們小姐怎麼打發妳過來，有什麼話隨便使喚個下人過來就得了。」

那丫鬟是個伶牙俐齒的，不然也當不了韓穆雪的貼身大丫鬟，只見她抿了嘴笑。「我們小姐說，少夫人把她當朋友待，她心裡是很歡喜的。前兒少夫人送去的瓜果點心我們小姐很愛吃，連我們夫人都說好吃。小姐有心孝敬夫人，故遣我來問問少夫人，能不能把做點心的方子借我們學學？」

「不過是兩樣家常點心，妳們小姐多少好東西沒吃過，倒看上這個。」她又對沈烟道：「去把方子尋來，我也忘了放在哪裡。」

沈烟屈膝道：「奴婢記得，上回還是奴婢收的。」說著，她果真下去取方子了。

那丫鬟見此，讓身後的婆子上來，打開兩個捏絲戧金五彩大盒子，裡邊是兩個甜白瓷碟，裝著一份紅豔豔的荔枝，和幾個嫩得沁出水來的大桃子，另一個盒子裡只有一個錫罐。

那丫鬟取了錫罐出來，一樣樣說明。「這荔枝是我們小侯爺南邊的朋友順帶來的，一直放在冰裡，沒有很變味兒，桃子是我們自己莊子上產的，送來給少夫人嚐嚐鮮。這是二兩茶葉，我們小姐跟著小侯爺琢磨出來的，炒製茶葉的時候添了一點點桂花進去，聞著很香甜，送來讓少夫人跟著品鑑品鑑。」

聽到提起小侯爺的名號，風荷有半刻的恍惚，不過很快恢復了鎮定，讓她代自己謝謝她們小姐。沈烟尋到了方子，一併交給那丫鬟帶回去。

送走侯府的人，風荷敏銳地發現五夫人面色有點異樣，她只作不知，故意提道：「之前嬸娘與我提的事，我倒是想起來了，侯爺是韓氏一族族長，這種事，他很可以插手管上一管。」

五夫人的神色有幾分鬆動，其實依她的本意，哥哥早應該與侯府那邊修好關係，不說是血親，便是以如今侯府的聲勢，也不該鬧僵了。尤其韓穆雪極有可能當上太子妃，那可是未來的皇后啊，韓家出了個皇后，那是多大的榮耀，後代子孫都能得利。

可惜哥哥脾氣耿直，拉不下那個臉來，自己是出了門的閨女，原管不到娘家的頭上去。但又有些不甘心，現在不與侯府和解，等到他們勢頭最盛的時候，就算想和解，人家還不一定搭理呢，而且那時候名聲不好聽，搞得趨炎附勢似的。

她有點躊躇起來。

風荷就是想要這樣的效果。她心下十分清楚，韓穆雪無論是從她們兩人的友情考慮，還是為了日後奉承皇后，都會與她保持不錯的感情，韓穆雪的意志將來會很大程度上決定韓家的意志。韓家能支持杭天曜，對他們只有好處沒有壞處，如果能通過韓家內部的事情使五夫人站在自己這一邊，那他們裡外都得到了有力的支持。

她繼續循循善誘。「那些各家的私事，外人怎麼傳都是他們的自由。我說句不怕五嬸娘惱我的話，不論嬸娘的兄長怎麼做，那些人都會把屎盆子扣到嬸娘兄長身上，誰讓大家都喜歡幫助弱小呢。不過，如果有族長出面就不一樣了，那代表著一族的決定與絕對的公平，誰敢輕易否認？而與嬸娘兄長的名譽就半點無礙了，甚至嬸娘兄長可以事後表示表示，幫助庶妹是嬸娘兄長自願的，可不是被逼的。」

五夫人被她說得眼前一亮，這實在是個好法子啊，估計侯爺願意問上一問，她那庶妹保證連話都不敢說了，哪裡還敢那樣中傷自己哥哥呢。只是，他們兩家近些年的關係一直不曾緩和，也不知侯爺願不願幫呢。

她搖頭嘆息著。「侄媳婦說得何嘗不是正理，但妳不知我們兩家的情況啊。」她這句話是詢問多了一些。

風荷知她有意，忙笑道：「五嬸娘也太迂了些，何為族長，難不成事情找上門了還能不管不成，那關係到的可是韓氏一族的臉面體統呢，誰都別想撇清了。再者，我聽人說小侯爺為人溫良敦厚，從不倚勢欺人，自己親叔叔，他當真不管？」

五夫人登時被說動了，雖然老夫人性子古怪了些，可是侯爺此人還是不錯的，念著兄弟情誼，沒有很薄待了他們一房，更不用說小侯爺的為人了，連自己哥哥都是滿口稱讚的。哥哥那邊的工作，就自己去說吧，看在韓家子孫的分上，不信哥哥真的轉不過這個彎來。與長房交好，對他們這房往後的發展都是有百利而無一害的。

她對風荷更加看重起來，聰明不說，對各家各府的事還能了然於心，這就不是普通閨閣女子能有的氣度了，隱隱是當家主母的風範啊。她與蔣氏鬥，蔣氏是決計討不了好的。

她又說了一會兒閒話，才滿意地告辭去了。風荷不忘讓丫鬟給她帶了幾個西瓜回去。

這時候的桃子雖然少見，但到底沒有荔枝珍貴，而數量這般稀少，她也沒辦法，只讓人勻出一半送去了太妃房裡。自己卻叫人取了茶具來，打算試試這個桂花綠茶。

杭天曜回來時，正看見她擺弄那些茶具，不由好奇，挨著她坐了，笑問：「今兒這麼好的興致？」

風荷見到他，猶有些不好意思，略略低了頭，輕聲道：「是永昌侯府韓小姐送來的，你嚐嚐好不好？」說罷，她斟了一盞茶餵到杭天曜唇邊。

杭天曜就著她的手吃了，甘爽香濃，自有一番滋味。不過他不是很喜歡，桂花的香味把茶味都掩蓋住了，有點喧賓奪主的感覺，便直說了。

風荷把玩著茶壺的蓋，輕輕叩擊著。「我起初也是這麼想的，後來發現這不失為一種值得推廣的好茶葉。你想想，咱們鋪子裡進貨的時候雖然都揀最好的茶葉進，但好茶葉畢竟是少數，出了點什麼意外那供貨就麻煩了。或許可以弄些中等偏上的茶葉來，加了各種花炒製，京城貴介公子們附庸風雅，對這樣的茶葉只怕會很推崇呢。甚至咱們可以在點心裡加了普通茶葉，那樣不是更符合茶樓的風格。」

杭天曜聽著，發現這是一個極好的主意，也起了興致，與她具體討論起來。

風荷命丫鬟將荔枝洗淨了拿上來，玉手襯著鮮紅的皮兒、白膩的果肉，分外誘人。杭天曜忍不住握了她手放到唇邊，細細親吻著，指尖的顫慄感讓風荷有些情難自禁，忙扯了自己手回來，將荔枝餵給他。

杭天曜一面吃了，一面問道：「哪兒來的，每年的貢品還不到時候呢？」

風荷未多想，只道：「也是韓小姐送來的，聽說是她哥哥南邊的好友順帶過來的。」

這話一說，他當即愣住了，又是韓穆溪，這小子是有意還是無意呢，到底是他妹妹拿他的東西作人情呢，還是他有意為之？他小心去看風荷神色，見她依然故我，便暫時壓下這點心頭不快，笑道：「這東西雖好吃，但容易上火，妳還是少吃些，不如西瓜爽口呢。」

「是，就你嘴刁，有得吃還沒把你口塞住。」風荷捏著他的鼻子，逼他張大了嘴，又給他塞了一枚荔枝。

杭天曜簡直吃得味同嚼蠟，清甜的荔枝吃出了濃濃的醋味和苦澀味，又不敢表現出來，生怕風荷惱他。

風荷見他有些發愣，便問道：「剛才是誰叫你呢，這麼快就回來了。」說著，她擺手讓丫鬟將荔枝茶具都收下去，起身離了炕，歪倒美人榻上去，這麼熱的天，黏一塊兒做甚。

「是一個朋友，讓我晚上去吃酒，我回了不去。」他習慣性地跟著風荷到了榻邊，與她一同歪著。

風荷轉而換了個方向，背對著他，笑道：「有酒吃你還不去，我有幾分不大信呢。」

杭天曜索性隨她側了身，摟了她在懷，有意無意捏著她的酥胸，道：「酒有什麼好吃的，能有妳甜不成？」他故意用唇畫著她背部的曲線。

風荷鬧不過他，坐起身來，攏了攏略散的髮髻，嗔道：「大熱的天兒，你讓我歪歪。」

他看著她攏髮的嫵媚樣子，哪還肯撩開手，沒臉的挨到她身上道：「娘子，來歪我身上好了。」

無奈，風荷只得與他一同歪著說話，多半是杭天曜在嘮叨，她有一句沒一句的答著。午後的太陽毒辣辣的，曬得地上的磚發光，水晶缸裡的冰塊一點點破碎，偶爾發出清脆的「叮咚」一聲。

六月的天熱得人喘不過氣來，京城彷彿是個最大的蒸籠，到處都是熱氣蒸騰的感覺。從前熱鬧的街道上一下子變得寥落起來，大家都是能不出門就不出門。

太妃娘娘畏熱，索性搬到了園子裡暫住。杭家的院子有百來畝地多，中間五、六十畝是個狹長的湖泊，依著湖泊建了許多樓宇院落。北邊是一帶山丘，山腳下近水邊有一個極大的院子，喚作寧樸齋，周圍種著許多參天大樹，這是當年兩代老王爺的靜休之所，安靜蔭涼，最適宜避暑。

依太妃的本意是不想搬到園子裡住的，太麻煩，有個人來客往都不方便。偏今年天氣實在太熱，太妃一日居然中了暑，王爺再不敢怠慢，趕緊命人把院子收拾出來，趁著早上涼快的時候浩浩蕩蕩搬了過去。

王妃每日要理事，不大方便，仍舊住在安慶院裡。倒讓杭四夫妻、杭五夫妻一起搬進了園子，伺候孝順太妃，還有三夫人也搬了過去。

大少夫人整日禮佛，心靜自然涼，很不必搬。餘下就是慎哥兒不好安排，王妃都沒有工夫消暑，側妃哪兒敢呢，可是慎哥兒年小，讓他住在外面委實不像話。最後還是太妃發了話，讓慎哥兒跟著搬進去，與她住一處。

後園共有十來座精巧的院落，除太妃所住的寧樸齋之外，就數湖東的落英軒與湖西的長夏閣兩座大一些，蔣氏揀了落英軒，杭天曜代風荷選了長夏閣，三夫人住在太妃附近的簡居。

風荷聽了長夏閣的名，不由與杭天曜笑道：「我那莊子叫半夏莊，沒想到這裡竟有個長夏閣，看來果真是緣分了，我不住這兒反說不過去。」

「妳喜歡就好，我看周圍有一片竹林，那裡的荷花又開得最好，估計妳會喜歡，尤其，」他撫摸著風荷的長髮，附在她耳畔低語道：「尤其那裡離宛央近，咱們晚上去那裡乘涼也方便不是。」

他話未說完，風荷已經想起了那夜之事，臉已然緋紅一片，垂眸啐道：「誰要與你去乘涼了，要去你自己去。」聽著有一股欲拒還迎的嬌羞風情。

圓房至今有五日了，可惜杭天曜到現在還沒有得到第二次機會。因為那日第二日是風荷不肯，嚷著身子難受，誰知接下來就遇到小日子了，把個杭天曜憋得難受。他正想一鼓作氣享享美人在懷的福分，誰知來了個這麼不順遂的事，每晚都躺在床上唉聲嘆氣的。

這回，忍不住扳著風荷的脖子輕問：「還有幾天才走啊？」話模糊，但兩人自然能解其意。

風荷越發羞怯，她當時都不好意思提，只是不提不行，聞言大窘。「關你什麼事？」

「怎麼不關我的事，唉，女人真是麻煩。」他無奈地嘆道。

聽他這話，風荷可不依了，一扭身離遠了他，斜睨著他道：「你若嫌麻煩就別理我啊，等著你的女人多了去了。」語氣裡醋意滿滿。

杭天曜難得見她吃醋，心意大暢，故意笑道：「妳的話可當真？那我真去了？」說完，就有抬腳走人的架勢。

風荷氣急，顧不上羞惱，大聲道：「杭天曜，你敢去？」

杭天曜非常沒有骨氣的回轉身來，涎笑著親了親風荷面頰，低語道：「娘子，為夫不敢，為夫守著妳一人就滿足了，只是為夫現在餓了，妳給點吃的好不好？」

風荷只當是真，便不與他計較，叫了丫鬟上來給他備吃的，誰料他擺手命丫鬟下去，雙手圈住風荷，含著她耳垂道：「娘子，人家要吃妳。」

唰的一下，風荷的臉登時紅如五月的石榴花，扭著身子要掙脫他的懷抱，好在沈烟來解了圍。「少爺、少夫人，東西都收拾好了，可以搬了嗎？」

「留了誰守院子？」風荷如得赦令，歡喜地問道。

沈烟笑嘻嘻，拿眼瞟著杭四放在風荷腰間的手道：「雲暮說，她不怕熱，就和微雨、落霞守院子吧。」

風荷微愣，留下落霞是她意料之中的，只是沒想到雲暮還會留下微雨，最近也沒見微雨跟前伺候，莫非是發生了什麼自己不知道的事？不過，她不會否定自己親信所作的決定，只說：「妳們說定了就好，留守院子的多發一倍月銀吧。」總不能叫丫鬟心裡吃虧。

長夏閣叫閣，其實不小，由三座小院結合起來，正面院子三間正房，左右兩院兩間正房，各有抄手遊廊相通，加上前面一溜下人住的倒座房。風荷自然住在正面，左邊設置成宴客室，右邊做了杭天曜的書房。整個長夏閣外圍就是一圈竹林，出了門便是湖泊，滿池荷花怒放。從這裡去寧樸齋要過一個六角亭，穿過桃花林，越過玫瑰園，再通過一個小院就到了，風荷每日請安不甚遠。

午飯前，就收拾好了，連小廚房一塊兒搬了來。

風荷本想讓幾個姨娘一塊兒搬進園裡，可杭天曜不同意，說來來回回麻煩，何必興師動眾的。這樣一來，姨娘們請安就很是不便，風荷索性讓她們每三日前去請安一次，不必日日去。

當日韓穆雪派去杭家的人一回到侯府，就將那邊的情形細細回明瞭。

韓穆雪聽得仔細，大是不解，她對杭家之事雖瞭解不多，但對自己那個堂姑姑的性子還是有幾分把握的，不是那種輕易與人交好的，尤其她與風荷年紀又差了一截。她竟然會在風荷的院裡，那必是有事才對。她恍然想起這幾日僕人們傳得沸沸揚揚的有關那房的事情，莫非是為了這個？

依堂叔的脾氣，是決計不肯來求父親出面的，是不是求到了杭家？那樣的家務事，便是姻親也不好插手吧，杭家不一定肯出面，頂多暗中出出主意。而堂姑父又不在，堂姑怕是想求太妃幫忙，或許事情輾轉到了風荷手中。

這般想著，她已經吩咐道：「去請小侯爺過來，說我有事商議。」她與韓穆溪是嫡親的兄妹，親近自不比其他庶出的，而且兩人年紀相差不大，頗合得來。有事不好與父母說的，都願意找了韓穆溪來說。

韓穆溪不大出門，無事就在家中看書，此日正在園子裡歇晌，聽是胞妹叫，忙忙前去。

兄妹二人對面而坐，韓穆雪把事情敘述了一遍，又道：「哥哥，依你看，杭家那邊是什麼意思？此事與我們家關係不大，但同是族人，關係又近，咱們若裝不知道只怕杭家那邊混不過去啊。」

韓穆溪聽到妹妹把荔枝與茶葉送去給風荷嚐嚐鮮的時候，面上幾不可見的露出了笑容，沈吟半晌，答道：「要想看到杭家的意思並不難，咱們只要靜觀其變就好，如果小叔那裡有反應，咱們隨機應變。咱們兩家本是堂親，於情於理都不能坐視不理，何況父親是一族之長，若是事情鬧大了於我們家也不好。」

韓穆雪也是這個意思，父親是兄長，拉不下那個臉來，他們是晚輩，有時候也該勸著長輩一些，幾十年前的恩怨了，是該過去的時候了。不然，便是他們當年有理，時日一長，也變得沒理了。

事後，韓穆溪就在父親跟前提了幾句，又暗暗派人打聽那房的舉動，果然堂姑第二日就回門探親，閉門說了許久。然後堂叔看到他的眼神就有些波動，而且面色有幾分訕然。

幾日後，倒是堂嬸先上了門來，對著永昌侯夫人哭了一場。

事情至此，侯爺自然不好再抓著過往舊事不放，也不用見庶妹庶母，只是叫了族人來把一些從前有糾葛的家業劃清了。那庶妹本是家中拮据，想到韓家去打秋風，又因為這些年得罪兄長的地方不少，怕他們不應，就想出了這個主意。誰知搬起石頭砸了自己的腳，反把名聲搞得更難聽，傳出挾持庶母要挾長兄之事來。

事情得到圓滿解決，五夫人對風荷的話更信一層，別看這丫頭年紀小小的，玩起心眼來十個大人都不一定及得上她。

其實五夫人也是高估了風荷，她是當局者迷，把事情看得太複雜，實際上這不過是拿準了侯府不想丟臉的內情，再示下軟，不怕侯府不出面。

據說自此之後，五夫人倒是時常在給太妃請安之後帶了女兒去風荷院中閒坐一會兒，或是一起做做針線，或是一起吃茶消遣。

王妃看在眼中，暗暗焦心，現在王爺提起風荷的時候都是讚美之詞，尤其最近杭天曜乖乖待在家裡不出去胡鬧之後，王爺覺得近十年來難得這麼舒心暢意，別提對風荷感覺多好了。二房是不頂用的，三房只一個三夫人沒有說話的餘地，她即使說話也是向著風荷的，四房只怕有自己的計較，王府裡，能支持小五的越來越少。

王妃不得不再次籌謀，早知如此，當日絕不會滿口同意風荷進府，一開始就該壓壓她的銳氣，不至於弄成現在這樣想找她的麻煩都沒處找的窘境了。

經此之後，王妃把府裡的內務抓得更緊了，在各個職務上安插自己人。只是一切似乎不大順利，總會出一些看似不起眼的小問題，新上任的管事往往會有約束不住下人的情況發生。

風荷不予理會，用人貴在知人善任，那樣能給管事者帶來一種被肯定的滿足感，不是多加點月銀就能彌補的。而且現在王妃一急，辦起事來就沒有先前穩重，風荷就是要看她一點點焦迫卻無能為力的樣子。

第九十二章　代祖行權

荷葉上的露珠沏的茶，果然帶有甘爽的清香，能賽過其他所有水，在這夏日裡，顯得分外可口。

摸著針線，手心就黏糊糊的出汗；看書吧，思緒煩亂得很；便是靜靜地歪著，每一個毛孔裡似乎都往外散發著熱氣，攪得人不得安心。上等的絲綢衣裳，貼在身上，汗津津的，風荷恨不得將衣袖都剪了去，可惜她不敢，頂多在寢衣上動點手腳，裙襬收得高些，衣袖短些。

房子裡飄散著瓜果香甜的氣息，透過青翠色的窗紗，卻是撲面的熱氣。她無精打采坐著，手裡握著團扇，卻都懶得動手搧一下。

這還只是上午，若到了下午，那怕是只能待在冰窖裡了。一盆盆的冰不斷往各個院子送著，並沒有消解多少暑氣。府裡的事務，她懶怠去管，拿著帳本以看不通為藉口窩在屋裡。王妃自然是滿意的，心下暗嘆，到底也有她不行的時候，這會子認了輸，就不好提起接手其他庶務了吧。

哇啦一聲，杭天曜幾乎是跑了進來，席捲進來一團熱氣。他滿頭的汗水如下雨一般，一身白色直裰都快濕了，臉上紅通通的。

風荷不料他會這時候回來，忙喊人打了水給他梳洗。幾大桶燒開都放涼了的水，被杭天曜一滴不剩澆在了身上，弄得淨房裡到處都是水汪。他始覺通泰，也不穿衣，披了一件杭綢的夏衫踱步回房。

風荷親自捧了一盞放涼的香薷飲解暑湯餵他，他一氣喝了下去，方道：「這天，真是不想讓人活了，再來一碗吧。」丫鬟聞言，急忙又上了一盞，他又是一氣喝盡。

「大日頭下的，你就別跑了，安分待著吧。」一清早二話沒說就沒了人影，還好意思回來抱怨，風荷沒好氣得很。

杭天曜握了握她的玉腕，笑道：「妳以為我是妳啊，整日什麼事都不用幹，就有大把大把銀子入口袋，妳夫君我是為生計所迫啊。」

說得風荷噗哧笑了出來，捶著他的肩，莞爾道：「我這叫未雨綢繆，你臨時抱佛腳有多大用處。」她似乎想起什麼，斂了笑，說道：「聽人說柔姨娘這幾日都不大好，她前次受了虧身子大虛，不如把她移進園子裡吧。幾位姨娘都是柔弱的人兒，怕是禁不得這暑氣。」不管杭天曜有沒有把幾位姨娘放在心裡，該她的責任她便不能推拒，有些事不是她能推得過去的。

杭天曜聽得蹙了眉，恨恨道：「她從前當丫鬟時呢，難道也是這般的，妳別理會，由著她去，我倒不信她能有多嬌慣。」

風荷掩嘴笑道：「你別這回說得多不待見，回頭病了又心疼，然後怨我這主母容不下人。」

「再敢取笑我，看我不好好收拾妳。」他亦是被她說得尷尬，隨即正色道：「告訴妳不得，今兒有兩件大事發生呢，估計一會子滿府裡就傳開了。」

風荷見他說得神秘，也有幾分好奇，踮起腳尖在他眉心親了親，笑問：「什麼大事？」

「這就想收買我，晚上讓妳好好補償，這回先放了妳。」他又在她唇上啄了一口，眉梢眼角全是笑意，只是說出來的話真沒什麼可笑的。「今日早朝時，順親王上奏，催促咱們王府早立世子呢，有不少官員附和，裡邊自然少不了輔國公府、魏平侯府下邊的。皇上瞧著也有那麼點動心，就故意鬆動了口風。」

看來是世子妃吹的枕邊風了，不然以順親王的為人可不會去出這種風頭。就不知他日姦情敗露之後，二人有何面目見人呢。

杭家一個小小郡王府，怎麼頻頻引起大家關注，而且幾次出席宴會看下來，就是親王府待杭家都是不同的，難道僅僅只是因為出了一個皇后嗎？

風荷不信，尤其是王爺，她實在說不出來王爺擔了什麼職責，可比多少手握大權的官都忙，白天幾乎不著家。她不由看著杭天曜，從上往下打量起來。

杭天曜被她看得發毛，隱隱覺得風荷在打他的主意，忙岔開了這個話題，壓低聲音與她道：「妳可知上次順親王賞荷會是誰在背後陷害妳嗎？」

果然，風荷被他這個話題吸引了過去，決定等到適當時機再套杭天曜的話，問道：「你查到了？」

「可不是，其實我估計妳都能猜到，只是沒有足夠的證據而已。是輔國公夫人幹的好事。」提到這個名字，他有些咬牙切齒的意味，若不是風荷運氣好，真被那個混帳得手了，他不得惱恨自己一輩子啊。

風荷確實不驚訝，能調動蔣氏和世子妃身邊的人，又急於陷害她的，除了輔國公夫人就是王妃了，世子妃是早就被排除的。她頗覺有趣，本是要陷害她的，沒想到反把女兒的醜事揭露於人前，他日對質起來不知這對母女作何形容呢，她想著就帶了笑意。

杭天曜沒好氣的拍了拍她的頭，嗔道：「還笑人家，也不想想當時妳有多危險。」

風荷摸摸額角，不滿地瞪了他一眼。「你從哪裡查到的，可別弄錯了？」她一副不信的模樣。

杭天曜懊惱地攤攤手。「難不成在妳心裡，妳夫君我就是這麼個不靠譜的人了？虧我待妳一片深情，妳這讓我情何以堪啊。」

他說得煞有介事，風荷勉強做出一副深信不疑的表情來，笑道：「你別急著動手啊，這麼有趣的事情，咱們可是要在緊要關頭方能讓大家領略領略的。」

「瞧妳，又把人看扁了，我自然明白。有個這樣的母親，再有個那樣的姊姊，蔣氏自己若再出一點事，她憑什麼能當王府的當家主母呢。男人胡鬧一點沒關係，別太失了體統就行，女子最重婦德啊，一旦婦德有缺，憑她再有多少本事都沒用了。」

杭天曜很是得意自己與風荷的看法是一樣的，只要接二連三暴露了這些事，蔣氏當王妃的身分就先不正了。

小五那時候只有兩個選擇，他要嘛休妻，可是休妻豈是那樣輕易的事，而且他一旦在那種時候休妻，大家難免會以為他忘恩負義，忘恩負義比起紈袴來是重要了很多倍呢。他如果不休妻，他就與蔣氏綁在了一條船上，他也就不能為大家所接受了。

不過這個局不好布，裡邊還存著不少麻煩，需要仔細合計合計。

風荷與杭天曜相視而笑，終於等到他們主動出擊的機會了，這些日子，真是憋屈得緊。

午飯時，夫妻兩人冒著烈日居然去了寧樸齋，太妃正要用飯，一見他們喜得不行，忙命快去做了兩人愛吃的菜來。

飯後，杭天曜回房歇著，風荷陪太妃抹骨牌玩兒。

剛吃了飯就去睡不好，尤其這幾晚太妃都睡不香，白天更不敢讓她多睡了，幾個人說說笑笑的倒也能解好些困倦。

誰知到了未時三刻左右，風荷剛想扶著太妃回房，東院的下人急急忙忙跑來求見。

這麼熱的天，又是太妃歇息的時候，誰會冒冒失失跑來，除非有什麼要緊事。太妃懶怠動，就讓端惠出去問那小丫頭。

不過半盞茶工夫，端惠亦是急匆匆走了進來，不等太妃問，就一五一十說道：「娘娘，來的是二房白姨娘跟前的丫鬟，說白姨娘不好了。

「今兒午飯時，白姨娘伺候二夫人用飯時手上發軟，不小心將勺子裡的湯灑到了二夫人衣服上，二夫人當即大怒，命人拖了白姨娘出去罰跪。白姨娘已經有了七個月的身孕，根本禁不住罰跪，還是這麼熱的天，不過半個時辰就暈了。二夫人方消氣，允人送她回房。

「不意白姨娘醒來後就一直腹痛不止，似乎是要生了。只是、只是二夫人不信她會此刻就生，沒有去請大夫，只讓兩個有經驗的嬤嬤去看著。小丫鬟見白姨娘渾身是汗，跟水裡撈出來一般，而且見了紅，嚇得魂飛魄散，偏偏二夫人歇了沒人敢去打攪，就冒失地跑到了娘娘這裡來。」

若是平常，端惠絕不會把這種事不加修飾的回給太妃，但她是太妃貼身的，最知太妃心意——

自慎哥兒之後，府裡沒有添過人丁，這對相信多子多福的太妃而言無疑不大快活，更經歷了杭四幼子夭亡、蔣氏柔姨娘流產，太妃雖口上不說，心裡也是擔心的，生怕王爺們在外殺戮太多，報應到了子孫身上，所以極為重視白姨娘肚子裡的孩子，只要白姨娘的孩子能夠平安出生，那就還好，不然太妃心裡是真的繃緊了心弦。

況且二房子嗣一直不盛，除了嫡子杭天棟、嫡女杭芊外，就一個庶女杭芫，當年一個庶子養到三、四歲突然就沒了。偏杭天棟是個軟骨頭的，太妃一向瞧不大順眼，如果白姨娘生個男丁，好歹聊勝於無。

太妃一聽，又恨又氣，這個二兒媳，就是個小家子氣的，光盯著那點子家產看，苛待妾室庶子。白姨娘七個月的身孕了，讓她服侍用飯也罷了，一個不小心就要罰跪，她難道沒見這天氣，別說有孕的婦人，就是大老爺們還不一定頂得住呢。這個孩子再掉了，外頭不知要怎生議論杭家，什麼難聽的話都冒出來，以後哥兒姊兒說親都不好尋人家。

不過一個庶出的孩子而已，值得她這麼耿耿於懷嗎？若自己也跟她一樣，這會子哪裡還有老二呢，哼。

太妃頓時睡意全無，她一直不喜歡老二媳婦，而且孩子們年紀也大了，她不願插手兒子們房裡的事情，想不到這個老二媳婦會變本加厲。別以為她當真什麼都不清楚，當年老二懷孕那個妾室怎麼沒的，庶子夭亡，她心裡都雪亮著呢，只是老二怕媳婦，自己恨他不爭氣，就撩開了手。

以老二媳婦那點簡單的心機與手段，就敢在自己眼皮子底下耍花樣，莫非真當自己拿她沒辦法不成？哼，這一次自己定要好好敲打她一番。

瞧太妃模樣，似乎有心自己過去看看，但她身分尊貴，若為了一個妾室巴巴前去，難免讓人以為杭家有寵妾滅妻之嫌，尤其太妃身子並不爽利。風荷心中微動，這事弄得不好自然自己面上無光，但若處理得好了，二老爺那裡倒是打開了一個突破口。二老爺此人，雖不曉事，但他的優點就在此處，許多話許多事明白人不好說，假如二老爺去說，還不易引人懷疑，實在是枚上好的棋子。

何況，她對白姨娘有信心，一個小店鋪主的女兒，能勾得二老爺為她與二夫人作對，那心計就不是簡單的。常理看來，發生了這種事小丫鬟怕是嚇得手足無措，哪裡還能想到來向太妃求救，甚至越過了王妃，這上邊沒人指點她還真不信。既然能在危急關頭做出這樣冷靜的決策，保住孩子應該是有幾分把握的。

太妃的確是如風荷所料的那樣，她尚在躊躇猶豫中。當她瞥見站在一旁的風荷之時，眼中閃過光亮，自己不好去，讓老四媳婦去不就行了。她是晚輩，去看看別人說不出什麼話來，而她又代表著自己過去，便是老二媳婦也難為難她，太妃當即作下了決定。

風荷乖覺，從太妃眼神中看出太妃的意思，忙假作慌張地說：「祖母，不如孫媳代您過去瞧瞧，回頭再把情形給您細細分說一下。」

太妃滿意地點頭，這才是真正大家裡周旋的人兒，一個眼神，她就明白往下要說些什麼做些什麼。她三分焦急的說道：「妳說得是，端惠，妳服侍少夫人過去。該做什麼妳儘管去做，保住了孩子最要緊。」

若說風荷的出面是暗示自己代表太妃，那端惠的陪同就是把這個擺到了明面上去。二夫人見了端惠，便是想裝不懂都不行。

騾車已經套好了，因為園子偏遠，以防太妃臨時有個使喚什麼的，她這邊的騾車每天都備著，說話間就能上車。

風荷與端惠坐在馬車裡，揭了簾子吩咐道：「傳話下去，立時去請太醫院內行的顧太醫前來，再把京城最好的穩婆一齊請來，還有咱們府裡的郁嬤嬤、秦嬤嬤都一併請去東院。」

風荷有了這個管家的名頭，雖然幾乎沒有接觸過什麼家事，但是沈烟這裡，已經與家下不少的管家娘子打過照面，沈烟的面子多半人都會給。而且這事牽扯不到王妃，又是太妃的令，沒人敢輕易糊弄了去。

剛進了院子，風荷就隱隱聽到白姨娘的哀呼聲，看來事情比想像的嚴重多了，不然白姨娘會保持體力吧。

二夫人卻是醒了，正在房裡訓斥丫鬟，自然是白姨娘跟前的丫鬟，怪她們不用心，沒有伺候好白姨娘，而她這一訓斥就叫走了白姨娘身邊所有的丫鬟。

風荷冷笑，好個二夫人啊，叫走了身邊伺候的人，讓白姨娘一人待在房裡叫天不應叫地不靈，難怪白姨娘呼聲這麼淒慘呢。

她加快了腳步往前走，門前的丫鬟本要攔著，一見端惠就不敢攔了，任由她們闖進去。

二夫人直到她們進了門才看見，起身難得殷勤的說道：「喲，是老四媳婦啊，大日頭下的怎麼就過來了？還不快伺候四少夫人坐啊，上茶。」她這是想要拖延時間。

風荷懶得與她拐彎抹角，直接道明來意。「祖母聽說白姨娘有些不大好，心裡掛念，命侄媳過來看看。祖母那邊還等著侄媳的消息呢，侄媳不敢耽擱，還是先看了白姨娘再來陪二嬸娘說話吧。」

這個老不死的，一個卑賤的賤人，她倒是放在了心上，待自己這個正經兒媳婦都沒這般好過。二夫人自然不會輕輕鬆鬆放了她們過去。「不是嬸娘說話不中聽，那種地方骯髒得緊，侄媳婦一個尊貴人怎好去那兒走動呢，不如隨便使喚個丫鬟過去瞧瞧吧。」

「二嬸娘心疼侄媳侄媳心中明白，只是這是祖母的交代，侄媳怎麼敢大意呢，回頭祖母細問起來我沒話回豈不是自打嘴巴。何況，不過是去看看，又不會多待，再說了，咱們家堂堂王府，從來不會做出苛待妾室的醜事，白姨娘那裡難道還能比柔姨娘幾個的差不成，那裡我可是常常去的。」她拿帕子掩了嘴笑，神態溫柔，只是言語沒有半點退讓的意思。

二夫人無法，想著她去看看也沒什麼關係，只要自己不去請穩婆、太醫，看那賤人能拖多久。她前頭領路。

白姨娘住的還不如一等的大丫鬟呢，擠在一群下人房裡，一共只有小小兩間房。低矮的屋簷，進了門只有一張老舊的羅漢床，擺設之類的只有一個土窯的瓶子，插了兩枝即將開敗了的石榴花。簾子只是粗糙的竹簾，裡間房裡居然沒有冰，這樣的天氣孕婦沒有熱出病來已經很不錯了。

床是個新漆了紅漆的架子床，一床秋香色的薄被，妝奩簡便得很。白姨娘只剩下輕微的呻吟聲了，屋裡一個人影也不見。

淡淡的血腥氣嗆得風荷難受，她平了平心氣，快步上前，上次柔姨娘流產那次，多少血啊，她早見慣了。

白姨娘耷拉著雙眼，面色蒼白虛浮，唇色泛白，頭髮凌亂的散在枕上。

風荷忙輕輕喚了一句。「白姨娘，我是四少夫人，我奉太妃娘娘之命前來探望妳，妳還好嗎？」

這句話對白姨娘而言無疑是只強心劑定心丸，她倏地睜開了雙眼，看到果是風荷的時候眼裡閃過了光芒，喘息道：「婢妾怎麼敢當，四少夫人先代婢妾謝謝娘娘，回頭婢妾能起身了親自去給娘娘磕頭。」只要風荷來了，二夫人就不能拿她怎麼樣了，她的孩子也能保住。

「白姨娘放寬了心吧，太妃娘娘已經派人去請了穩婆、太醫過來，只怕這會子就該到了。」風荷瞧白姨娘的形狀，估摸著是要生了，七個多月，也不是沒有希望。

二夫人一聽風荷的話，登時變色，趕緊道：「怎麼好煩勞太妃，我看白姨娘應該沒什麼事。」她狠狠對白姨娘使著眼色，白姨娘只作沒看見，她又對身後的丫鬟使了個眼色，那丫鬟立馬就出去了。

風荷厭惡，也對端惠眨了眨眼，端惠會意，趁二夫人不注意溜出去了。

風荷本是存著利用白姨娘拿捏二房的心思，不過當她看到被窩下白姨娘隆起的肚子時，不由心中一軟，那畢竟是個無辜的小生命，不管大人之間有多少紛爭，也不該在最後關頭被扼殺了。所以，她是無論如何都要盡力保住這個孩子的。

最先來的是郁嬤嬤和秦嬤嬤，她們順利地進來了，給二人行了禮，就去看白姨娘的情形。

兩人對視一眼，一齊向二夫人回道：「姨娘怕是要生了，都破水了，需要盡快準備生產的物事。」她們雖是回給二夫人，眼睛卻是一直看著風荷的，真正拿主意的是四少夫人才對。

風荷一聽也有那麼點緊張，生產一事她是半點也不懂的，只得道：「一切煩勞兩位嬤嬤了，該備些什麼都讓丫鬟們去準備。回頭穩婆和太醫來了，就能替兩位嬤嬤分擔好些去。」她是怕兩位嬤嬤不敢擔責任，做事不能放開手腳，故意安慰她們。

果然，兩位嬤嬤的神色好看很多，連連點頭道：「那奴婢這就去。」

風荷怕二夫人暗中阻撓，就對雲碧道：「妳跟著兩位嬤嬤去，搭把手也好。」雲碧性子烈，小丫頭們都怕她。

而她自己安慰了白姨娘幾句，就拉著二夫人到外間坐著道：「二嬸娘，侄媳知道您是驟然聽聞這個消息驚住了，就擅自給您安排了，您看還有什麼侄媳沒有想到的嗎？」她不能放二夫人出去，不然端惠、雲碧是抵擋不住她的。

二夫人心中恨得不行，這是想得太周到了，還有什麼沒想到的，哼。不過她不是很擔心，白姨娘的身子她清楚，她不讓人給她好好保養，想要早產生下那個孽子來怕是不容易啊，一不小心最後一屍兩命呢。

穩婆、太醫幾乎是同時到的，生產的物事也準備得差不多了。

二夫人惱怒地瞪了之前出去的丫鬟一眼，那丫鬟委屈的瞄了端惠一眼，不敢辯駁。端惠是太妃跟前一等一的紅人，她算什麼，怎麼敢與人家對上呢，端惠把人帶進來，她攔得住才好啊。

太醫先進去看了看，接著是穩婆前去。

很快，穩婆就驚慌地跑了出來，回道：「回兩位夫人，馬上就得生，但孩子太小，而那位姨娘又耽擱太久，不易生呢。」一路上趕得急，她只知是莊郡王府，但不知外面坐著的一老一少兩位夫人是誰。

這樣的情況風荷已經預料到了，她當機立斷道：「聽說大娘是京城最好的穩婆，多少疑難的都在妳手上平安過來了，相信我們白姨娘也會母子平安的。孩子生下，賞銀十兩，不然我們太妃發怒起來，妳自己應該知道後果。」

那穩婆長年在大戶人家走動，裡邊的貓膩不知看了多少，她就是要探探王府人的口風，到底要不要保住孩子，她就怕自己千辛萬苦幫人生下了孩子，回頭被人怨恨於心，甚至反害了自己。

她雖然不知二夫人和風荷誰能真正作主，但這個年輕夫人敢搬出太妃來，必是有十足的把握的，她還是乖乖聽話來得好。

沈烟不但回來了，還帶來了不少冰，屋子裡這麼熱，風荷怎麼待得住。冰塊慢慢融解，房裡的氣溫漸漸下降，而白姨娘的哭喊聲時輕時重。

二老爺回來了。

風荷不想就知這是沈烟派人尋來的。這樣一來，她們的情意那是都落在了二老爺眼裡，做到了十成十；而白姨娘母子倘若有個什麼閃失，她們身上的責任也能輕些。她笑著對沈烟點點頭。

他回來的路上已經聽小廝說了大概，心知二夫人是要乘機害了白姨娘母子。他通房妾室也有過幾個，但不是二夫人的人就是容貌差強人意的，人到中年，男人的自尊心反而越來越強，而男人自尊心最好的表現就是女人。當有一個女子青春美貌，偏還對他溫柔體貼情深款款滿心崇拜的時候，二老爺感覺到了從未有過的自信與意氣風發。

所以，二老爺心中白姨娘是很有些不同的，那是他自己看上的女子，而且不嫌他年老不怕二夫人苛待，願一心一意跟他過日子，他怎麼還能不對這個女子迷戀呢。尤其二夫人囂張跋扈，渾然不把他當一家之主看，這些年，二老爺已經受夠了。

看見二老爺回來，二夫人越發不悅了，質問道：「你又去哪兒了，還知道回來。」

「我要不回來還不知妳把雙兒如何呢。妳說，雙兒要生了，妳為什麼不去請穩婆、太醫來，要不是侄媳婦過來得及時，只怕這會子我都見不到他們母子了。」說著，二老爺眼裡居然滾下淚來。他怯了二夫人一輩子，難得說出這樣質問的話來。

風荷大感訝異，不料二老爺待白姨娘的心還挺真的。

其實，二老爺一開始也只是有幾分迷戀而已，滿足自己一時的虛榮心，但時日一久，就被白姨娘慢慢收服了。記得白姨娘昨天晚上還曾與他戲說道：「我身子不好，也不知能不能平安生下咱們的孩子。若果真不好，您就讓她們保孩子，往後孩子就代替我照顧您陪伴您吧。我在地底下也是能合眼了。」

想起白姨娘說的話，二老爺這麼個軟弱的人，哪裡還禁得住啊。

不知是被二老爺的話還是二老爺的眼淚氣的，二夫人渾身顫抖，幾乎說不出話來，但面色猙獰。她不由想著，自己盡心盡力為他操持這個家幾十年，最後就得了這麼句話，這心裡豈能服氣啊。

可惜二夫人從來不想想，夫妻之間貴在關心，而不是像她那樣，動輒對二老爺惡言相向，根本不把二老爺當男人看，當自己的夫君看，怨不得二老爺與她離心。

她氣上心頭，居然拂袖而去。

這裡一切都安排好了，又有二老爺坐鎮，應該沒問題了。風荷也起身告辭，她一個年輕的侄兒媳婦，與叔叔待在一間房裡，傳出去難免被人說閒話。

剛出了內院，在拐彎處遇到六少夫人袁氏。

公公的妾室如生下子嗣，這畢竟是件大事，她不能不放在心上。這裡的動靜她是早就聽聞了，一直等著風荷出來，自從聽了父親的話之後，她心裡對風荷的畏懼多於嫉妒。

風荷正訝異怎麼不見袁氏，她就撞了出來，心下了然，故意對袁氏道：「六弟妹，我這走了一路有點口乾，能不能去妳那兒討杯水喝？」

袁氏聞言大喜，忙拉著風荷一同走，道：「看四嫂說的，一杯水而已，也是我怠慢了，原該早些過去陪四嫂的。」

作戲就得作全了，風荷果真先吃了兩盞茶，才與袁氏笑道：「六弟妹這些日子也不去我們那邊散散悶啊？」

袁氏見她不帶半點驕矜之色，心下好受許多，擺手喝退了丫鬟們，沈烟幾個得到了風荷的暗示，一併退了出去，她方壓低聲音與風荷道：「四嫂，白姨娘能生下孩子嗎？」老來子，還不知公公會喜歡成什麼樣呢，到時候他們夫妻的地位可別被動搖了。

風荷清楚她的顧慮，也怕她胡亂動手，就正色與她說道：「六弟妹，妳別看這是個庶子，祖母很重視呢。」

「嗯？太妃那麼多孫子孫女，難道還會在乎一個庶子的庶子？」袁氏從來沒有想過這個問題，以為太妃是不大放在心上的。

「這話，也是只有咱們兩人的時候我方敢跟妳說，傳出去咱們都別想過清靜日子了。妳想想，府裡多少年沒有添丁了，經歷了幾次流產事件，太妃心裡能不堵得慌，正要有個孩子沖沖晦氣呢。誰這個時候犯上去了，我怕祖母會大怒呢。六弟妹，我自然知妳不是那等衝動的人，但小心被人利用了，那不是賠了夫人又折兵嘛。」風荷說得煞有介事，尤其那句不是那等衝動的人，將袁氏說得舒坦極了。

她自然很快表示。「還是四嫂理解我，一個小孩子與我何礙，我們爺都這麼大了，誰能爭得過他去。」她越想越覺得是這個道理。這些年，她在杭家最怕的人不是二夫人而是太妃，太妃要拿誰做筏子，誰就慘了。

風荷很是讚賞袁氏的話的樣子，一面點頭道：「六弟妹果是個明白人，原先我是白擔心了。六弟妹，這些日子二夫人對妳如何？」

「還不是那麼樣，不過自從白姨娘進府，她一門心思都在白姨娘身上，倒不大多管束我了，我能過幾天順心日子。」她撇撇嘴，對二夫人的厭惡顯而易見。

風荷要的就是她這句話。笑道：「有這麼個擋箭牌在前頭，二嬸娘確實沒心情尋六弟妹的不是，若再有個小子，我看她會忙得顧不上六弟妹。六弟妹何不趁著那時好好保養了身子，與六弟恩恩愛愛的，早些生下一兒半女呢，有個孩子傍身比什麼都來得有靠。」

袁氏大是贊同，連臉都紅了，拉著風荷的手道：「多虧了四嫂提醒我，不然我就自誤了。有人能替我擋著她，我正該歡喜才是，而且如此一來，她不免更加靠著我們爺，對我也會好些才是。

「說句不怕臊的話，我是日夜思想有個孩子，可不知為何，這肚子就是不爭氣，到現在沒有一點動靜。我母親給我尋了不少偏方，怎麼吃都不管用，四嫂可有什麼好法子？」

說到心裡的隱痛，袁氏簡直把風荷當成了親姊妹般，與從前的冷嘲熱諷完全不是同一個人。她們這些女人，誰不知孩子就是一切，沒有孩子一切都沒了盼頭，憑什麼跟人爭，爭來了又有什麼用。

風荷肯定了自己的猜測，倒與她說起別的話題。「妳看，白姨娘倘若生下孩子，會交給誰帶？」

袁氏微微一愣，滿不在乎的道：「妾室一般不能自己親自帶孩子，估計也是被接到了她房裡。」

風荷神秘的搖頭，激起了袁氏的好奇心，才徐徐說道：「我看不盡然，經此一事太妃不用說了，便是二老爺都不肯將孩子交給二夫人帶。而白姨娘的身分是不能帶孩子的，總不能讓二老爺的子嗣住在下人房裡吧。六弟妹，妳是長嫂，俗話說長嫂如母，帶小叔子可是名正言順的。」

這話把袁氏聽得迷迷糊糊，她萬分不解，問道：「我為什麼要替她們去帶孩子？」

風荷咬唇，皺眉不語，直到袁氏焦急得催促了她好幾遍，她才勉強說道：「六弟妹，我拿妳當自己妯娌，凡事都是為妳考慮的，妳若不信我或是懷疑我的用心，那就不必多說了。」她又重重嘆了口氣道：「六弟妹，妳進門至今已有兩年多，一直沒有動靜，而六弟兩個通房也沒有一點消息，這有點不大對呢。常理說，六弟與六弟妹這般恩愛，孩子是遲早的事，只是有些事，六弟妹不得不留了後著啊。」

她的話說得隱晦含糊，但袁氏是有心人，一聽就明白了其中關鍵。不只她，她母親也曾懷疑過，六少爺會不會有什麼問題，若果真那樣，袁氏吃再多藥，納再多通房都不頂用，她這一生算是毀了。

她不免哽咽起來。「四嫂與我說這些，顯然是將我當了自己人看，我哪有惱的。所以，我應該先撫育著白姨娘的孩子，結下情分，將來便是有什麼不測，他念著養育之情也能容我。此事關係重大，不是我懷疑四嫂，但我還需與我爹娘商議一番，多謝四嫂的提醒。」她這句話說得很真心，老來有靠不正是她們爭來爭去的目標嗎？

風荷面色不見半點不悅的神色，反而與袁氏推心置腹道：「六弟妹，二老爺與二嬸娘鬧成今日這般，六弟妹覺得是為什麼？男人嘛，不管他性子軟弱還是強硬，在自己女人面前，無一不是要面子的。六弟妹千萬記得。」

袁氏大震，她心高氣傲慣了，難免有對六少爺橫眉的時候，時日一久，六少爺的心移到了別的女人身上豈不是自討苦吃？她暗想著，自己是不是該改改脾性了？

點透了袁氏，風荷起身告辭。

沒走出多遠，白姨娘那邊終於傳來了好消息，母子平安。雖然孩子很瘦弱纖細的樣子，但沒什麼大礙，只要細心調養就行。二老爺大喜，大加封賞，把二夫人氣得稱病不起。二老爺難得清醒一回，居然晚間去了太妃那邊給太妃謝恩，還帶來了給風荷的禮物。

風荷抿唇笑著，白姨娘，真是個不可小覷的人物呢。這樣的人，用好了就是助益，用不好，就是虎狼。

她幫白姨娘，一來是太妃之命，二者孩子是無辜的，當然她更有她的打算。二房不足為懼，就一個二夫人愛折騰，而且她是董老太太的娘家侄女，她跟風荷是別想和平相處的。相比起來，倒是袁氏容易拿捏，以六少爺的懦弱樣子，對袁氏的話是言聽計從的。

她示好與袁氏，不過是為了袁氏父親而已，兵部尚書，實在是個不小的官，而且定是皇上寵臣。權貴家中要有杭天曜的支持者，堂官也是不可或缺的，翰林院有表哥，戶部哥哥好歹是個不大不小的官兒，禮部有蘇家，兵部有袁大人，至少朝廷不會出現一邊倒的局面，讓皇上徇私都說不出口。

再說，留個白姨娘與二夫人鬥法，二夫人就沒了心思來尋自己這邊的麻煩。有一日二夫人沒了，也不會留下袁氏或者白姨娘一邊獨大，一個嫡子媳婦，一個庶子生母，都不是好應付的。

袁大人若想以立世子之事拿捏了風荷夫妻，她也就不用怕了，一個白姨娘對付袁氏綽綽有餘，女兒有難，做父母的還有多少心思與她周旋。當然，白姨娘反戈也是件麻煩事，但一個妾室，哪來的條件與風荷對峙呢。

二房這邊穩定下來，就只一個四房了。

恭親王庶女，刑部侍郎，皇上賜婚，真不能小視呢！恭親王，生母死後，據說曾在太皇太后身邊養過一段時日，後來開府單過。

杭家這潭水，越渾越好啊，她倒要看看到時候王妃拿什麼與她鬥？

第九十三章　投桃報李

杭天曜看著略有些憔悴的風荷，心疼不已，捋了捋她濡貼在兩鬢的碎髮，悄問：「要不要躺一會兒？」

「我身上難受，想去沐浴。」她隱隱聞到自己身上似乎有一股血腥氣，皺了皺眉。

「那我服侍妳。」他說這句話的時候眼神溫柔多情，渾然不帶一絲情慾，像是看著自己最珍貴的寶貝一般。

風荷聽他說得赤誠，先是臉一紅，隨即低頭應道：「好。」

水溫不涼不熱，坐在裡邊很是舒服，沖掉了身上的疲憊與汗膩，風荷閉上眼，任由杭天曜給她按摩搓背。

杭天曜坐在她身後，身上一絲不掛，細心地在她全身按揉著。

風荷朦朦朧朧地睡著了，靠在他身上，耳邊有水流滑過的聲音，清澈纏綿。水流滴在她身上，彷彿流過光滑的緞子一般，順流而下，白膩的肌膚給人無限遐想。

杭天曜的下身，非常不爭氣的有了反應，他又是羞惱又是愧疚，自己的自制能力也太差了些，回頭風荷要怎麼看他呢。

風荷恍惚聽到耳邊傳來急促的呼吸聲，緩緩睜開眼睛，感到頂在自己腰下的堅硬。她暗暗將手往後伸，咬咬牙，柔柔捏住了他，震驚他的巨大。

杭天曜被這突如其來的觸摸嚇了一跳，不可抑制的悶哼出聲，吻著她後背嘆道：「風荷，對不起，是我不好。」

她半日不言語，只是手上來回套動，回頭吻了吻他，輕笑。「你這個沒出息的傢伙。」

杭天曜彷彿聞得了赦令，驚喜的將她摟緊在懷裡，一寸一寸摩挲著感受著。在他火熱的大掌游移下，她輕輕「嗯」出了聲，開始扭動自己的身子，卻越發摩擦著他。

他幾乎就要崩潰，狠狠固定住了她的豐臀，喘息道：「寶貝，別動。」然後他開始沿著她後背的曲線一路濕吻下去，聽到她不斷逸出的嚶嚀聲。

他猛地將她抱起轉過身來，讓她正對著自己，放在自己腿上，看著她堅挺的乳兒像一對跳脫的白兔一般，一口擒住了粉紅的桃花。

這樣的姿勢讓風荷簡直羞愧欲死，她的一切都完整的呈現在他面前，她只得閉上眼，將頭伏在他肩頭。

他一面吻得她窒息，一面讓自己緩緩進入她，嬌弱的身子依然感到疼痛，而她咬牙不語，雙手環抱著他……

她一覺醒來，驚訝的發現暮色四臨，房裡閃著暗黃的光。而自己身上不著寸縷，蓋著單薄的緞子。她慌忙穿上衣物，等候自己臉上的紅暈漸漸消退下去，方起身到外間，卻見含秋拎著小丫頭捧著食盒過來，忙行禮道：「少夫人醒了，奴婢正想著要不要去請少夫人起來用了晚飯再睡呢。」

「怎麼不早點叫醒我，都什麼時辰了？」她頗有責怪，好似這樣能掩蓋心虛一樣。

含秋低垂的眸子裡笑意滿滿。「少爺吩咐過了，少夫人累了，不讓我們去叫醒。」

她登時羞赧起來，這個人，都胡說什麼。趕緊轉移話題道：「沈烟她們呢？」

含秋眼角的餘光瞄向淨房那邊，捂嘴笑道：「淨房裡積了一地的水，家具都弄濕了，沈烟領人在擦拭呢。」

這話簡直讓風荷羞得無處可躲，她恨不得割了自己的舌頭，怎麼問都是錯，忙擺手命她們進去，自己到院中散步。她很想問問杭天曜去哪兒了，又不好意思，只得嚥下去。

直到她吩咐開飯，還沒見杭天曜的身影，心下不免有幾分急迫，言行舉止間就帶了出來，時不時伸著脖子往外看。

偏偏幾個丫鬟似乎商量定了一般，她不問，她們就不主動回稟，笑咪咪的看著她用飯。她哪兒吃得下去，隨便吃了幾口湯就不肯再動，噘著嘴不理幾個丫頭。

沈烟她們實在好笑不已，又怕她氣壞了自己，假裝無意地說道：「少爺說去茶樓轉一圈就回來，這都有一個時辰了吧。」

風荷豎起耳朵聽著，臉上露出笑容，開始吃了一口飯，還故意不悅地說道：「管他呢。」

沈烟幾人再也掌不住，哈哈笑了起來。

風荷被她們笑得心虛，也忍不住笑了起來。

恰好杭天曜回來聽見，詫異地問道：「什麼事這麼高興，妳們主僕笑得這麼歡？」

風荷連連給幾人使眼色，不准她們說出去，自顧自吃飯，也不起來讓杭天曜。

杭天曜坐到她身邊，將手裡一個小荷葉包的東西交給沈烟道：「是妳們少夫人愛吃的知味觀的掛爐烤鴨，快拿碟子裝了，還熱著呢。」說完，他摸了摸風荷的頭。

風荷抬頭送上一個笑臉，才問道：「你吃過了不曾，要不要再來些？」

「我念著要陪妳用晚飯，豈會在外頭吃了，倒是妳這個小壞蛋，都不等我。」他眉梢眼角都是寵溺的笑，為她布菜。

風荷忙親自給他加了一碗碧粳米飯，嗔道：「都這麼晚了，我自然以為你吃過了再回來的。茶樓一切還正常嗎？」

沈烟端了白瓷碟兒上來，油光發亮的一塊塊烤鴨，似乎往外冒著汁水，看得人食指大動。

他忙將最好的一塊挾給她，應道：「都好著，妳使喚出來的人，怎麼會不好，便是這麼熱的天，都是日日客滿。」

「你就為了這事出去的？」她有些不信。

「自然，不然我還能有什麼事。我看妳睡得正香，怕我沒忍住吵醒了妳，索性出去轉轉。」他的語氣曖昧無比，偏偏神色不見一點波動，氣得風荷要發怒又覺得是自己多心了。

袁氏第二日一早回了一趟娘家，直到下午方回。

凌秀進了袁家後，一開始很鬧了一陣，後來日子越過越糟，她心下也有幾分慌了，怕失去了這個唯一的避難所，倒對袁公子漸漸和緩起來，偶爾也能承歡一二。袁夫人這才沒有很磨搓她，但每日都給她分配了一大堆的針線活計，讓她忙得有小心思也沒時間施展出來。

而她被關在後頭，前邊有個風吹草動，她是一概不知，成了個睜眼的瞎子。

袁氏回府，袁夫人以為有什麼大事，就喚了她進去細說。因著袁大人的寵愛，袁夫人待她沒失了大格，尤其現在都出了門子，這母女情比先反而好些。

袁夫人細聽袁氏的訴說後，不敢拿主意，命人去衙門請了袁大人回來，等他的意思。

袁大人回來得挺快，聽完女兒的敘述，沈思半晌，最終說道：「一切妳都照你們四少夫人說的辦，這對妳好處多於壞處，便是擔憂成真，好歹也有個退步。」

「父親，你的意思是讓女兒徹底投向她，會不會出事呢？她若敗了女兒難免受牽連。」袁氏還是有些不放心，風荷畢竟年紀小，能鬥得過王妃嗎？

袁大人搖搖頭，鄭重的道：「這個四少夫人，絕對是個難纏的角色。上次妳哥哥發生了那事後，我就讓人去查了四少夫人的底細。妳在杭家應該也聽說過，她不得她祖母待見，不受她父親喜歡，而母親也落了風，按理說這樣的女孩子能保得一條命在就不錯了。可是妳看她，她在董家居然能達到呼風喚雨的地步，她一句話吩咐下去，董家的管事下人們沒人敢不聽。」

「這，不會吧，董家老太太那麼個厲害的人物，還有他們家那姨娘，都是出名的，她們能容得下她如此？」袁夫人深感不信，他們與董家一樣都是堂官，來往多些，很多傳聞都聽過一二。

袁大人冷哼一聲。「別說妳不信，連我開始都不信，可是事實俱在，由不得妳們不信。董家是老太太管事，常常命人克扣她的用度，但是妳看看，她身邊那些丫鬟，個個都是出挑的，沒點手腕的人能這樣？聽說董老太太和他們的姨娘沒有少找她的麻煩，但每次都得不了好反而丟了自己的臉面，弄得後來實在不行，才想法子把她快速嫁到了杭家。」

袁氏聽得不停點頭，又道：「母親不知她在杭家的勢頭，簡直可以說是無人可擋，現在都越過前面進門的幾個妯娌跟著王妃學管家呢。我冷眼瞧著，她能在最繁華熱鬧的地段上開茶樓，那得多少本錢，可她眼睛都不眨，就把茶樓開了起來。每次去她房裡，我看她的吃穿用度擺設器具無一不是上等的，很多都不是杭家的東西，應該是她的嫁妝才是。

「據我暗中打探的消息，大致估摸了一下她的嫁妝，只怕不下於一萬兩銀子呢。如果董家沒有她的地位，她這些都是哪來的？」

說起這個，袁氏就滔滔不絕起來，她當日是高嫁，在父親的要求下添了一些嫁妝，但滿打滿算也就不到五千銀子，何況袁家不比董家差。

袁夫人的臉幾不可見的皺了皺，這個女兒，枉自己待她這麼好，她還念著嫁妝呢。要不是看她嫁去了王府，對兒子將來有不少助力，自己可沒有這個當慈母的心腸。

袁大人越發深信自己的判斷，杭天曜身分上而言比杭天睿更正，而且有皇后娘娘、太妃的支持，現在又娶了這麼個厲害的妻子，簡直是如虎添翼。人家現在既向他們示好，他們倘若不盡快作出決定，等到想投靠的時候只怕人家還不一定看得上，事情宜早不宜遲。

他當機立斷道：「就這麼定了，一旦王府提出庶子養育之事，妳就主動承擔起來，這樣太妃、妳公公都會高看妳一眼。而妳不用擔心妳婆婆，妳以為太妃是那麼好說話的人嗎？」

袁氏再沒有任何遲疑，保證自己都會照父親說的去做。

待她一走，袁夫人略有擔憂的問道：「假如四少夫人失敗，會不會牽連到咱們家？」

「怕什麼，咱們什麼都沒有做，只是順應天子之意，為主分憂而已，誰敢說個不對。何況，那也是太妃的意思，頂多是女兒聽從長輩的教導，跟咱們什麼關係。」能憑藉自己做到兵部尚書位置的人，誰不是心裡有一個小算盤的。

孩子洗三（註一）後，太妃忽然有點小恙，三夫人一個人照顧不過來，王妃要料理家務，四夫人要預備兒子年下的大婚事宜，太妃宣了二夫人去侍疾。

註一：「洗三」是中國古代誕生禮中非常重要的一個儀式。嬰兒出生後第三日，要舉行沐浴儀式，會集親友為嬰兒祝吉，這就是「洗三」，也叫做「三朝洗兒」。「洗三」的用意，一是洗滌污穢，消災免難；二是祈祥求福，圖個吉利。

每日天剛亮，二夫人就被迫趕去園子裡，服侍太妃，有時候連晚間都不得回去，恨得她牙癢癢。但她不敢有一句怨言，孝順一事是正理，說到哪兒去她做媳婦的都得如此。

二夫人不在，二老爺與白姨娘越發情熱，更是寵愛這個老來子。

當二夫人以照顧幼子為藉口想不去伺候太妃時，袁氏很適時地提出來她願意照顧小弟弟，二老爺幾經權衡之下，真把孩子交給了他們夫妻照顧。畢竟白姨娘早產，身子虧了很多，需要好生調理幾年，幾乎抽不出空閒來照料孩子，交給二夫人二老爺又不放心，還不如交給兒子媳婦呢。兒子媳婦自己主動提出來，當然不敢暗害這個孩子。

白姨娘雖然不捨，但她卻不是那等恃寵而驕的人，情知自己想要親自撫育孩子怕是連太妃都不會容的。與其等二夫人得了閒把孩子接去，她還不如把孩子交給袁氏照看呢，再怎麼說她都是袁氏的庶母，袁氏對她不敢太過分，不然孩子在二夫人手裡，只怕她這輩子都別想見到孩子了。

太妃聽說後，大大誇獎了袁氏一番，說她孝敬長輩為長輩分憂，是個好孩子，賞賜了一批綢緞首飾下去。

自這個孩子出生，太妃的信心重新回來了，看著風荷的目光都漸漸變了，甚至時常盯著她肚子瞧，風荷被她看得滿心不安。太妃不會要重點等著抱杭天曜的重孫吧？

六月下旬，聖旨下來了，立永昌侯府嫡出小姐韓氏為太子妃，魏平侯府二小姐魏氏與禮部侍郎蘇家嫡小姐為側妃，定於十二月十二完婚，著禮部加緊準備太子大婚事宜。

而就在同時，傳出皇后懷有龍裔的消息，皇上喜出望外，大赦天下，並厚厚褒獎了莊郡王府。

華蓋車駛過偶有喧囂的街頭，青石的地面傳來噠噠的馬蹄聲，小販的叫賣聲顯得力不從心。

風荷與杭瑩共乘一輛車，兩人歪臥著說話。

「四嫂，妳說韓姊姊請我們去做什麼呢？」她清楚京城的規矩，若不是極好的閨密，或者有大型宴會，是不會輕易下帖子請人上門的，尤其是這樣當天下帖子請人當天就去的。

風荷看著腳下的水晶缸裡的冰塊漸漸融化，積起越來越多的水，不經意道：「帖子上不是說請我們品嚐她新製的茶嗎？她倒也是個雅人，愛鼓搗這些玩意兒。」

杭瑩覺得這個理由勉強通過，也就不再費神尋思，嘆道：「韓姊姊在家裡是萬事隨她心意，喜歡什麼就做什麼，比起來，我還不如她自由呢。」說起這個，俏麗的臉上帶了薄薄的愁雲。

她的事情風荷不可能沒有聽說過，杭瑩愛吹笛，可是王妃認為吹笛沒有彈琴風雅，讓她棄了吹笛改學彈琴；她喜歡練大字，但王妃說女孩兒識得幾個字就不錯了，不必學得多好，最近都帶著她理事。

其實，她明白王妃說的是正理，只是希望她將來能過得好些，但她並不樂意，做起事來難免有些束手束腳。前兒皇上賞賜下來，王妃讓她給闔府人分派賞銀，似乎出了點小小的差錯。

杭瑩並不笨，身為世家裡長大的女子那些都是必須學的，而且以杭瑩的天分完全可以掌握，只是王妃教導的方法不對。王妃太心急了，想一口把她吃成個胖子，今兒這個，明兒那個，一股腦兒給她灌進去，又停了她自己喜歡的，這樣於學習是沒有好處的。還不如慢慢教她，不要拘得太緊，有個一年半載的她也勉強能上手了。

風荷輕輕搖頭，她與王妃之間怕是少不了一場糾葛，但與下輩的孩子無關，何況杭瑩無論如何都是杭家的子嗣，杭家的郡主，太妃、王爺是絕不可能看著她被牽連的。她拍了拍杭瑩的手，笑道：「妳天資聰穎，只要略加費心還不是手到擒來的。此事妳也不必憂心，母妃那裡不是還有祖母嗎，祖母開口有什麼過不去的事。」

「我也不是不想學，但是每次看到母妃看著我時恨鐵不成鋼的眼神，我心裡就難受。」她垂頭低語，子不言父母之非，可母妃最近確實有些不大對勁，不只對自己，對五哥五嫂都嚴厲起來，連屋子裡伺候的丫鬟都小心翼翼的。

「母妃不過是太想妳好了，妳前天做的針線不是很好嘛，我聽說母妃當時就誇妳了。」王妃的心機手段不算深沈，不過是太會裝了，而且她背後有那麼強硬的靠山，太皇太后把她賜婚給杭家，莫非真沒有別的打算？這話誰都不信。

說到這兒，杭瑩又高興起來，眼睛亮亮的有淺淺的笑意。「多虧了四嫂身邊的雲暮教了我那個蘇繡的技法，才能在母妃跟前過關，只我都沒有雲暮做得一分好看。」

提起幾個丫鬟，風荷也有件心事，幾個大丫鬟年紀慢慢大了起來，到說親的年紀了，此事耽誤不得，但一時間又沒有合適的人選，而且不知她們幾個心中是什麼想法。主僕幾年，同甘共苦，感情不是尋常的，她勢必要為她們找個好歸宿。

韓穆雪穿了一身杏黃色杭綢的衣裙，綰了高高的青娥髻，很有幾分端莊成熟的氣派。她笑著快步迎上來，拉了二人的手道：「我一時興起，讓妳們大熱天的趕過來，卻是我的不是，可惜我出門沒有先前便宜，不然原該我去看妳們。」她已是準太子妃了，身分比二人高出不少，但一點不見傲氣，依然如先一般。

杭瑩出門時聽了王妃的叮囑，原有幾分緊張，見此放下了戒心，亦是笑道：「正好我閒在家裡悶得慌，一收到妳的請帖就立時去催著四嫂動身。」

三人中，韓穆雪的身量最高，杭瑩還未發育齊全，風荷今兒穿著玉色纏枝花卉的曳地長裙，把身量拉長了好些，顯得纖腰楚楚，行動如風。

一坐下，韓穆雪就忍不住說：「姊姊這身衣服真好看，玉色將姊姊原本明豔的容顏襯得清雅無比，滿身書卷氣，卻不嫌素淨，都虧了這幾枝纏枝玫瑰的功勞。這針線，太細密了，玫瑰繡得幾欲亂真，何時我也做一身，既涼快又好看大方。」

年輕女孩兒沒有不愛美的，說起穿衣打扮來就停不住話題，直到韓穆雪的大丫鬟，就是上次去杭家送東西的那個，原來她名字叫素靈，上前提醒韓穆雪要不要上茶，三人才大笑著反應過來。

永昌侯夫人出來打了個照面，怕拘著她們年輕人，很快就笑著去了。

一套天青釉面的茶具，光可鑑人，溫婉動人。茶葉是上好的信陽毛尖，不同的是泡茶的水。風荷細細品嚐著，入口略苦，醇厚綿軟，回味甘甜，而且有一股奇異的清涼之感，便是熱熱的茶喝下去都覺得很是清爽。尤其有一陣似有若無的香氣，既像梅花又似蘭花，總之幽淡渺茫。

「這可是收的梅花上的雪水？」風荷笑問。

「就數姊姊嘴刁，我當時可是整整吃了兩杯才品出來的，妳一口就猜中了，果然是風雅之人。」韓穆雪搖頭晃腦，煞有介事，隨即又小聲笑道：「告訴姊姊與五妹妹也無妨，這是我哥哥舊年藏的，因我今日誇下海口，便偷偷去偷了出來。他這回去了書畫胡同，晚上回來非得與我算帳不可。」

她雖是這麼說著，但一點都不怕的樣子。

二人好笑，風荷又抿了一口，蹙眉道：「卻有一樣怪異，為何這茶中隱隱有蘭花香呢，仔細品又好似沒有。」

韓穆雪拍手大笑。「這可是真正難倒姊姊了。」

杭瑩聽得好玩，又連吃了兩杯，仍然搖頭道：「我是什麼都沒吃出來，只是好吃而已。」

「我就不賣這個關子了。我們家在信陽一帶有座小小的山，種了不少茶樹，前年哥哥去那裡命人在山腳下山脊上所有空餘的地方都種上了蘭花。今年花開，花香瀰漫在整座山上。也不知是不是茶樹吸收了蘭花的香味，今年春茶送來，就與往年味不同些。

「如今正是暑天，我哥哥便取了雪水來泡茶，或許是雪水骨子裡的寒氣將蘭花的香味激了出來，顯得尤其濃郁。我當時大是驚喜，想到姊姊愛喝茶，就下帖子請姊姊與五妹妹一同過來，果然是找對了人。」她頗有些小小的得意，說得臉兒都紅了。

杭瑩故意哀怨的說道：「原來我是來當陪襯的，我就說嘛。」

韓穆雪拍著她的肩，指著她身後道：「妳看看那是什麼，那不是為妳準備的？」

杭瑩順著她手回頭去看，發現旁邊的小圓桌上不知何時已經整整齊齊擺放著幾碟子點心，有翠色的有粉紅的，反正一看就能勾起人極大的食慾。她也不等韓穆雪相請，自己快步走了過去，笑道：「算妳還有點良心。」說完，就拈起一塊嚐了起來。

幾人說笑著就到午時了，韓穆雪一早就吩咐廚房備下了兩人愛吃的飯菜。用過飯，杭瑩有些困倦，韓穆雪就請她到自己閨房裡稍事歇息。

她與風荷二人繼續說話。

「妳可別與我弄鬼，別告訴我妳今兒請我們來，就是為了招呼我們大吃大喝一頓。妳要不說，回頭說了我也當沒聽見。」風荷捂了嘴笑。

韓穆雪不好意思的扭著帕子，無奈的瞪了風荷一眼，才道：「什麼都瞞不過姊姊這個水晶心肝玻璃人兒，可憐四哥他如今連外頭都不去鬧了。」她自己也覺好笑，低聲道：「我再有幾月就要入宮了，一來是想多與姊姊聚聚，二者嘛，是的確有事請姊姊幫忙。不知皇后娘娘平素都喜歡些什麼？

「咱們家宮裡也有幾個認識的人，但皇后娘娘母儀天下，誰敢拿她的事說出去，而且風聲傳到外頭也不好聽。皇后娘娘總歸是我日後的長輩，我有心孝順她，偏不知從何處孝順，還要姊姊指點我。」說著，她的臉越發紅豔豔的。

風荷老神在在的搖頭嘆道：「妳問我竟是問錯了人，我去年才進的門，皇后娘娘二十多年前就入了宮，那時我尚未出生呢，從何處知曉。」

韓穆雪明知她是故意逗自己，也止不住焦急起來，搖著風荷的胳膊喚道：「姊姊，好姊姊，妳就教了我吧。」

「噗哧」一聲，風荷忍不住笑了出來，握了她手道：「妳素日也是個伶俐人兒，難道沒聽人說過皇后娘娘喜歡女紅嗎？妳只要做幾樣手巧的小玩意兒獻給娘娘，她就很滿意了，關鍵是太子喜歡什麼才是正理啊。」

聞言，韓穆雪的臉唰的一下紅了起來，咬牙道：「我當姊姊是個正經人，把煩難事與姊姊商議，姊姊卻是打趣我呢。」

風荷看她氣鼓鼓的煞是好玩，故意道：「我若說了也不是什麼難事，只妳拿什麼謝我呢。」

「姊姊分明是看中了我的茶葉，難不成我還心疼不捨得給，倒把我唬得一愣一愣的。府裡一共收到了百來斤毛尖，除去中等的上好的有十斤，我母親各處分送了一些，我早早就留出了兩斤來，就是給姊姊與五妹妹的。」她說著亦是笑了起來，當即也不含糊，直接讓素靈將她收好的茶葉去取來。

風荷大笑，擺手揮退了丫鬟，方與韓穆雪壓低聲音道：「我前幾天就猜到妳要打我的主意了，故意在咱們太妃跟前套了話來，後來又在我們爺那裡印證了一番。皇后娘娘明面上喜歡女紅是大家都知道的，她其實私下喜歡畫幾幅畫兒。妳若送什麼名家大作，卻顯得輕浮了，有故意討好之嫌，而且宮裡什麼好畫沒有，她不一定看得上眼。依我的意思，妳不如尋了上好又少見的顏料畫筆來，說不定皇后娘娘看妳心細，越發歡喜呢，而且這個要私底下送方好。

「再有嘛，我們爺說太子並不如表面上看到的那樣正經，他私下也是喜歡隨意大方的，而且尤愛練大字，妳不妨投其所好，在他面前伺機展示一下自己的才華。」

要進宮，打聽宮裡人的喜好那是正常的，但韓穆雪要打聽的都是那幾個萬人之上的，難免困難些，風荷一早就料到韓穆雪會請她幫忙。

韓穆雪聽得仔細，都記在了心裡，很是感動，不由拉著風荷道：「我親姊姊去得早，那時候我尚年幼，如今見了姊姊就當是親姊姊一般，不如我們結拜姊妹吧。」

風荷被她忽然要結拜的話嚇了一跳，半日看她神色認真誠懇，就問道：「妳日後是萬人之上的，我不過是普通婦人，妳莫非真要與我結拜？」

「自然是當真，而且我昨日晚間還與我母親說過此事，我母親當時都滿口贊成的。」結拜不是小事，不過韓家遲早都要表明立場，他們是一定要支持杭天曜的，還不如早早立定了，也讓人念著他們的情兒。

這裡邊的彎彎繞，風荷不可能想不透，此事未嘗不可行。與未來的國舅家、國母綁到一處，自然是好處多於壞處，也能讓府裡的人看看，他們房不是好欺負的。當然，這裡邊不是沒有風險，倘若韓穆雪不得太子的心，事情就難辦了。不過以她對韓穆雪的瞭解，這個聰明美麗的女孩子一定能征服太子的。

從感情上而言，風荷對韓穆雪本就有一種天生的親切感，對她哥哥韓穆溪的印象也很好，韓家將來只會更進一步。

她笑著點頭答應了，但是道：「此事我看還是不要傳出去的好，以免別人拿此事作文章，對妳反而不利。」

韓穆雪想了想，也罷，等不及就讓丫鬟去準備香火，當即就要結拜了。兩人果真從此後姊姊妹妹相稱。

待杭瑩醒來，時辰不早，風荷帶了她告辭離去，帶了一堆韓穆雪送的禮物。

杭天曜早上出去，中午就趕回來了，到處不見風荷，不免尋了丫鬟問：「少夫人呢？」

當時正好雲碧沒有跟去，就笑著道：「永昌侯府的韓小姐下了帖子請少夫人過去，少夫人與五小姐一同去了，還未回來。」

又是永昌侯府？

杭天曜心裡老大不樂意，風荷與韓家走得也太近了，她性子單純，若沒有看出韓穆溪那小子暗藏的心思，不會被他騙了吧。

韓穆溪，虧自己一直把你當朋友，你竟然敢打我女人的主意，你給我小心了。

他心下更惱怒風荷都不曾傳消息與他商議就去了，太不把他當男人看了。

杭天曜一在乎某人，便是風荷這樣千伶百俐的都被他看成了單純，而且還忘了自己當年調戲韓穆溪的事，認為韓穆溪不夠朋友，更加因風荷臨時出門不給他送消息而吃無名醋。

雲碧訝異地發現男主子的臉色陰晴不定，不由蹙眉去想，自己哪裡說錯了話嗎？沒有啊，她都是照實說的。

杭天曜醋勁上來，就有些不可理喻，甩手去了書房，扔下話道：「我去書房看書，無事不得來打攪。」

風荷回來時，他已經立在窗前盯著院門看了一個多時辰，差點把眼珠子都瞪出來。

他下意識地就要邁步出去，可隨即一想，自己正在生氣，不能先軟了氣勢，強自壓抑著不動，安慰自己道——風荷知道自己在書房一定會馬上過來的。

風荷確實聽雲碧說了他在書房，不過沒有過去，是他自己說的無事不得打攪，她無事找他，自然不會過去，舒服地歪在榻上瞇眼。

杭天曜又焦急地等了半個時辰，心裡盤算著，她進門估計先歇歇，然後要換衣裳，然後可能還要吃盞茶，速度慢些也是有的。只是，這些女人，手腳太不麻利了，換個衣服往往要一頓飯工夫，或許還要對鏡補妝。

當他等到太陽西斜的時候，他已經焦躁得要扔東西了，勉強安慰自己，會不會是雲碧壓根兒沒來得及回報她自己回來了，她也許以為自己在外頭呢。

他作出了一個決定——讓風荷知道他在書房，便讓一個小丫頭去請端姨娘過來，他就不信這個時候風荷都不出現。

結果，端姨娘很快就過來了。他無事可說，耷拉著腦袋想了半天，終於想起一件要緊事，吩咐了下去。說完，風荷還未出現，他咬咬牙命端姨娘坐在這兒自己看書，然後他就一圈圈的繞著書房。

端姨娘無緣無故被主子喚了來，吩咐了幾句話，詫異地看起了書。可是杭天曜焦躁煩悶的樣子看在她眼裡，她哪兒還靜得下心來，不免懷疑起來——

少爺不會與少夫人吵架了吧？

瞧這樣子，少爺似在等少夫人服軟呢。估計少爺是要失望了，連她都能看得出來少夫人那裡一點動靜都沒有，倒是少爺幾次忍不住要跨出了房門。

看來，少爺是動了真心了？

第九十四章　首次交鋒

雲碧低著頭，暗暗打量風荷的面色，看不出有什麼異樣，小心翼翼地道：「少爺請端姨娘去書房，端姨娘已經在裡邊待了半個多時辰了。」

少爺不會老毛病又犯了吧，端姨娘哪兒及得上少夫人，少爺這樣少夫人不知心裡多傷心呢，虧了少夫人最近待少爺這麼好。少爺，真是、真是狗改不了吃屎。雲碧很有些忿忿然，又怕自己表現得太過少夫人愈加傷心。

風荷查看著這月茶樓的收益，真是不錯，開業一個月賺了兩千多兩銀子，照這樣下去一年就能回本了。剛開業，下邊服侍的人幹勁十足，時日一長怕是容易懈怠，這點應該跟葉叔說說，讓他盯緊了，最好能制定一個賞罰機制。嗯，是個好主意，要細想想。

風荷渾沒聽清雲碧的話，心心念念都是她的茶樓，只是輕輕哦了一聲。

雲碧氣得牙根發癢，真是皇帝不急太監急，欲要再說，卻被沈烟一把拉了下去，嗔道：「妳怕什麼，少夫人心裡都有數著呢。」

「我這不是替少夫人不值嘛，少夫人與少爺圓房才幾天，少爺就在少夫人眼皮子底下做出這種事來，不行，我得找個藉口去看看。」雲碧不及沈烟有盤算，又是個急性子的。

沈烟抿嘴笑道：「妳跟了少夫人多久，妳想想少夫人幾時吃過虧，她那麼鎮靜妳跟著起什麼鬨？或者少爺有事吩咐端姨娘呢，何況他們有多年的情分，偶爾敘敘舊難道也不准？」

雲碧雖知沈烟的話有理，可這根弦就是鬆不下來，哀嘆道：「就因為他們有多年的情分啊，少爺憶起從前舊事那可怎麼好，我們少夫人進門一年多，終究敵不上姨娘們伺候了幾年。」

「說妳傻吧妳有時伶俐得緊，說妳聰明吧妳總犯糊塗。情分這東西難道是用時間長短來衡量的，那都是各人各人的緣法。好比我們少夫人與二小姐，那一同長大的姊妹呢，有多少情分，說句誅心的話，還不如少夫人待我們幾個呢。」沈烟恨恨地戳了戳雲碧的額角，不開竅，少夫人不急自然是有把握的。

「好吧好吧，姊姊說得有理，算了，我還是去廚房吩咐晚上的菜吧，姊姊在這兒服侍著。」雲碧無法，懶懶地點頭。

太陽漸漸落山，暑氣消散好些，地上的熱氣卻不散。

風荷扶了沈烟的手打算去太妃那裡稟報這一日的內容，之前天氣太熱，太妃又可能在歇晌她便沒過去，這會子晚飯前正是時候。

剛走到院子裡，杭天曜就一眼看見，心裡狂跳起來，以為她要來找自己了。只是再仔細一看，那架勢不大對，帶了四、五個丫鬟，而且兩個手裡還提著東西，到書房不用這麼興師動眾才是。他不由將心提到了嗓子眼，一眼不錯地盯著風荷，結果風荷越過了書房所在的小院，有向外走的架勢。

他終於忍不住了，快步跑了出來，喊道：「妳去哪兒？」

風荷轉身，淺笑吟吟。「韓妹妹送了我幾樣東西，我拿去給祖母瞧瞧。」

「這麼熱的時候，等用了晚飯再去吧。」他發誓絕對不是關心她，他是怕她去了很晚都回不來。

風荷愣了半刻，旋即點頭道：「那也好。」她說完就要回房，誰知杭天曜一把上前拉了她的手朝書房走去，端姨娘迎到院門口請安。

杭天曜擺擺手。「沒妳的事了，去吧。」

兩人一站一坐對峙著。到底是杭天曜先開的口，故意憋著氣道：「妳今天去哪裡了？」

「韓妹妹下了帖子來，我與五妹妹去走了走，你不是已經知道了嗎？」風荷饒有興趣地看著他。然後細細打量房間，目光停留在之前杭天曜讓端姨娘看的一本書上——《西廂記》。

他的視線順著風荷看過去，當即變了臉色，他隨手抽出一本書，根本不知是哪一本，糟了，風荷不會誤會了吧？

風荷唇角微微翹起，隨意翻開書本，笑道：「與美人共讀西廂呢，我竟未看過，爺不如與我講講書中描述的是什麼？」

杭天曜的臉色漸漸轉青，風荷不是尋常閨閣女子，規矩之類的看得不重，她必是看過這書的，她難道懷疑自己和雨晴？可是，她去侯府待了一天，自己還沒跟她算帳呢！

他忙扯開話題。「妳去韓家，為何事先不跟我商量？」

聽了他的話，風荷故作詫異。「爺當時出門去了，我去問了祖母，祖母一口就允了，是以以為爺更不會有意見了。」

「那妳……那妳回來也不與我說一聲。」他的聲勢不如先前壯了。

「爺不是告訴雲碧無事不得去打攪嗎？我並無要緊事情，豈敢來打擾爺坐擁紅袖添香呢。」她一面說著，一面也噘起了紅唇，極為不樂意的樣子。

「我與雨晴根本不曾有過什麼，妳別誤會。」他已經開始求饒了。

風荷撇開頭，悶聲悶氣地嗔道：「端姨娘本就是爺的妾室，爺喜歡與她有什麼也無人敢指責，我不曾誤會過。」

她的話讓杭天曜頭大如斗，風荷似乎認定了他與端姨娘之間發生了什麼一般，他很是氣惱，作作戲就成了，何必把人留那麼久，假戲也要成真了。

他無奈地上前，扳著風荷的肩道：「風荷，妳要信我，我絕對不會做對不起妳的事情的。」

風荷側過身，不去看他，輕哼道：「我要信了京城頭一份的杭四少能如柳下惠一般坐懷不亂，那我就是最笨的傻瓜。」她賭氣著。

杭天曜真是又好氣又心疼，蹲下身子，捧起她的臉道：「妳不是傻瓜，我是傻瓜，美人在前都打不起精神來，滿心滿眼都是妳這個小妖精。妳說妳給我灌了什麼迷魂湯，把我迷得暈頭轉向。」

風荷被他說得禁不住笑了出來，捶著他胸口道：「不許叫人家小妖精。」

「那我叫妳什麼，寶貝兒？」他抓了她的粉拳輕輕平展開，一個個指尖密密吻著。

「討厭，人家怕癢。」她欲要抽出自己的手，使不上力，卻被他拉得整個人從椅子上跌下來，跌在他懷裡，兩人一齊滾到了地上。

杭天曜抱著她，翻身壓著她，輕笑道：「娘子，妳如何又投懷送抱的，既然娘子這麼想要，為夫就不吝嗇了。」他說著，抓了她雙手按到她頭頂，攫住她的紅唇細細品嚐著。

風荷全身被他制住，半點動不了，口裡的呼聲被吞下去了，只能感到他在自己身上時輕時重的游移著。胸口似乎少了束縛一般，然後有堅硬的胸膛抵在自己雙峰上，擠壓著她。

半晌，風荷的唇方解脫出來，狠狠吸了幾口氣，小聲道：「杭天曜，這裡不方便，地上又硬。」只要放了她起來，他就奈何不了她。

他聞言，含著她耳垂低笑，嘟囔道：「娘子，咱們換個地方。」說話間，他就抱著她一躍而起，然後一掃書案上的東西，將她轉了個身，按了下去。一切就在一瞬間發生，快得風荷都來不及掙扎。

她看到自己上身已經一絲不掛，雪白的胸脯不斷起伏，他大掌握住她的豐盈，來回旋轉輾磨挑逗。

他不停親吻著她圓潤光滑的後背，喘息道：「娘子，妳若難受就要喊出來喔。」

風荷羞惱不已，緊緊咬住唇，不肯讓自己發出聲音。

而他將她挑逗至極限，輕輕舔舐著她白膩如脂的脖頸，魅惑道：「娘子，我要進來了。」

就在那一瞬間，她感到了他無比的巨大撐開自己，她終於壓抑不住嬌呼出聲。隨即聽到杭天曜哈哈笑了起來。

她羞惱不已，輕啐道：「是你強迫我的。」

杭天曜越發笑不可抑，一面動作一面點頭道：「是，是我強迫妳，妳什麼時候還回來好了。」

屋子裡響起曖昧的低吟聲，聽得附近伺候的丫鬟面紅耳熱，一個個偷偷溜了。

從寧樸齋出來，杭天曜一直拉著風荷的手，討好地笑道：「娘子，路上黑，咱們慢點走，小心腳下。」

原來剛才太妃看著他們的樣子分外不對勁，笑得沒合過嘴，又叫了沈烟上來讓她好好燉些補品給風荷補身子。

風荷大是不解，卻不好多問，直到出來後沈烟小聲附耳與她道：「飯前，少夫人與少爺在書房裡之時，端惠奉太妃娘娘的命來過咱們院子，因為、因為聽說少夫人在忙，就先去了。」她本想稟報的，又怕招了少夫人羞惱上來，左右端惠說了無事，就罷了，誰知太妃娘娘會這麼不避忌。

聽了沈烟的話，風荷的臉唰的紅豔如蘋果，太妃必定是知道他們下午在書房幹什麼了，她惡狠狠瞪著杭天曜——都是這隻大色狼，害得自己都不用再出去見人了。

杭天曜情知自己的錯，哪敢多說一句，萬分小心。

風荷有氣無處使，拿了前事重提。「下午尋端姨娘有事？」

「可不是有事，」他笑嘻嘻攬住了她的腰，附在她耳邊低聲道：「我不過告訴她，姨娘們之間要和睦相處，當然這個也不僅限於咱們房裡的，比如小五前兒收的，三哥房裡的，都該交好才是。她是府裡老人了，規矩最是清楚，多提攜提攜新來的是應該的。」

瞧這話說得，多有水準，風荷不由露出了笑容。「算你明白，我原也想著，又念著她們是你的人，不敢使喚了，你既然囑咐了就最好。」

端姨娘如果是個傻子，太妃是絕不會把她給了杭四的，她如何不明白主子的用意，一定會好心地多開解綠意，誰不說端姨娘是府裡忠厚的人呢。她去說，比其他人好多了。

往後幾天，風荷就時常得到消息，端姨娘送了雙鞋面給綠意姑娘，請了綠意姑娘其他幾位姨娘一同吃茶。

聽人說五少爺貪涼快，有一日用冷水沖了涼，誰知第二日就病倒了，也不是什麼大病，不過偶感風寒而已。

蔣氏細心服侍了兩晚，竟也倒下了，綠意就每日天未亮去兩人房裡伺候著，端茶送水，熬藥煎湯，每日連飯都來不及吃。

又過三日，五少爺已經大好了，蔣氏也漸漸痊癒。

這日晚間，五少爺用了飯就在院子裡散散步，蔣氏不敢吹風，留在房裡。

五少爺信步走到綠意的房門前，見她房門開著，裡邊點著昏黃的燭光，就順腳走了進去，也沒出聲招呼。

細一看，綠意背對著身子，坐在小杌子上，對面小几上擺著飯菜，她似乎埋頭吃飯。杭天睿有意嚇嚇她，放輕了腳步上前，不及出聲嚇她，自己卻被眼前的情景驚住了。

小几上，只有兩樣菜，一碗白菜湯，一碟子雞炒蘆蒿，雞絲幾乎找不見，看起來都不大新鮮，綠意手裡的米飯也是最下等僕婦才吃的糙米。

杭天睿又驚又怒，大聲質問道：「妳每日就吃這個？」

綠意不料身後有人，嚇得把碗也摔了，自己跪在地上回頭看，見是杭天睿，慌忙磕頭。「少爺，奴婢不是有意驚嚇您的。」她一面說著，一面匆匆去收拾地上的碎碗殘飯。

杭天睿心知自己嚇壞她了，忙擺手道：「妳先別管這些，是我有心嚇妳的，不礙妳的事。我只問妳，妳每日都吃這些飯菜嗎？」

綠意好歹是通房丫頭，平日吃用都是一等大丫鬟分例，月銀更是多了一倍。一等大丫鬟分例菜四個，一葷兩素一湯，偶爾廚房為了討好她們比這還多，可是看看綠意的，三等小丫鬟的都不比她差。杭家自詡寬和待人，杭天睿性子綿軟，從不會發生苛待下人之事，難怪他會這般生氣。

「回少爺……的話，奴婢前些日子都是三菜一湯的，這幾日服侍少爺少夫人，所以晚飯就晚些，有時候廚房就沒什麼菜了。其實，這也挺好的，這個雞絲蘆蒿香脆可口，是端姨娘那邊今兒飯菜多了，給我送來的。」她開始有些緊張，說完就憨憨地笑。

杭天睿不聽還好，一聽氣得簡直要暴跳如雷，要不是他平素修養好，只怕都按捺不住了。他愈加沈聲問道：「因為妳伺候我們晚了，廚房把妳的分例菜吃了不成？還只有一點白菜湯，連蘆蒿都是四哥的姨娘送來的？」他不能置信，再次確認一遍。

綠意看著他面色嚇人，擔心地要扶他坐下，強笑道：「今兒大廚房送來的菜蔬少了些，一時不夠也是有的，奴婢反正已經吃飽了。」

聞言，杭天睿心裡的氣再也克制不住，拉了她嘩啦啦往小廚房走去，君子遠庖廚，此時他也顧不得了。他一腳邁進去，將裡邊正埋首吃飯的幾個廚娘嚇了一跳，都忘了行禮。

他留神一看，兩個廚娘，兩個打下手的小丫頭，四人一處吃著，擺滿了整整一桌子的菜，什麼雞髓筍、雞皮蝦丸湯、五彩牛柳樣樣都有，隨便一樣都比綠意吃的好了許多倍。他再往架子上一看，有剩下的肉類、菜蔬、雞蛋，怕是明天一天的都夠了。

杭天睿覺得自己從來沒有這麼生氣過，綠意畢竟是他的人，他們竟敢這樣苛待她，把她看得比三等小丫鬟都不如，他這個主子也太窩囊了些。難怪這些日子，他發現綠意似乎比先前消瘦憔悴些，他只當她是伺候他們太辛苦了，時常讓她回去歇息，原來是她根本吃得太差。

他雖不管事，也知廚房負責的是蔣氏的陪房，不作一聲，拉了綠意回正房。

綠意嚇得腳下連連被絆，輕聲啜泣道：「少爺，是奴婢不好，奴婢惹您生氣了，求少爺消消氣吧，少爺身子未好全，奴婢死不足惜啊。」

杭天睿聽得難受，腳下頓了一頓，柔聲安慰道：「與妳何干，這樣的刁奴留在府裡只會變本加厲，日後連我們主子都敢糊弄了，我今兒不處置她是不會罷手的。」

綠意不敢再辯，只得跟著他走。

他進房時，正好蔣氏坐在羅漢床上與趙嬤嬤說話，看他氣色不對，訝異得緊，不免起身問道：「這是怎麼了？」隨即看見跟在他身後的綠意，面色就冷了冷。

杭天睿倒不是懷疑蔣氏，她是大家子閨秀，不可能做出那種事來，只是氣憤地說道：「妳看看妳調教的好奴才，一個個目中無主，欺上瞞下。我剛才順腳走到綠意那邊，妳知道她吃的什麼菜，白菜湯和蘆蒿，蘆蒿還是四哥的姨娘送來的，而她一個通房竟吃這些。妳再看看那幾個廚娘，每個都吃得不比主子差，還糊弄綠意廚房沒菜了。妳說說，咱們家幾時出過這樣的刁奴，我今兒非得把她們驅逐出府不可。」

剛聽第一句話，蔣氏心下不太高興，什麼叫她調教的好奴才，只是往下聽，也覺廚房的人做得太過，不過那是她的陪房，倘若被趕出去丟的可是她的臉面，不知道的人或許說是杭天睿偏寵通房沒將她放在眼裡，她萬萬不能答應，頂多打一場罷了。

想罷，就道：「確是她們的錯，教訓一頓也就好了，不必鬧得攆人那麼嚴重吧，我日後多多警示她們。」

杭天睿正在氣頭上，一聽當然不同意，冷聲道：「什麼叫不嚴重，她們欺上瞞下，這還不夠嚴重？綠意日日服侍我們倆已經累得很了，現在連吃都吃不飽，傳出去我的臉面往哪兒擱。」

綠意乖巧聽話，做事麻利，而且長得清秀可人，如小家碧玉般溫婉親切，而且聽說想學讀書識字，這麼上進能幹的丫鬟，杭天睿不可能完全不在意。

而且自古以來男子的德行都是自己的女人自己欺負可以，別人就不行，那不是欺負他的女人，那是明晃晃打他的臉呢。

可是存了一肚子醋意的蔣氏自然想不通這些，不顧趙嬤嬤的眼色，傷心道：「莫非在你心裡她比我重要不成？她不過一個下人，你為了她攆了我的人，有沒有想過我的臉面往哪兒擱？」

杭天睿非常不解這與誰重要有什麼關係，他認為這是蔣氏在無理取鬧，袒護幾個刁奴。他越發不悅。「綠意是下人，也是我的下人，幾時輪到別人來作踐了，妳懂不懂啊？」

趙嬤嬤畢竟看過的經過的事多，對男子的瞭解也比蔣氏更勝一籌，尤其她旁觀者清。她忙拉了拉蔣氏的衣袖，勸道：「少夫人，有話好好說，別為了幾個不爭氣的奴才氣壞了身子。」她不好把話說得太明白，只能在蔣氏即將發火的時候勸止一下。

再看綠意，戰戰兢兢跪在地上，時而望望杭天睿時而望望蔣氏，顯然嚇得不輕。也不知是不是這幾日天氣太熱，她居然眼一閉暈了過去。

這下子，杭天睿也沒心思跟蔣氏為奴才浪費工夫了，忙命人請太醫，讓幾個婆子把她抬回房裡去。

大概過了有半頓飯工夫，綠意悠悠醒轉，看見杭天睿立在窗前，忙要起身，杭天睿按住了她道：「妳先別動，讓太醫看了再說。」

綠意忐忑不安的坐著，大大的眼睛裡都是水光。

太醫看了，說是本就體虛，加上這些日子營養不好，勞累過度，受了暑氣，需要好生調養一段時間。

杭天睿聽了很是自責，專門撥了一個丫鬟來伺候綠意，打定主意要攆人了。

後來，五少爺夫妻兩人幾乎大吵一架，最終還是攆了廚房管事的，另外幾個留下來了。

而因為這事，五少爺心裡不痛快了好一陣，晚間都不歇在正房，而去了書房。

晚上院子裡發生那麼大的動靜，別人不可能不聽說，雖然大家都知不能傳主子的事，可私底下，誰忍得住，恨不得告訴每一個未聽過的人，以顯示自己消息靈通。

王妃聽了自然心急，只是也有點惱著蔣氏，一家之主的話都不肯聽，這算什麼，她難道不知要服從夫君嗎？何況原就是她的人不對。不會馭下就算了，好面子、性子軟，幾個奴才就興師動眾的，現在滿府裡都在傳，有什麼意思？為著這個念頭，王妃暫時不想去勸和他們夫妻，想讓蔣氏看看清楚。

事情傳到太妃耳裡，太妃只是嘆氣，當日定下蔣氏是王爺王妃拿的主意，她是猶豫的。不為別的，只因蔣氏是家裡的么女，上有父母寵愛，下有兄長姊妹謙讓著她，容易養成她唯我獨尊的脾性。一開始也看不大出來，現在慢慢顯現出來了，進門不到兩年，就喜歡拿捏自己的夫君，這一點是最要不得的，男人就是男人，豈能被一個女人所隨意左右。

一個在家中嬌慣的女子並不適合王府主母的身分，她行事容易順著自己心意來，不會權衡利弊，小事還罷了，大事上出了糊塗那就影響到一府一族了。

王爺不大理會內院之事，但此事最後居然也傳到了他耳朵裡，他對蔣氏的印象一下子掉了下來，認為涵養不夠，沒有當家主母的氣派。相比起來，上次所有人都冤枉老四媳婦，她都容色不變，既不哭鬧也不喊冤，這才是真正上位者的氣派，喜怒不形於色啊。

蔣氏猶自不知自己已經失了不少長輩的歡心，還在生杭天睿的氣，吃綠意的醋。造成今日這樣的情況，王妃未嘗沒有責任，她不該為了顧全蔣家的臉面，把從前五少爺房裡的通房丫頭都遣了，以至於蔣氏一進府就她一人，時日一長，難免忘了母親的告誡，把五少爺當作了自己的私有財產，行動愛拿捏人。現在忽然多了個綠意，她一下子不習慣起來，容易暴露出女人本性裡的占有慾，落在別人眼裡就是妒。

而趙嬤嬤看在眼裡，急在心裡，幾次勸說蔣氏，她聽的時候還好好的，一會兒又犯了老毛病。讓她主動去給五少爺陪個不是吧，她無論如何都不肯，覺得沒面子，哎，夫妻之間豈能計較面子這樣的虛的，關鍵穩住了男人的心才緊要。

而杭天睿那邊，正在懷疑是不是自己把蔣氏寵壞了。新婚夫妻，濃情密意，恩愛非常，他為了不逆著蔣氏的心意許多事都順著她來，發生流產一事後更加體貼溫柔，卻不想蔣氏的脾氣變得大了起來。

他開始細細回想著父王與母妃相處的情景，都是父王為主，母妃只有服從的分，從來不敢有一句反駁。

再看四哥，四嫂脾氣溫柔性子和順，想來也是萬事以四哥為主，從來不曾聽過四嫂苛待四哥的妾室之類的謠言。

再對比一下自己，很覺自己太窩囊了，往後真該好好改改，不然這夫綱不正。而且綠意那裡，受了這一次委屈，又大病一場，原該賞賜一番，排解她心裡的憂思。

這般一想，才發現自己只顧與蔣氏生氣了，都忘了補償綠意。不說別的，光看在綠意經心服侍的分上也應該重賞，不然顯得自己賞罰不分明，對，就這麼辦。

當天，府裡人人都聽說了五少爺專門撥了一個二等丫鬟服侍綠意姑娘，賞了她二十兩銀子，幾疋綢緞，幾樣新鮮式樣的首飾，還有不少藥材。

寧樸齋籠罩在一片綠樹叢中，正對著湖面的涼風，比別處都蔭涼不少。太妃自己住在正院，丹姊兒、慎哥兒被安置在了兩邊的廂房裡。

昨兒晚間下了幾點小雨，清晨起來，空氣異常新鮮，到處都是花草香、泥土香，太陽一出來，就把樹葉上的水珠慢慢曬化了，熱氣漸漸撲面而來。

在自己家裡，又沒有外人，太妃索性拋了那些規矩，只穿了一件石青色繡花的杭綢夏衫，房子四角都放了大塊大塊的冰，小丫頭不停給幾位主子打著扇。

王妃過來請安，太妃留了她說話，風荷在一旁伺候著，蔣氏身子不適沒有過來。

「小五回房了嗎？」太妃本不欲管，孫子們的事情哪兒輪到她這個老太婆插手，只是府裡流言日盛，好歹面子上不能鬧得太僵，她只得問了問。

王妃面色有些許憔悴，可能是天氣太熱晚間沒有歇好的原因，只見她臉色泛黃，不如從前白皙透亮，一雙眼睛裡蓄著愁容。

聽太妃問她話，王妃忙委婉地點頭應道：「是呢，他那邊的院子西面臨湖，正好是書房，怕是能涼爽不少。」

這當然是王妃的藉口，太妃有什麼不明白，就嘆道：「年輕夫妻偶爾鬧鬧彆扭是尋常小事，若鬧大了當著闔府上下的面是他們沒臉，妳回去就讓小五回房歇了，再把那個叫綠意的抬為姨娘吧。」

王妃一聽，愣了一愣，抬為姨娘？當了一個月的通房直接抬為姨娘，這也太快了些吧，不過她亦是想到這是太妃給兒子留的體面，兒子為了這個丫頭與蔣氏嘔氣，倘若這時候主動回了房，他男人的面子擱不住，如果將那丫頭升了倒是不同，聽起來別人只會以為是蔣氏妥協，這未嘗不是一個法子。

但蔣氏那裡，不會鬧出其他動靜來吧，蔣家不會又要插手此事吧？她略有些猶豫。

太妃一眼看穿了她的顧慮，不悅地道：「妳是婆婆，難道還怕起媳婦來了不成？這本就是咱們自己家裡的事，與蔣家何干，長者賜不敢辭，何況咱們不過是抬了一個丫頭的名分而已，什麼大不了的事。論理，小五成親兩年，也該納個姨娘了，不然旁的子弟們都有，就他沒有，也說不過去。」

王妃連連點頭，王府嫡子嫡孫，誰不是妻妾成群的，唯有小五只蔣氏一個，王妃也覺委屈了自己兒子。那個綠意她是見過的，溫柔小心，的確是做姨娘的最好人選，總比弄個攪家精進門來強得多吧。

王妃很快笑應道：「還是母妃慮得周到，就這麼辦。」

「妳能明白就好，小七的親事定在年底，準備得如何了？」小七是四房嫡長子杭天瞻的排行，他今年十六，幾年前四老爺夫妻為他說下了江蘇巡撫徐家的女兒。徐家是金陵一帶名門望族，據說在教養子女上最下功夫，徐老爺是前朝的進士，記得那年的主考官是恭親王與楊閣老。算下來，恭親王是徐老爺半個座師了。

六年前，徐老爺還是金陵府尹，進京述職，順道去給恭親王問安，巧遇四老爺一家回門。四老爺與徐老爺述起話來頗為投機，約定了第二日去杭家再聚。

當時，徐老爺家眷都隨了進京，就齊齊到了杭家。四夫人頗為喜歡他們家大小姐，讀書知禮，恭謹孝順，兩家一說，竟是說定了親事，議定等孩子再長幾歲後大婚。

去年七月，四老爺派人捎去中秋節禮的時候提到了希望盡快完婚的意思，誰料徐家也不含糊，當即遣了人來。兩家都極有意，也沒什麼矛盾，痛痛快快說定了日子。

然後徐家就遣了男女僕從來看新房，丈量地面，打算回去訂做家具。而四夫人這邊也開始慢慢預備。

如今只剩下四、五個月時間，四夫人自然全部心思都放到了這上面，日日都不得閒。

杭家若說分家了吧，人來客往還是算到一處，家常具體也不曾分過；要說沒有分家吧，日常開銷卻又各顧各的。像大婚這種事，宴請依然是公中的。當然，各房也不會反對，比如四房，他們若以自己的名義發請帖的話，許多權貴高官都是不會來的，如果以莊郡王府發請帖，那就完全不同了。所以，宴請一事還是由王府操持，只是許多事由四夫人拿主意，事後得來的入息也全沒入公中。

大事上，王妃與四夫人已經商議得差不多了，只有些瑣碎的小事沒有定下。她笑道：「母妃放心，離大婚還有四個多月時間，保管能辦得熱熱鬧鬧。」說到這兒，她又皺了皺眉，杭瑩只比杭天瞻小了兩歲，可是連親都未議呢。

太妃知道王妃這方面的經驗豐富，也不大管，只是道：「凡事多琢磨幾遍，妳們倆操持我是極放心的。」

「母妃知道，我這幾日還要預備中秋賞月宴，給各家送禮，一時間有些忙不大過來，所以能不能讓老四媳婦去與四弟妹把剩下的瑣碎之事商議清楚？」她詢問著。

四夫人可不是個好對付的角色，就讓老四媳婦去碰碰壁吧，殺殺她最近的風頭。

風荷聽得抬起了頭，她就說呢，王妃不可能錯過這樣好的機會，借刀殺人誰不會。

太妃瞇眼細想了想，笑道：「她反正跟妳學管家，妳有什麼吩咐的只與她說，不用巴巴來回我。」

王妃臉上露出了淺淺的笑意，應道：「母妃是家裡老祖宗，媳婦年輕，許多事還是要母妃幫著拿主意的。」

太妃心知她此刻得意著，有心給她潑點冷水，假作不經意地說道：「聽人恍惚提起，韓家在給他們小侯爺說親，妳知道說的是哪家的小姐嗎？」

果然，王妃臉色白了白。她滿心看上這個女婿，但經過了上次的不愉快事件，杭家又是女方，怎麼還有臉上去問，除非韓家有心，那勉強說得過去。

最近永昌侯夫人似乎常去各家高門拜訪，人們都估計她是想給兒子瞧個好媳婦，眼下比較中意的似乎有兩家，一個是楊閣老的嫡孫女，她父親年紀不過四十，已經是二品的太子少傅。還有一個則是嘉郡王府的小郡主。

楊家在朝廷的名望那是不消說了，幾輩的太傅太師，子弟在各地為官的不少，幾乎是堂官中的第一等人家。他們的女孩兒教養是不消擔心的，何況借此聯姻能進一步向太子表示自己的誠意，絕對是一著好棋。

嘉郡王府在朝中可以說是與莊郡王府不相上下，只因如今的嘉郡王妃是慕幽公主，先皇的胞妹，當今聖上的親姑姑。先皇只有這麼個一母同胞的，自然待她不同尋常，二人感情頗好。先皇走得早，當時當今聖上不過十四歲，很得這位姑姑支持，是以是唯一的大長公主。

皇上待杭家親厚，除了皇后的關係外，自然也有嘉郡王府的關係，畢竟華欣郡主出嫁前兩年慕幽公主就嫁進了嘉郡王府，兩人很是熟稔。算下來，嘉郡王還是駙馬。不過這位公主不但不驕傲，為人還很低調，若不是皇上過段時間就會往嘉郡王府賜下一批賞賜的話，眾人都要忘了她公主的身分。

小郡主的身分自然是尊貴的，配韓穆溪絕對沒問題，但是她年紀小些，今年只有十三歲，公主對她愛如掌珠，想要多留幾年。而韓穆溪的年紀已經等不起了，依韓家的意思最好明年要完婚的，那時小郡主只有十四歲，幾乎是不大可能的。

所以，韓家最中意的是楊家，兩家門當戶對，年齡合適，正可相許。

太妃估計，只要中間不發生意外，兩家的親事是水到渠成的。她心裡亦是惋惜的，能與韓家聯姻，可確保杭家地位穩固。

風荷細細聽著，楊家小姐她從未見過，不過想來也是一位如三夫人一般端莊但不懦弱的大家閨秀吧，與韓穆溪確是良配，只是她私心裡又感覺韓穆溪適合的不是那樣的女子。

剛送走王妃，杭天曜就來了，逗了太妃開懷一笑之後方帶了風荷回去。

兩人循著蔭涼的樹下走，聽到樹葉小草在腳底下的沙沙聲。

杭天曜滿臉笑意。「我有一個消息要告訴妳，但不知是好消息還是壞消息。」

「少賣關子了，不說我還懶得聽呢。」風荷翹起唇角，不理會他。

「喲，幾時這麼大脾氣了。妳不聽，我還非說不可了。你們家二小姐，進了蕭家門一個多月，蕭尚那小子連她的房門都沒摸過呢。」不要怪他幸災樂禍，他只是比較蕭尚安的什麼心，納了人進門就扔在一邊不管不問，他發的什麼瘋。

風荷也被這個怪事嚇得呆了一呆，抓著杭天曜的衣袖道：「你沒哄我吧，你的意思是他們、他們至今未圓房？」她隨即搖頭道：「不可能啊，鳳嬌那般喜歡蕭尚，不會不肯圓房啊。」

杭天曜聽聞，俊臉沈了沈，狠狠將她抱在懷裡道：「妳的意思是妳當初不喜歡我，所以遲遲不肯圓房的？」

風荷丟了他一個白眼，難不成這位爺現在才發現，她沒好氣地道：「咱們新婚夜方認識，我憑什麼要喜歡你？」

「不行，妳不許不喜歡我，妳應該第一天就被我英俊瀟灑的風姿給迷住了。」杭天曜吃起自己的醋來。

風荷發現自己無法和這個無理取鬧的人講道理，踮起腳尖在他頰邊親了親，問道：「滿意了嗎？」

滿意？怎麼可能，分明就是勾引完了人又把人丟開手，太過分了。他氣鼓鼓的含住她耳垂嗔道：「小妖精，晚上回去跟妳算帳。」

風荷想起後邊遠遠跟著的丫鬟，登時羞得抬不起頭來，一邊掙扎一邊道：「外頭這麼熱，有事回去再說。」

「好，我的娘子，什麼都聽妳的。妳沒聽見啊，外頭人怎麼議論我呢，從前是出名的紈袴，現在竟然成了妻管嚴。」說著，他眼裡露出幸福的笑意。

「胡說，我從來不管你。」風荷挽著他的胳膊，抿了嘴。

「妳不信？他們每次叫我去吃酒耍樂我都推了，他們自然以為是妳的成果了。」這倒不是杭天曜信口開河，他的確有段時間沒與那批狐朋狗友相聚了，嫵眉閣的老鴇望著他望得都要石化了，京城漸漸傳出杭天曜懼內的傳言。

風荷拿籤子扎了西瓜往口裡放，細細吃著，隨後才問道：「表弟既然不喜鳳嬌，為何又讓她進門呢，我真是想不明白你們男人心裡都在想些什麼。」

杭天曜搶過她即將放到嘴裡的西瓜，一口吞下，笑著。「蕭尚這小子脾性一直怪，誰知道他想些什麼呀，他那世子妃長得便不是最好也算國色天香了，可他們夫妻之間從來不大對勁，我見了都想躲出來。還有他幾房妾室，只怕一年半載都等不到他的身影上門呢。」

風荷越聽越訝異，還有這麼怪異的事，不會是蕭尚身子不對吧，他看起來很健壯的樣子啊？她歪了頭，眨著大大的眼睛。

「傻瓜，不許想除我之外的事。」他輕輕捏了捏她的俏鼻，逼著她看向自己。

風荷啪的一下拍掉他的手，舒服地歪在榻上，嘆道：「鳳嬌看來是不能得償所願了。」

杭天曜見她不吃了，讓人撤了下去，與她面對面歪著道：「其實比妳想像的還要慘一些。」

「哦，為什麼，還有什麼事嗎？」風荷被他的熱氣撲到自己面上，揀了帕子覆住自己的臉。

他見此，索性隔著帕子糾纏她的紅唇，輕紗般輕柔的帕子擋在中間，有一種欲語還羞、隱約朦朧的誘惑，他好不容易克制住自己，說道：「前幾日她在去世子妃正院的甬道上等蕭尚，為此激怒了世子妃，罰了她一月禁閉，眼下是更不可能見到蕭尚了。」

這個董鳳嬌啊，做事從來不用腦子，半路攔截男主子，將女主子放在哪兒，怪不得要被世子妃罰呢，希望她經此一事後做事能謹慎些，別給家裡招惹麻煩。

風荷悠悠嘆氣，不回話。

杭天曜想著她是記起家中之事了，就笑道：「妳若無聊，不如回家去看看母親，或者邀了她來玩幾日。」

風荷領了他的好意，揭掉帕子道：「罷了，母妃讓我回頭去四嬸娘那裡商議七弟的親事呢，等到天氣涼些再說吧。」

「天天支使妳幹這做那，也不怕累壞了妳。」杭天曜語氣中很是不滿，他與王妃間的不和明眼人都能看在眼裡，自己院中沒必要掩飾。

「誰叫我是人家媳婦呢。對了，剛才祖母還與我說這月二十三就是舅舅的生辰了，咱們要去磕個頭吧。」這個舅舅指的就是嘉郡王。

杭天曜握了她一綹頭髮放在鼻尖嗅，應道：「妳不說我差點忘了，今年不是整壽，不過應該會辦，咱們還要備些禮物呢。舅舅喜歡下棋，舅母倒是不知喜歡什麼。」

風荷悶悶的，她進門這麼久沒有去給人磕頭，人家對自己的印象一定好不到哪兒去，不過不管怎樣，這都是必須面對的。

她深吸一口氣，笑道：「我嫁妝裡有一副我祖父從前把玩的玉棋子，雖不是什麼了不起的貨色，但貴在少見，送了舅舅正是投其所好。祖母與我說了，舅母喜歡收藏古籍，我們也去尋一本送她吧。」

杭天曜點點頭，又道：「不能拿妳的嫁妝，我自己想辦法去找吧。妳的嫁妝要留給咱們的兒女。」他又換上了嬉笑的顏色。

風荷推開他，叫了沈烟進來，起身對鏡梳妝。她要去會會四夫人，沒空跟他閒扯。

杭天曜不由盯著她看，覺得從前認為最瑣碎無聊的女人打扮都順眼起來。

比平時早些用了中飯，風荷先把王妃送來的條陳略微翻了翻，心下有數之後方才命人套車，往東院而去。

行到兩邊分隔的角門前，路遇一個清秀的小丫鬟，淺草認識她，就笑著與她打招呼。

「從哪兒來呢？」

「我們側妃娘娘早上散步時將帕子掉在了園子裡，遣我來尋一尋，這不是？」她梳著雙丫髻，圓圓的臉兒，說時從衣袖裡掏出一塊帕子。

風荷從車窗裡瞥了一眼，尋常下用的？

「噢，那不耽擱妳工夫了，快去吧。」淺草笑吟吟的，待她去遠了，回到車旁，小聲道：「少夫人，她是側妃娘娘跟前二等的丫鬟。」

側妃娘娘的身分即使算不上多尊貴，在杭家還是很有些臉面的，居然會用一塊普通下人用的帕子，只怕是扯謊呢。她想著，彎了唇，露出高深莫測的表情。

側妃娘娘的院子就在附近，她應該會常常順腳走到這裡來吧，比去王府的後園要近便許多。二夫人的脾氣，只怕和側妃相處不好，五夫人倒是可以，只她深居簡出的，倒是四夫人，與側妃娘娘應該能說到一塊兒去。

第九十五章　嘉郡王府

四房住在東院最東邊的院子，向東開了個小角門，下人進出可以走那裡，不用走大門。五房住在西北角一帶，那裡綠樹掩映，更為清靜些。

四夫人的院子同樣是個三進大院，進了垂花門，粉油的大影壁阻擋了視線。繞過去，是一個小小的跨院，隨後是穿堂。接著就是五間正房了，這裡是四老爺夫妻所居之所，杭天瞻的新房被佈置到了後一進的正房裡。最後，是一帶後罩房，住著女僕，男僕都是住在整個大院後頭一帶街上。

四老爺如今是吏部侍郎了，很可以搬出去自己買個院子當作侍郎府，但是他們說要孝順太妃，就一直偏居著這麼個緊窄的地方。四夫人似乎有一座陪嫁院子，也有三進，但格局比這大了不少，在城東南一帶，離皇城更遠些。

四老爺這房只有兩個嫡子，長子十六，次子十二，雖有一、兩個妾室通房，但都一無所出。四夫人是恭親王之女，雖然是庶女，就這名頭還是不敢小覷，四房被她管得服服貼貼，從來不曾傳出過什麼閒話。

杭天瞻讀書上進，打算明年下場，先掙個秀才的功名在身，說出去風光不少，應該也是隨他父親走科舉之路。

其實，徐家那邊，徐夫人對他如今是個白身不大滿意，原想等到他有了功名再議婚期，只徐老爺堅持，就作罷了。

風荷是第一次來，下了車，四夫人身邊一個二等丫鬟迎了出來，沈烟幾個的臉色立馬變了，四夫人也太傲了些，風荷好歹是嫡出四少爺的媳婦，她只派個二等丫鬟過來，分明是不將風荷看在眼裡。

雖然大家都說四夫人平素有些驕矜，仗著自己是恭親王的女兒不把他人放在眼裡，不過風荷也未料到她會這般不賣自己面子，更是不給王妃面子。

丫鬟笑咪咪上前請安，她理都沒理，只顧搭著沈烟的手往裡走。一個二等丫鬟，還不配在她面前說話呢，四夫人不給她臉面，她也不用太顧忌了。

雲碧會意，懶懶對青鈿道：「給這位姊姊打賞。」她可是少夫人跟前的大丫鬟，不能自降身分，讓青鈿這樣同品級的小丫鬟應付就罷了。

青鈿心中憋著笑，相當客氣的上前說道：「這位姊姊，不知該如何稱呼呢，平兒沒見姊姊在四夫人跟前伺候過，我眼拙認不大出來。」這是嘲諷她上不得檯面。

丫鬟氣得面色鐵青，握著雙拳，半日方道：「大家都叫我三喜。」她隱隱有些不滿上頭的大丫鬟，讓她弄了個大大的沒臉。

青鈿從袖中掏出一錠碎銀，可能有一兩多，推到她手裡，和氣地道：「這是我們少夫人賞給三喜姑娘的，大熱天兒，姑娘買點瓜果吃。」

三喜更是大窘，王府裡丫鬟的分例都是有規矩的，像她這樣的每月大錢八百，一等大丫鬟有一兩銀子半吊錢，而四夫人也不是太大方的人，對她們賞賜不算豐厚。偶爾一百兩百大錢，難得能看到銀子，而且她剛才幾乎沒做什麼事，就只上前請了個安，四少夫人身邊的小丫頭都能隨便掏出一兩銀子來打賞自己，禁不得她難受。她的臉脹得更紅了，幾分訕訕的答不出話來。

青鈿似乎無意追上去伺候風荷，反而拉了三喜到樹下說話。她本就不是多得臉的，見青鈿親切隨和，不免與她漸漸聊了起來。

四夫人坐在羅漢床上，下邊一溜管家娘子，一個個恭敬地聽她訓示。

這回訓示下人？風荷冷笑，作戲給自己看也太煞費苦心了，自己對他們房裡的事不感興趣，何必巴巴做出這副樣子來，能顯出自己多威風似的。

四夫人說了長長一串話，彷彿沒有看見風荷站在門口，直到她好不容易停下來，要吃杯茶潤潤喉的時候，才假作驚詫地看到，卻不起身，只是道：「喲，老四媳婦來了，怎麼不進來坐。」

風荷笑著走了進來，先不給她請安，反而說道：「祖母有句話讓我囑咐四嬸娘。」她是長輩派來的，相當於長輩親自前來，四夫人原該起身上前迎接，然後先給太妃請安，隨即才是風荷給她請安。不過她故意忽略這一點，風荷卻不想放過她。

四夫人一聽，臉僵了僵，手指有點打顫，臉上布滿陰雲，可她一點辦法都沒有，強自掙扎著站起來，下來對著風荷道：「母妃一切還好吧，請母妃訓示。」

雖然她的禮不夠標準，不過風荷打算暫時放了她，笑道：「祖母說，讓四嬸娘務必要把七叔的大婚辦得熱熱鬧鬧的才好。」這說了等於沒說，難道四夫人自己不明白，可她挑不出錯來，只能暗暗嚥下這口悶氣。

管家娘子看著事不對，怕牽連上自己，一個個退了下去。

風荷扳回了第一局，笑著坐下，道：「母妃讓我來給四嬸娘打打下手，四嬸娘有什麼要做的只管吩咐我。我雖不會，有四嬸娘教導著也離不了大譜。」

這話一說，四夫人想給她派點麻煩的活計，等著看她出醜都不行了，一句話把四夫人堵得進退兩難。她要做得不好，歸根結底是她不會教導。四夫人來杭家近二十年，覺得自己從來不曾憋過這樣一口氣，十分後悔同意她來的決定，這分明不是給風荷難堪，而是讓自己難受。

她有點明白王妃為何會連連敗下陣來，這小丫頭，嘴皮子利得簡直能殺人不見血。四夫人拚命控制住自己的氣息，強笑道：「誰不知妳素來是個伶俐人兒，我便是不說妳都能做得很好。」

「這都是四嬸娘抬愛了，要不是祖母、母妃、幾位嬸娘們照應我，我不知鬧出多大的笑話來呢。祖母時常與我說，妳四嬸娘做事有分寸，說話討喜，妳要多與她學學。我從前一直感嘆不得機會，總算得了這麼個好機會，跟著見識見識四嬸娘的手段了，回頭不至於出大錯。」她笑得眉眼彎彎，像極了虛心請教的好晚輩。

四夫人感到自己心口隱隱發疼，拎出杭四來說事。「聽說最近老四日日都在家裡，這都是妳的功勞啊，想他從前，胡鬧得滿京城都是他的流言蜚語，我們看著無不為他焦急。」

我看是得意吧。她並不點破，點頭應道：「人年輕總會犯些錯誤，只要還有機會改就好。對了四嬸娘，王府七公子身子可好了，我們爺日日掛在心上呢。」她作出關心的神情。

四夫人沒有搔到別人的癢處，自己反被搔了，她真想大罵出來，可是她不能。那個弟弟，哎，不說了，絕後啊，還有什麼好說的。

風荷心中很是得意。讓你不懷好意，杭天曜胡鬧可人家現在好好的，沒病沒災，不比某些人，這輩子都別想有後代了。

兩人唇槍舌劍，妳來我往，常常是四夫人招架不住轉移話題，可是無論說什麼，她都不是風荷的對手。

四夫人勉強撐過一個時辰，方道：「餘下的事情改日請侄媳過來商議吧，這會子我要歇歇，中午太忙都顧不過來。」

四夫人，我等妳再來請我呢。上了車，走得遠了，風荷握了帕子大笑。

當日晚間，四老爺從衙門回來，看到愛妻一臉忿然地坐在炕上，連叫她兩遍都沒反應，不由急了，上前推她道：「妳究竟如何了，不是魔怔了吧？」

四夫人反應過來，扭著帕子，恨恨道：「我不是被魔怔了，我是被氣死了。」說完，她又揉了揉胸口。

四老爺不解，笑道：「咱們這裡誰敢給妳氣受，便是母妃也不是那等人。」太妃的性子他還是可以保證的，不會無緣無故拿兒媳婦使氣，尤其現在年紀大了，不理家事。

「哼，她自然不會，可是她派了身邊那個臭丫頭來氣我，這會子心口還疼呢。」四夫人咬牙切齒，恨不得這回就把風荷撕爛了。

「哪個丫頭？母妃身邊的丫鬟都很知禮啊，而且不敢冒犯妳。」四老爺越發疑惑起來，若說他夫人得罪了人他是信的，要說被別人氣成這副樣子，他實在不能接受，那與他相處了十幾年的女人可是個厲害角色。

四夫人眉峰上揚，一雙小眼，帶有一臉刻薄相。在恭親王府做女兒時，雖是庶出，因她母親受寵不曾吃過苦頭。而且恭親王兒子多女兒少，兒子能繼承家業，女兒能聯姻，恭親王還是頗重視女兒的，恭親王妃性子又有些綿軟，不大能服人，導致四夫人養成了自負的性格，後來聖上賜婚，嫁到杭家還是很體面的。

她將今日之事一五一十述說了一遍，途中不乏對風荷的嚴厲指責。

四老爺聽著聽著變了臉色，風荷在杭家勢頭正盛他是有所耳聞的，不過只當是太妃寵愛她，給她背後造勢，卻未料到一個小小女子有這樣機敏的應變能力。這可不是後天能培養出來的、或者有人背後能指點的，多半是天生的，而且見多識廣。

四夫人看四老爺發怔，愈加不悅，嗔道：「莫非你以為我在騙你不成？你改日與她過過手，你就知我此刻的心情了。」

「瞧妳，說的什麼，妳的話我有哪句不信過，只是疑慮她這個年紀，竟然聰敏若此，再長幾年，可怎生是好？」四老爺關心的比四夫人長遠多了，眼下他們還能占占王府的便宜，若被那小丫頭上臺了，只怕多年來占的都得吐出來不可。

「你聽說了嗎？現在她把老四管得死死的，老四已經半個多月不曾出去吃酒耍樂了，姨娘房裡更是許久不去了。」杭四從小的聰明他們都是清楚的，如果他跟以前一樣再變了一個人，他們就更要擔心了。

四老爺皺眉不語，杭四的紈袴使得整個杭家都籠罩在一種小心翼翼的氣氛下，王爺一心被他牽絆著，都無心關注他人，如他改好，王爺再閒下來，不是就要把目光留在他們身上了嗎？那對他們有百害而無一利啊。

他壓低聲音道：「那邊最近如何？有消息嗎？總不能因著一點點小事就沈寂下去吧，不然等到想重新樹立威望的時候可就來不及了。」

提起這個，四夫人老大不樂意。「你說說，咱們這般支持他們，可是你瞧瞧，他們呢，時時推託，說著不急，這能不急嗎？以他們的功夫，等到事成的時候，估計我倆都見閻王去了。」

「瞧妳說的什麼話，咱們這邊左右還不是時候，容他們多準備一段時間也沒什麼不可以，有備無患嘛，而且眼下絕不是下手的好時機。除非老四與他媳婦有一個出事。」他的眼漸漸醒了起來，太平靜不容易尋事，亂成一鍋粥了，那動起手來安全許多。

四夫人何嘗不懂這個道理，只她壓抑太多年，今兒被風荷一激激起了十分的脾氣，就有點沈不住氣。

風荷打點著送去嘉郡王府的禮物，從長到幼，一個都不能落下。太妃顧忌著她第一次去，專門找了幾疋時下最時新的布料，敦促著讓她做新衣裳，還要打首飾。那可是皇上親姑，她倘若喜歡風荷，皇上那邊多了一層籌碼，也不會使得皇后為難。

這邊，量尺寸的師傅前腳剛走，後腳董家遣了人來，原來董老太太病了，想看看孫女兒。

風荷聽得一陣噁心，老太太幾時把她當孫女看過了，這回倒是叫得親熱，也不怕人聽出心臟病來。她卻不得不回去，不管真病假病，總要走一趟，杭天曜跟她一起去。

到了之後，董華辰接待杭天曜，她直接被領進了老太太內室，她印象中似乎第一次來。

老太太果真無病，但還是做做樣子，躺在床上。老太太讓她回來的用意，她心知肚明，不過是聽說幾日後嘉郡王生辰，想讓她尋機去看看董鳳嬌，或者幫著說說好話，放了董鳳嬌出來。

風荷詢問著老太太的病情，家裡的情形，絕口不提董鳳嬌。

杜姨娘立在一邊看著，不由急了，臉色都變了，連連對老太太眨眼。

老太太看風荷不肯配合，只好拉下老臉來，故意問道：「聽說二十三是嘉郡王爺的生辰，你們做晚輩的應該要去磕個頭吧。」

「正是呢，估計要到晚間才好回去。」風荷就是不提董鳳嬌，求人自己說，想讓別人主動開口幫忙，吃飽了撐著呢。

老太太對風荷的不上道十分無奈，旁無他法。因為嘉郡王不是整壽辰，所以不會大辦，頂多請幾個親密的親戚和至交，不會廣請百官，不然董家也能在列。她挪動著紫紅的嘴唇道：「妳妹妹在王府不知是個什麼情形，妳到時候去順便瞧瞧她，也讓我們放心。」

說完，老太太有些羞惱，董鳳嬌是妾，董家不能算嘉郡王府的正經親戚，他們是不可能被當作姻親請去的，她有些怪董鳳嬌了。

風荷對老太太簡直是無語，直接回道：「聽說鳳嬌被世子妃關了禁閉，也不知我能不能見到她呢，總不好違背了世子妃的意思。」

「什麼？關了禁閉？」杜姨娘忍不住大叫出聲。

一開始，她是得意了幾天的，女兒嫁進王府，那是多體面的事，她彷彿已經看見了嘉郡王世子管她叫岳母的情形，可惜不到幾天，傳來的消息就讓她定不下心來了。董鳳嬌一直不曾圓房，董鳳嬌一個如花似玉的大姑娘，難道那世子還看不上眼，倘若看不上眼為何又去皇上跟前求親呢？

從此後，她與老太太日日盼著王府那邊傳回來的消息，看得出來董鳳嬌是越來越急了。

她們也想幫著出出主意，可是對王府情況不熟，說不上話。直到前段時間開始，董鳳嬌就沒有傳過消息回來，她們送去的消息都撲了空，不見回應。

杜姨娘和老太太都慌了，無論如何，總要想辦法得知董鳳嬌的近況。是以，兩人想出了這麼個招來，趁著風荷要去嘉郡王府之前，引了她回府。

風荷一臉淡然，點頭應是。「我是聽人這麼說的，估計差不離。」

這下可好，不只杜姨娘，老太太都帶了三分怕，顫巍巍問道：「妳知不知道是為什麼，世子妃好端端地關了鳳嬌禁閉？」

風荷有翻白眼的衝動，當人家世子妃是傻子啊，拿人做筏子還能不尋個合情合理的理由，她懶懶道：「我也是聽說，具體不大清楚，王府那邊我一次都未走動過呢。」

杜姨娘嚇得不行，一個勁兒叫著老太太、老太太，她此刻感覺到了妾室與正室的差別，那是打殺都能由人的啊。

老太太被她叫得愈加心煩，斥道：「妳安分一點。」隨即轉而對風荷道：「妳左右是要去王府的，就順便打聽打聽吧，如果可以，替鳳嬌求個情，別把她關太久了。」

老太太真能想，人家王府內院的事情，讓自己拿什麼臉去打聽，還求情，把世子妃當什麼了，由著人想怎樣就怎樣啊。

風荷暗暗撇嘴，為了擺脫老太太的糾纏，她沒有直接拒絕，說道：「我到時候想想辦法吧，不過王府內院的事情，想必不會太容易的。」

杜姨娘第一次低聲下氣求了風荷，風荷厭倦，藉口去看看自己母親，快步走了。

董夫人早在院門口等她，一把拉了她手道：「老太太不會為難妳了吧？」

「娘，您放心，她正有事求我呢，豈會為難我。您在屋裡等我就好，出來做什麼，一定等了很久吧。」風荷看著董夫人額頭薄薄一層汗，心疼不已，忙攙了她往屋裡走。

母女倆說了不到幾句話，丫鬟來說，大少爺領了四少爺來給夫人請安。

董夫人怔了一怔，臉上帶了笑顏，忙道：「快請進來。」又推風荷。「妳快去迎迎。」

風荷挨著董夫人，嘟囔道：「他都快進來了，不迎也罷。」

杭天曜與董華辰一前一後跨了進來，恰好聽到這句話，笑著斜了她一眼，方與董夫人請安。「小婿見過岳母，岳母大人安好。」

他難得這麼一板一眼給人行禮，風荷看得好笑。

董夫人既高興又難受，忙親自攙了他起來，笑道：「都是一家子人，行的什麼禮。」

「小婿有幾月不曾來拜見岳母了，原是應該的。」他一副正人君子重禮教規矩的模樣。

連董華辰看得都暗暗不解，時不時盯著風荷看，似在詢問——杭四少幾時換了人嗎？

風荷笑著與他見禮。「哥哥。」

「快坐，大家快坐吧。」董夫人笑著招呼大家坐，風荷依然挨了她坐在炕上，董夫人見女婿面上沒有不快，就隨了她去，她畢竟一年難得見女兒幾面，不可能不想念。

每次董夫人問話，杭天曜都能恭恭敬敬彬彬有禮的回答，看得董夫人讚不絕口，直怪外邊人壞她女婿的名聲，瞧瞧，多好一個孩子，與風荷多般配，她越看越滿意。

一家人用了午飯，風荷與杭天曜方告辭回去。董華辰作主讓管事取了不少禮物來讓他們夫妻帶回去，老太太有事求人，也不阻止。

馬車裡，風荷歪了頭看杭天曜，抿嘴笑道：「你確定你是真的杭天曜嗎？」

杭天曜聽得好氣，瞪著她道：「不是我是誰，誰敢與妳這麼親密，不想活了他。」

午後的天氣是最熱的時候，風荷撲閃著衣袖搧出一點點輕微的風來。

杭天曜無奈，從袖中掏出摺扇，一下一下給她搧著風，時不時問她：「還熱不熱？」

「熱。」風荷的回答永遠簡潔而一致。

她這兩天正有些累了，馬車一搖一搖地居然漸漸睡著了，杭天曜就給她打了一路的扇子，自己熱得滿頭是汗，拚命拿衣袖擦著汗水。

待到風荷醒來時，發現自己躺在竹榻上，只穿了一件輕紗的薄裙，渾身通泰得很。她伸了一個懶腰，震驚地想起，她應該是在馬車上啊，什麼時候睡著了，又是怎麼回到的房裡，杭天曜呢？

杭天曜此刻正在拚命沖冷水浴，給她打扇子熱得自己出了一身的汗，回來看著她又憋了一身的火，不忍心打擾她睡覺，自己想辦法降火來了。

依太妃的意思吧，嘉郡王壽辰，小輩的都去見個禮。可惜事情不如她所料的順利，蔣氏娘家母親身子不好，小夫妻倆不可能不回去；倒是杭天瑾這邊得閒，陪著杭天曜、風荷一路去了。

嘉郡王府一直秉承低調的原則，此次四十八歲壽辰，自然有許多送禮的，除了至親好友一概不收，或是收下送一份同等價值的回禮，讓人挑不出錯來。皇上、皇后都賞下了壽禮來，體面得緊。

王府裡，熱熱熱鬧的，多半都是熟識的親朋好友們。

嘉郡王妃是公主，是以嘉郡王只有這麼個正妃，餘下就只一、兩個上不得檯面的通房了。他們生有二子二女，長女十年前就出嫁了，嫁給了佟太傅嫡子，排行第二，兩人分了府單過，是皇上親賜的郡主府。大郡主為人與她母親類似的脾氣，都是低調謹慎的，郡馬皇上恩封了一個冠軍大將軍的虛銜，小倆口安安分分過著自己的小日子。

接著是蕭尚的哥哥，從小體弱，養到四歲時一場天花就沒了。蕭尚順理成章當了世子，今年二十又二，數年前娶了頤親王府郡主，如今只一個兩歲的孩子。小郡主是最小的孩子，當時王妃已經是高齡產婦了，得了這麼個女兒，很是疼愛。

華欣郡主是嘉郡王一母同胞的妹妹，兩人年紀相差不大，情誼甚深。十五歲出嫁到杭家，第二年就生下了嫡長子，接著是次子，再是三子，可以說是一生順遂的。可惜次子早夭，然後自己亡，長子又沒了，剩下一個幼子由祖父母帶大的。她若地下有知，一定會感嘆自己前半生太好後半生坎坷吧。

今日屬家宴，大郡主一家來了，頤親王府來了，餘下就是杭天曜幾人。

這些人裡，風荷幾乎都不曾見過，只一個蕭尚勉強算是熟人。這一次，也是蕭尚來迎了他們進去，風荷在二門口，見到一個美婦身邊跟著一個年貌尚小，眉眼精緻、肌膚白裡透紅的俏麗小姑娘。

美婦一身鵝黃色繁花的衣裙，珠翠叮咚，體格風騷。鵝蛋臉，丹鳳眼，秀挺的鼻子，殷紅的唇，脖頸細長優美，年紀大概只有二十出頭，高貴優雅。若說她是豔麗雍容的牡丹花，旁邊的小姐就是怒放的玫瑰，神采飛揚，青春朝氣。

風荷大致猜測著，就知一個是出名的世子妃，另一人看年紀應該是小郡主。她忙拜下去。「甥媳不敢讓娘娘與郡主相迎，折殺了。」

世子妃笑咪咪攙住她，聲音悅耳動聽，柔美動人。「表嫂說笑了，都是自己人，哪兒來那麼多規矩。論理，表嫂長於我們，原該我們前去拜訪的。」

「就是就是，我早就想見妳了。」小郡主說話很直爽，看得出來一向得意，倒是像當年的華欣郡主，希望她能有個好結果。

「郡主若想見我，隨時可以召喚。」君臣之分她還是很清楚的，上位者，輕易就能拿人性命開玩笑，風荷還是小心做人比較好，她現在可是無品無級的，連命婦都不是。

小郡主搖著她胳膊道：「我上次聽蘇姊姊說妳有趣得很，難道妳也如那些人一樣迂腐不成，再這樣我可惱了。」

世子妃只是憐愛地看著她，並不說話，唇角掛著溫和的笑。

風荷見此，也就不再堅持，笑道：「好，都聽郡主的。」

三人說笑著進去，大郡主與郡馬早到了，分了裡外說話。

公主坐在上首，微笑著聽女兒說話，又不時問幾句旁邊兩個孩子。他們是大郡主的子女，男孩兒大一些，有七、八歲的樣子，穿著大紅的衣衫，有條有理的回答著公主的問話，聽得公主不住點頭。女孩兒尚小，只有兩、三歲的模樣，由奶娘抱著，偶爾扭動著身子似乎要下來。公主看得歡喜，讓丫鬟抱她放在自己身旁，拿了個佛手給她玩。

風荷下跪給公主行了大禮，口呼娘娘。人家未開口，她不好直接喚人舅母，回頭人家還看不上她就糟了。

公主細細打量著她，一面笑道：「什麼娘娘不娘娘的，喚我舅母吧，老四都是這麼叫我的，妳自然隨他。」她的聲音圓潤而大氣，聽了讓人就覺舒服，似乎抑揚頓挫都是掐著算好的。

風荷笑著改口，喚了一聲舅母。

「起來吧，我還沒有好生看看妳呢。」她擺手，一雙素手纖長細膩，竟不見老態。

風荷依言略微抬起了頭，瞥到羅漢床下翡翠色繡蔥綠柿蒂紋的裙襬，還有隱約的胭脂色上衣。一旁的少年少年老成，女孩天真可愛，但她不敢正眼看公主的面容。

公主亦在看風荷，大紅色的縐紗裙喜氣盈盈，符合第一次上門的穿著，但此時是炎夏，若一身大紅看著難免燥熱，上身一件湖藍的夏衫壓住了全身的浮躁感，倒顯得輕輕巧巧，婀娜多姿。頭髮烏黑綰著高髻，一套上好的玉飾呼應了上身的清爽感，但手上一只紅寶石的戒指不顯得突兀。

她皮膚甚白，無論哪一種色調都能駕馭好，何況生了一副這樣顛倒眾生的容顏，什麼東西穿到她身上都會覺得是別致的品味。態度不卑不亢，神色安詳，既不會緊張到戰戰兢兢，也不會無禮的東張西望，只在她視線內悄悄注視。

公主有點驚訝，她起初聽到杭四娶的是一個二品將軍家的女兒，就有幾分擔心，會不會粗野、會不會不懂規矩。現在發現，她的擔心都是多餘的，這個女孩兒比許多上等貴族家的女孩兒還要會拿捏分寸。她莞爾笑了，招手命風荷上前，賞了見面禮，然後讓她坐下說話。

風荷再一次拜見了大郡主，方在最下首坐了下來。大郡主讓兩個孩子給風荷見禮，風荷笑著問了年紀，然後送上了見面禮。這個舉動無疑又加了一分，這是個十分細心的女孩子，事先都打聽過，不然不至於這麼周到。

大家還未坐定，就聽說頤親王世子與世子妃來了，世子妃面上明顯閃過喜色，笑著與公主告了退，急急迎出去。她娘家來的人，她自然會特別不同些。

這一次，小郡主卻不再出去，她索性坐到風荷身邊來，笑著問她：「大家都說妳生得美，我還懷疑呢，原來是真的呀。我表哥有沒有欺負妳啊，他要敢欺負妳，妳告訴我，我讓我哥哥教訓教訓他，這麼美的姊姊他怎麼捨得欺負。」瞧小郡主的樣子，似乎已經認定了杭天曜欺負風荷。

這也難怪，聽過杭天曜聲名的人，誰不是抱著這種擔心的。

大郡主輕斥道：「胡說什麼呢妳。」她雖是輕斥，但帶了笑顏，看得出來她對這個妹妹十分寵溺。

小郡主也沒有不快，反是笑道：「姊姊，妳當日嫁給了姊夫之後，回來我還不是這麼說的，那時記得妳臉都紅了。」

「我恍惚記得當時妳只有一歲還是兩歲，正在襁褓中呢，妳就那般會說話了。」大郡主忍不住捂了嘴笑，看著小郡主的眼神滿是戲謔，連公主都笑出了聲。

小郡主被人拆穿了謊言，並沒有惱羞成怒，跟著大笑起來。「我不過這麼一說，姊姊就吹毛求疵起來。」

大郡主連連點頭，道：「是、是，是我吹毛求疵了。」

小郡主一副不與妳計較的樣子，笑吟吟道：「今兒是父王生日，我大人不計小人過，不怪姊姊了。」說完，她自己撐不住笑得彎了腰，伏在案几上哎喲不停。

一時間，屋裡都是笑意，兩位世子妃進來時都有些詫異，對視一眼，滿臉疑惑。

頤親王世子妃大概二十五、六的感覺，面容瞧著溫厚親切，只有一雙眼睛精明，她的容貌也不及其他人，是偏於普通的，但也清秀，加上久居上位有淡淡的威嚴。聽說頤親王是皇上頗信任的親王，手握重兵。頤親王之母去得早，那些不長眼睛的欺到他頭上，還是太子的先皇時常照應他，兩人情同親兄弟，先皇一走，頤親王自然支持當今聖上。

頤親王世子妃出身英勇公府，是莊郡王府太妃的娘家，論起輩分來太妃是她姑奶奶。這些年，太妃不愛各處走動，英勇公府那邊都疏遠了不少，只是逢年過節遣人送東西回去，那邊遣了晚輩來磕頭。世子妃容貌一般，但據說與世子情分非常，世子對她很是愛敬，通房妾室房裡一個月都難得去一、兩回。

大家分別見過了禮，風荷在拜見頤親王世子妃時，她拉了風荷的手親熱的說話。「上回我進宮時還聽皇后娘娘提起妳，說是個美妙的人兒，如今一見，方知不但美妙，還是個巧人兒呢。」

風荷估計她是看在太妃的面上才會對自己這般和藹，也沒放在心上，客氣謙虛地回了兩句。

很快，就是給王爺磕頭拜壽的時候了，杭四與風荷被安排在最後，因為他們的關係最疏遠。

嘉郡王方正的臉型，濃眉飛揚，神態威嚴，看起來蕭尚似乎是他與王妃完美的結合體，只不知華欣郡主與他長得可像。晚輩面前，他是不苟言笑的長者，與絕大多數封建制下的長輩類似。只是風荷注意到了，他看向王妃的時候，面容會變得溫和不少，眼裡有清淺的笑意。

他對杭四倒比對自己兒子蕭尚還要親切些，問了杭四幾句最近的安排，囑他讀書上進，隱隱有將他看成少年的感覺，而不是二十多的成年人了。

開席依舊是男女分開坐的，王妃單獨一席，大郡主與頤親王世子妃一席，小郡主與風荷一席，幾個孩子一席，而嘉郡王世子妃忙著伺候王妃，照應客人，幾乎不大坐。

一個美人在席間走動，時而說笑兩句，絕對是一件賞心悅目的事情，風荷開始懷疑蕭尚是個好男風的，而且他比別人嚴重些，只好男風。

這些人裡，只有風荷是初次過來。她看得出來，王妃對這個兒媳婦還是滿意的，為了兒媳婦的面子對頤親王世子妃不錯，而她對風荷說不清楚是怎樣的形狀，忽遠忽近吧。風荷並不很在意，偶爾與小郡主說笑。

小郡主的性子介於杭瑩與蘇曼羅之間，外邊天真可愛，清純嬌憨，而實際上說話行事都極有分寸，絕不會讓人覺得因她的言行舉止而難受，甚至她反應異常敏捷，有時候說出來的話連大人都不一定能說出來。難怪蘇曼羅給自己的信中幾次提到這個小郡主，果然有可結交之處，看來這兩人是「不打不相識」了。

宴席結束，不過是吃酒看戲而已。請的是京城出名的戲班子，而風荷有點心不在焉，她在想著董鳳嬌，她相信董鳳嬌聽說她來絕不會放過這個機會。

臺上唱的是遊園，扮演的男旦身段婀娜，形體妖嬈，咿咿呀呀的聲音纏綿多情。風荷猛然感到有人扯了扯自己的衣袖，她回頭去看，是沈烟，她指了指躲在屏風後臺的一個小丫鬟，那是董家的丫鬟，跟著鳳嬌陪嫁來的。

她點點頭，沈烟附耳低聲道：「二小姐讓她來請少夫人過去，說有事商議。」

其實，若世子妃和善寬厚，鳳嬌得她心意的話；或者說世子妃真正把風荷放在眼裡的話，她應該早就私下提出來讓她們姊妹聚聚。而風荷等到現在，她都好似沒有想起風荷的庶妹在他們府中為妾，這裡邊的意味只有她自己明白了。她是好心不想抹了風荷的面子呢，還是覺得不是重要的人？

就在沈烟與風荷說話的瞬間，世子妃發現了屏風後頭躲著人，當即喚道：「什麼人在後邊鬼鬼祟祟的。」

她的聲音不高不低，足夠所有人聽見，大家一齊看了過來，連臺上的戲都停了。

小丫鬟以為自己躲得很好，不料被世子妃看見，想到世子妃待她們小姐都能隨意打罵，腿肚子禁不住打起鼓來，忘了上前跪下請罪。

風荷眼中閃過寒光，衝雲碧看了一眼，雲碧會意，笑著上前扶住那個小丫頭，不經意地掐了她一把，對小丫鬟眨眨眼。

小丫鬟彷彿開了竅一般，瘸著腳被雲碧架著上前，然後跪下回道：「奴婢知罪，請娘娘責罰。」

「妳是……」世子妃一下子並沒有認出她來的樣子，低頭思想著。

小丫鬟忙道：「奴婢是董姨娘身邊的丫鬟，叫秋雁，董姨娘聽說我們家大小姐今兒也來了，派奴婢……」她頓了一頓，胳膊被雲碧再次掐了一下，居然靈機一動說道：「派奴婢過來服侍著我們大小姐。」

風荷暗暗吁了一口氣，這小丫鬟還好，不是那種笨得無可救藥的。她如說是請風荷前去相見的，不但董鳳嬌回頭要被責罰，連她面子上都難看，有一個給人作妾的妹妹就罷了，偏偏還在熱鬧時候搗亂，換了誰家都是不喜歡的。

世子妃的臉色紋絲不動，不過在她低頭那一瞬間，風荷看到了她眼中的惱意，她很快笑著對王妃道：「瞧我，都忙忘了，今兒是父王的好日子，四少夫人又來了，原該放她出來閒散一日的，母妃，我這就去讓丫鬟給她傳話？」

王妃沈靜地聽著，既沒有點頭也沒有搖頭，一個妾室，犯了錯受罰是應當的，不能因為主子壽辰就放出來，偏她卻是杭四媳婦的庶妹，不放她就是潑了杭四媳婦的面子。只是，事情發展到這分上，無論放與不放，杭四媳婦的面子都是被潑了。兒媳婦一向心思細密，她不可能不做準備啊，竟然還出了這麼大的差錯。

她輕輕看了世子妃一眼，世子妃的心跳快了半拍。她清楚王妃最厭惡妾室媚惑主子，事情鬧到王妃面前，便是眼下董鳳嬌放了出來，她也別想有好日子過。不過，她心裡拿不定董風荷在王妃心裡的地位，此事把她也陷了進去，不會引起王妃反感吧？

董鳳嬌畢竟是蕭尚親自從皇上那邊求來的，世子妃要處置她必須有個光明正大的理由，或者直接借用王妃的手，顯然她是準備借刀殺人的。投鼠忌器這一點，卻被她忽視了。

風荷冷靜地看著婆媳兩人的眼神交流，她知道自己需要表態，故作驚詫地問道：「可是董姨娘犯了什麼錯嗎？」放她出來，自然是指她現在被關著了。

世子妃不意她會這般問，正在斟酌著用詞語氣。

風荷卻又很快道：「董姨娘既然已經到了王府，自然由世子妃娘娘作主。她從前在家時年紀小，偶爾有些嬌慣，我們也不在意，好在世子妃娘娘賢慧端莊，想來她伺候娘娘久了，也能學點皮毛，不至於犯太大的錯。」

風荷心裡是十分憋屈的，董鳳嬌好歹根本不是她關心的，而她卻不得不圓著董鳳嬌的臉面。只因她們都姓董，不管董家發生過什麼，別人都會永遠記得董鳳嬌是董風荷的妹妹，倘若她任由別人作踐董鳳嬌，那作踐的就是她，而她也會被人認為不念姊妹情誼。所以，她只能把董鳳嬌的錯歸結為嬌慣不曉事，那樣旁人只會覺得她這個嫡姊寬容庶妹，而且暗示現在董鳳嬌的言行主要是世子妃管教妾室的問題，與董家關係不大了。

世子妃被她的話窒得臉色紅了紅，強笑道：「可不是，我見她嬌憨得很，請嬤嬤在房裡多教教她規矩。」

她說得好聽，可旁人都聽出來是在指責董鳳嬌沒有規矩。

風荷感激地道：「多謝世子妃娘娘照應她，她在選秀前也是跟著宮裡請來的嬤嬤學了一段時間規矩的，只是時間緊，光學了個皮毛，倒讓大家笑話了。」

她就是要點出這一點，這個世子妃善妒就罷了，只是太重規矩、不夠圓融，竟連場合都不分，難怪蕭尚提起她就不喜呢，哪個男人容得下她這樣，半點臉面也不給蕭尚留。人們聯想起來，不是以為蕭尚喜歡沒規沒矩的野丫頭嗎？

王妃看著，知道不能任由下去了，不然丟的是嘉郡王府的臉面，誰知外邊蕭尚派了人來，傳話道：「世子爺說，董姨娘身子不適，四少夫人若是掛念的話，就去看看吧，大家自己人何來那些規矩。」

一時間，屋裡落針可聞，臺上的戲子們不知何時已經全退場了。

蕭尚的意思就是否認董鳳嬌犯了錯被關起來，這既是圓了王府的臉面，也賣了個面子給風荷，可惜世子妃的面子就被傷了。

的確，世子妃一下子把臉脹得通紅，她雖不曾明確點出來鳳嬌犯錯被關，可是話裡就是那個意思，現在突然間被蕭尚的話給駁了，那臉如何還擱得住。

她氣得指甲掐在自己手背上，留下深深的痕跡，胸中悶得透不過氣來。

難道爺果真看上了董鳳嬌嗎？不然，府裡那些妾室們，從前自己不管怎麼發落她們，只要有理有據，他都是不會插手的，甚至連問都不問一句。而他這次，為了一個董鳳嬌，當著眾人的面駁了自己的話，這讓自己情何以堪？

她一直在探究著蕭尚對董鳳嬌的感情，不喜歡，不可能求了皇上納進王府；喜歡，為何一個多月來連她的門都不知朝哪兒開，而且自己罰她禁閉的時候就當沒聽見。現在，卻當著外人的面，與自己唱反調，這對自己這個當家主母的權威是多大的挑戰啊。

王妃不愛理事，不代表她對府裡的事一概不知，兒子房裡那些事都在她眼皮子底下發生的，她偶爾也覺世子妃善妒，不過想想自己，就體諒了她。一個女子，真心喜歡自己的夫君，不可能看著他那些妾室女人無動於衷，而自己仗著公主的名號可以光明正大霸占著王爺，也是王爺待自己夫妻情深。

所以，她待世子妃一向寬容。那些事，只要合情合理，世子妃不動太多手腳，她都睜一隻眼閉一隻眼，由她去了。可是，這一切都有一個前提，那就是不能傷了兒子的心，不能抹了兒子的面子。兒子不在乎，她也就不在乎；這一次，卻是世子妃太輕率了。

王妃身邊的丫鬟親自領路，大家簇擁著她，往董鳳嬌所住的小院行去。

嘉郡王府格局與莊郡王府類似，嘉郡王夫妻住在中間正院，而杭家的正院一直空著，無人住。只因那裡曾是華欣郡主的住處，魏王妃過門，不好去住先王妃住過的地方，所以住在了安慶院，不然杭家還不至於這麼擁擠。那麼大個五進正院，占了中間不小地方，偏又不住人。

董鳳嬌的住處並不在世子妃院裡，而是旁邊另開了一個小院，專門給世子的妾室們住著。蕭尚的妾室不及杭天曜多，加上鳳嬌也只有三個，但以前應該還有過別的。

院子正房亦是空置，妾室們只住在廂房裡。董鳳嬌住在面東的廂房裡，小小三間屋子，一間臥房一間起坐處，一間給丫鬟們住。

董鳳嬌早倚著門框望院門處看，好不容易看見風荷一行人，差點抬腳邁了出去，很快被丫鬟拉住了。要說以董鳳嬌的性子，她怎麼會乖乖地被關著呢，還是另一個妾室的話嚇到了她。原來府裡曾有一個通房，一次犯了錯被關，後來她偷偷溜了出去，不到半個時辰就被抓住打了一頓，也不知她身體弱還是沒有及時醫治，居然一命嗚呼了。

董鳳嬌簡直不肯相信，杜姨娘在董家雖是妾身的名分，可董夫人根本不敢把她怎樣，董家還不是杜姨娘說了算的？倒是丫鬟的話點醒了她——

「那是因為夫人不得老爺的喜歡，無權無勢，這裡世子妃是頤親王府郡主，惹惱了她只怕後果不堪設想啊。」

董鳳嬌還是有那麼點自知之明的，估計自己惹不起頤親王府，勉強耐著性子在房裡熬了幾日，每日琢磨著法子給自己脫身。

風荷看到她，簡直氣不打一處來，卻礙著蕭家的人，還得對她滿面關切之色，緊走幾步問道：「不是說妳身子不好嗎？出來做什麼，快進去吧。」說著，她已經一面推了董鳳嬌往裡邊走。

屋子裡還好，收拾得挺乾淨，冰盆也有，只是擺設普通，不見清雅。

董鳳嬌剛想說話，風荷忙對她使了一個眼色，暗示等王府的人走了再說，她只得閉上嘴巴。

王府的人自然知趣得緊，上了茶點，告了退。

「妳好不容易得償所願，來了這裡，為何還不安分呢？」風荷撫額，攤上這麼個妹妹，她真是頭痛。

董鳳嬌隨便做點什麼事，都會連累到風荷，這是毋庸置疑的。

董鳳嬌絲毫不以為自己錯了，對風荷的責備語氣不大滿意，恨恨道：「我幾時不安分了？我請妳過來不是聽妳教訓我的。」她的二小姐脾氣不改。

風荷聽得惱怒，唰的站起來做出要走的舉動。「妳既這麼說，我也不想與妳多說，我走了。」

董鳳嬌怕她真走了，無人能幫自己，忙軟了下來，拉住她衣袖道：「好了，妳快幫我想想法子吧。」

「想什麼法子？」這董鳳嬌就是不到黃河心不死，風荷並不坐下，準備隨時抬腳走人。

「妳……世子爺至今沒有……沒有來過我這裡。」她進了門，就歡歡喜喜準備著得到蕭尚的專寵，然後漸漸站穩腳跟，與世子妃平起平坐。杜姨娘不就是這樣的嗎，她凡事以自己母親為榜樣。

卻實在料不到一個月了，蕭尚連院門都未跨進過，她這心急得如熱鍋上的螞蟻一般，只得想法子引起蕭尚的注意，可最終都宣告失敗。她無法，只得在去正院的甬道上等蕭尚，那日夜都深了，終於被她等到了，可蕭尚根本無視她，回頭她就被世子妃關了起來。這一關，到現在還沒有被放出去，而且她幾乎連消息都送不出去了。

董鳳嬌在董家囂張慣了，除了董老爺跟前收斂一二外，其餘人一個都不怕。一下子，來了王府，反差太大，她完全不能適應，也越來越恐懼。

風荷隱隱看出來，蕭尚對董鳳嬌不帶半點感情，只怕把她弄進府來是為了給世子妃一點顏色看看吧，董鳳嬌怎麼可能得到蕭尚的心呢。可是她也知，董鳳嬌這樣的人是不會聽勸的，自視太高，以為所有人都應該圍著她轉，看不清事實。

勸吧，無從勸；幫吧，幫不了。她要怎麼樣才能讓董鳳嬌安安分分過日子，不出去搗亂，不影響到自己呢？風荷皺眉沈思。

董鳳嬌看她不說話，急躁起來，高聲道：「妳倒是說句話呀！」

風荷被她催不過，靈機一動道：「妳知不知道世子爺喜歡什麼？」

董鳳嬌聽得愣了愣，搖頭不語。

風荷拍手道：「這就對了。妳想讓世子爺關注到妳，妳難道不得先表示出妳的誠意嗎？妳連他喜歡什麼都不清楚，他只會覺得妳心裡不在意他、不關心他，妳說是不是這個理？」

「是啊，那他喜歡什麼？我去哪裡打聽？」董鳳嬌發現風荷說得極有道理，母親不正是時常看著老爺的喜好穿衣打扮的嗎？

「這個，我聽我們爺提過，而且保證是別人都不清楚的。妳要知道，他們這樣身分高貴的人物，都喜歡隱瞞自己的喜好，旁人想盡辦法都不一定能打聽出來。所以啊，妳千萬記著，不能透露給旁人，不然他們也拿這個去討好世子爺，妳說妳不是虧了嗎？」風荷發現進了王府後，董鳳嬌變笨了，她有希望約束住董鳳嬌了。

董鳳嬌聽著十分有理，一下子信心滿滿起來，激動得握著風荷的手道：「世子爺喜歡什麼，妳快告訴我？」

風荷趁她不注意抽出自己的手，故意揮退了房裡所有的丫鬟，還神秘兮兮的壓低了聲音道：「世子爺啊，他喜歡練字，尤其是顏真卿的字，而他最喜歡看的是女人練字。」風荷搖頭晃腦道：「世子爺說啊，紅酥手握著一桿秀筆，寫出一手大氣的字來，燈下、美人、好字，多有意境的事啊。若兩個人挨著肩，妳給我磨墨，我為妳添香，那是人間難得的樂事啊。」

風荷認為自己相當有編故事的天賦，說得自己都信了幾分，一不小心歪打正著說對了也有可能。

董鳳嬌聽得入神，連連點頭，隨即又愁眉不展起來。「我的字寫得一般般，從小沒有練過顏真卿的字呢。」

風荷暗暗好笑，那是一般嗎？那幾乎認不出哪個字是哪個字，還顏真卿呢，我看是鳳嬌體還差不多。

「這有什麼，妳多加練習，以妳的聰明，不出幾個月就能練到七、八分像了。」風荷不介意多誇讚董鳳嬌幾句，反正這又不會損失什麼。

「真的嗎？一定要我也練嗎，我給他磨墨不就好了？」董鳳嬌對自己的字比不上風荷有信心。

風荷恨鐵不成鋼地輕斥道：「磨墨誰不會，世子妃不會，那些妾室們不會，不見世子爺為了會磨墨就偏寵她們誰啊。妳如果覺得那樣夠了就算了，妳要想世子爺一心一意待妳，心裡眼裡只妳一個，妳必得會別人不會的啊，那世子爺不得時時念著妳，來看妳，誰讓妳能會別人不會的東西呢。」

風荷拿穩了董鳳嬌自視高的特性，就要激起她的勁上來，好讓她把全副心思都撲在練字上，不得時間去胡鬧。

鳳嬌當然不服氣了，她要的是蕭尚對她最好，只對她一個人好，她當即下了決心要練字，三、五個月之後，蕭尚就會成為她一個人的了。

風荷對自己的勸導相當滿意，又怕她懷疑自己的用意，嘆道：「我們倆一直不和，我更無心幫妳，但是時至今日方才明白，我們都是董家出去的女兒，妳不好代表著我不好，所以我一定要幫妳一把，不能讓杭家、蕭家的人小看了我們是不是？明兒，我就讓人給妳送一份顏真卿的字帖與一些上好的筆墨紙硯來，妳安心練字。

「我也會想辦法讓我們爺多在世子爺面前說妳的好話。當然，再多的好話也敵不上事實呀，等妳把一手漂亮的字露在他面前的時候，不怕他不動心啊。」

「那是自然，只要我博得了世子爺的寵愛，妳這次幫了我我也會記在心裡，一定會回報妳的。」她信誓旦旦。

風荷根本不信她的保證，又勉力了她一番，終於滿意地去了。

杌四、風荷一直用了晚飯才回去，除了之前董鳳嬌搗出來的一點不快外，總體是賓主盡歡的。

內室裡，公主平靜地坐在炕上，漫不經心剝著荔枝，世子妃小心地站著，不敢開口說話。公主一旦擺出這個架勢來，就是對他們不滿了。

「妳想我，當年多尊貴，在宮裡除了萬歲爺，那是無人敢惹的。可妳看我，自從到了王府，有沒有把自己當成過尊貴的公主看過，有沒有把王爺當作駙馬來待？夫妻之間，不是敵對的雙方，誰更有權勢就壓誰一籌，而是要以心相待的。」她徐徐說著，似乎想起了一輩子的榮華富貴，過眼雲煙。

世子妃聽得心驚肉跳，撲通一聲跪在地上，訴道：「母妃，兒媳錯了，兒媳心裡世子爺就是兒媳的依靠，半點不敢輕慢了世子爺。」每次看到蕭尚的妾室們，她的心就沒來由的絞痛，她恨不得把她們都殺了，可她不行，她是賢慧的世子妃。

公主看都不看她一眼，細細咀嚼著荔枝的香甜，沈聲笑道：「妳的心思我早猜到了，只是有些事，要看場合，不要由著性子來，妳磨搓了別人的同時小心傷了自己，那樣不划算。妳進府幾年，妳想想，我幾時對妳說過重話嗎？妳來第二年我就把王府家務交給了妳，足以見得我對妳的滿意。

「不過，女人嘛，權勢、厲害都不是最緊要的，最緊要的是抓住男人的心，不然那些就像過眼雲煙，隨手一揮就沒了。尚兒從小就有主意，性子冷，妳越是與他對著幹，他心裡越反感妳，妳不如多順著他一些，讓他見得妳的好。時日一久，他的心就慢慢被妳收攏了。

「妳看看杭家四少夫人，便是杭四那樣的紈袴，都被她收得服服貼貼，妳是不是該好好學學她的手腕，正室的地位不是表現在妾室們身上，而是在於男人心上。妳是個伶俐人兒，我說的想來都能想明白，我也不想與妳多說，妳回去，自己細想吧。好了，去吧。」她揮揮手，一副無意多說的樣子，事實上卻把要說的都說了。

昏暗的燭光下，世子妃扶著丫鬟的肩膀，身子略略發抖。剛進府，她是很懼怕公主的，後來發現公主是個隨和的人，那戒心就漸漸去了幾分，甚至忘了她不可冒犯的威嚴。

新婚夜，她被那個男子冷漠的氣質迷住了，在日復一日的糾結中，她的心淪陷了，然後她發瘋般地恨那些與她爭搶的女人們，為此不顧一切。

而他從來不曾說過一句話，她以為他心裡終究是有自己的，不然不會縱容自己的所作所為。

但是今日，她忽然醒悟，他的心裡，自己不過是給他打理內院的麻木人而已，隨他心意擺弄，她怨他，偏偏止不住地渴望他的愛。

杭家四少夫人，是她看不透的謎，她溫柔和順，她美麗非凡，她人人稱讚，而這一切似乎只是她的表相。與她學習，一個陌生到可怕的人，讓她如何去學？她也看出來了，杭四少變了個人似地，顯得彬彬有禮起來，而且推掉了許多舊日狐朋狗友的邀請，那個女人，真有那麼大的能耐？

光影下，一道拉長的人影，纖長卻挺拔。
她的心開始顫動，便是恨著他的同時，她也控制不住自己因他而來的反應。她緩緩抬起頭，望著那個背光而立的男子，墨色中的瀟灑、俊逸、冷漠。
她真的很想撲在他懷裡哭，問問他，他究竟喜歡怎樣的女人？而她，不能，因為她是一家主母，是世子妃，她的一舉一動都要得體合宜，不能讓人挑出錯來。
她放開丫鬟，步步上前，綻露笑顏。「夜深了，爺今晚歇在這裡嗎？」而她不知，也許她撲在他懷裡，就這麼任性一次，他待她會不同些。
他暗暗嘆息，一個人永遠不會變成另一個人，即使變了，也不是他想要的。他輕輕點頭，簡短地應道：「是。」
他吝惜每一個字，不肯問她為何回來這般晚。
她的心再一次下沈，沈到深不見底的海底，起起伏伏，都是為了他。她吩咐丫鬟打水、鋪床，自己為他更衣，所做的一切都符合正室的身分。
兩人平躺在床上，一個心痛難耐，一個憂傷苦笑。
杭天曜告訴他，那個女人，高興的時候會撲到他懷裡大笑，不高興的時候會打他，揪著他耳朵罵壞蛋；喜歡的時候主動撩撥他，不喜歡的時候跟別的女人上床都不會眨一下眼睛。
他恍恍惚惚睡下，望到一望無際的花海裡，她脆若銀鈴的笑聲，挽著他胳膊叫他——蕭尚。人影漸漸模糊，重疊，他看不清那是叫董風荷的他的表嫂，還是他的世子妃？

馬蹄噠噠聲，響在深邃的夜色下，如一支悠遠的笛，美好而安寧。

她靠在他胸前，嬉笑著與他講起自己如何教導董鳳嬌的過程，調皮而可愛。

他不在意她說了什麼話，只是喜歡她做的任何事，當她主動倒在他懷裡笑的時候，當她眼睛亮晶晶看著他的時候，他的心都軟得一塌糊塗，拾也拾不起來。

他偶爾也想問她會不會為自己而去做某些事，但他不敢問，他難得這麼迷惘而擔心，怕她心裡，自己的分量不夠，那樣要他情何以堪呢。

不過，他不是很怕，只要她在他身邊，她一定會感到自己對她的真心，她總有一日會回報自己同樣的深情。

「下個月，天氣涼快了，我想去莊子裡看看，你要不要陪我一起去？」她迷迷糊糊嘟囔著，摟了摟他的脖子。

他故意氣她。「妳自己去吧，我去了能幹什麼？」

然後看到她猛然睜開的雙眸，帶著小小的不滿，氣呼呼質問道：「你果真不去？」大有不去就要動手的架勢。

他一把將她抱在腿上，好整以暇地道：「是呀，妳能怎麼樣？」

「我，我哭了。」她耍著無賴，話未說完，小嘴就癟了起來。

他看不得她一個皺眉傷心的表情，明知她是裝的，總不由自主心疼，哄她。「妳說過的話我有幾句不聽，別說去莊子了，妳讓我跳黃河滾雪山，我都樂意，只怕妳捨不得。」

聞言，她格格笑了，抱著他的頭，拋了一個媚眼。「我何時捨不得了？你儘管去，我給你助興。」

他狠命在她臉上親了親，認真道：「要去一起去，不然我出了事，妳改嫁了，我就把閻王殿給拆了。」

第九十六章　西山之行

莊子裡的視野十分開闊，一眼望過去，都是平緩的田地和遠處起伏的山丘，田間地裡有許多農人正在忙活。

西瓜下了季，就要種上冬小麥了，此時離播種雖還遠著，但提前準備好了總比臨時忙亂的好。而且依半夏莊的規矩，一到中秋，要放所有的雇農回去闔家團聚十天，所以，要趁著中秋之前，將節下要賣的葡萄、桃子都摘下來，裝了車送走。

風荷是第二次來莊子，而杭天曜卻是第一次，他不由刮目相看起來，放下簾子對她笑道：「早知道妳這麼能幹，我應該幾年前就將妳娶進門。」

「難不成你娶我是因為我能幹？」風荷斜睨著他，眉梢眼角間全是妖嬈。

「自然不是，我娶妳是因為妳美貌傾國傾城啊。」他說到一半頓了一頓，隨即出口的話將風荷氣得咬牙切齒。

她靈機一動，身子挨到他肩上，吐氣如蘭地問道：「大爺既這麼看得起小女子，不如讓小女子伺候伺候你？」

杭天曜看著她笑得小狐狸一般的樣子，心知她又要用那招百試百爽的美人計了，打定主意自己要當一回柳下惠，紋絲不動的坐著，還嘲笑道：「那爺我就要看看妳的本事了。」

風荷噗哧笑出了聲，輕抱著他的頭，附在他耳旁，發出小貓般的聲音。「爺，你果真不要我了？」話中的意思極容易叫人產生聯想，曖昧至極，尤其她蘭花般溫暖的氣息包圍了他，使得他根本狠不下心來推開，但還是閉緊了嘴不說話。

她靈活的小手纏著他的腰，透過薄薄的衣料在他身上摸索，然後慢慢滑進他的衣襟，在他光滑的胸腹上流連。

他實在抵制不住她的挑逗，洩了氣似地悶哼出聲，唰地一把托起她，按倒在自己腿上，覆上滾燙的唇。

風荷好半日方平穩了自己的呼吸，媚笑道：「爺不是要當柳下惠嗎？」

他好氣又好笑，趁她不注意扯開她的衣衫，揉拈著她滾圓豐挺的胸，時而輕輕拉扯著，直到她閉上嘴咬緊牙關，才調笑道：「娘子身嬌體弱的，還是讓為夫服侍妳吧。」

他含住她粉紅的露珠，極盡挑逗之能事。

風荷的身子軟得幾乎癱在了他身上，語不成句。「爺，好了……不鬧了……該、該下馬車了。」

「娘子這樣就夠了？」他當然也難受，不過再不振振夫綱，這小妖精太不把他當男人看了。

「你再不停手，我、可就惱了。」她的聲音哪兒有半分惱意，幾乎就是欲拒還迎。

杭天曜渾身的骨頭都酥了，啄著她的唇。「娘子，就一次。」他發現他輸了。

風荷被他嚇得瞪大了眼睛，急忙拉住他繼續往下的手，嗔道：「絕對不行。」她的臉色粉豔如桃花，兩綹青絲垂在耳畔。

「可是，人家已經不在掌控中了。」他近乎哀求她。

風荷恨不得拿塊磚拍死自己算了，威脅地說道：「你現在敢的話，一個月都不許進我的房間。」

一個月與眼前暫時的歡愛比起來，杭天曜還是能計算清的，強吸了一口氣，商量條件。「我昨兒晚上不過想換個姿勢，妳就甩了臉子不理我，妳今晚……？」

他不再說下去，但是風荷懂了，一下子像是有漫天雲霞投射到她雙頰上，她無奈地點頭。「不過你不能太過分，我明兒還有正事。」

「放心，不會讓妳起不來的。」他興奮地回道，彷彿能夠想像到那樣的場景。

風荷看他的樣子就知他此刻是滿腦子的邪念，深怪自己不該與這樣沒定力的人玩，偷偷從他懷中退了出來，將自己的衣物穿戴整齊。

林管事攜了一家子老小和莊裡幾個小管事跪在地上迎接，倒也有二十來人。

風荷親自攙起了林管事的妻子，與大家笑道：「你們這樣，往後我可就不敢來了。」他們不少人，還是第一次見到真正的主子，既小心翼翼，又忍不住想窺視一下主子的玉顏，光是那樣漂亮的裙子他們這輩子都是第一次見到。

這裡就是新修的莊園，坐落在山腳下，前後共有五、六個小院子，仿造江南風情，粉牆黛瓦，小巧雅致。

葉舒扶了風荷的手往最大的院子行去，一路與她細說著各個院子的不同分工。

她與杭天曜對坐在上首，賜了大家坐，隨意問了幾句閒話，就道：「我們這次來不過是看看山野間的風光，大家原先怎樣依舊怎樣，不必因為我們來了就拘束著。我若有吩咐的，也會讓林管事給大家傳話下去。」

林管事等人知道他們坐了半日的馬車一定累了，不敢耽誤他們歇息，忙傳了服侍的人上來，然後漸次退下，只留了葉舒與良哥兒陪他們說話。

「快讓我看看，都長這麼大了。」風荷笑著跟葉舒的兒子林良招手，小傢伙只有三歲，但機敏得緊，圓圓的眼珠子往母親身上轉了轉，見母親對他點頭，笑嘻嘻撲到了風荷懷裡。

葉舒怕他撞壞了風荷，忙上前扶著他道：「少夫人別見怪，莊子裡的孩子都皮實得緊，他每日跟著到處跑跑跳跳，我也沒時間管教，倒養成了他這樣毛手毛腳的習慣。還不快叫少夫人。」她一面說著，一面柔和地拍了拍孩子的頭。

孩子的感覺是最敏銳的，直覺到這位漂亮的阿姨與母親都沒有生氣，舉著小手響亮地喚了一聲。「少夫人。」

風荷見他烏黑的頭髮，大大的眼睛，圓圓的臉蛋，煞是可愛，不由抱了他起來，口裡笑道：「喲，還挺沈的。」

杭天曜一把從她懷裡搶過孩子，放在椅子上，嗔道：「明知自己抱不動，做什麼還要抱。」一臭小子，敢鑽到他娘子懷裡，看起來從小就是個小色狼，他心裡忿忿著，不敢當面說，他可是知道葉舒打小服侍風荷的，情分非比尋常。

良哥兒突然間從香軟的懷抱裡被人扔到了椅子上，委屈不已，可憐巴巴望著杭天曜，癟著小嘴，沒有哭。

風荷難得見到年紀這麼小的孩子，正好玩得很，被杭天曜破壞，也有些不樂，推他道：「我們女人說話你待著幹麼，出去看看山上的美景去，怕是開了一山的野菊花呢。」

憑什麼一來就趕自己走，杭天曜不肯就範，裝著疲倦地說道：「娘子，坐了一路馬車，人都散架了，我先回房歇歇，妳也別太久了。房間在哪裡呢？」

葉舒聽得滿眼是笑，忙道：「還是少爺體諒少夫人，少夫人既然已經用過午飯，就看看房間佈置得好不好吧，有不滿意的我再改。」她一面說著，一面扶了風荷的手往裡邊走。

這是兩座前後相連的小樓，前面五間房，佈置成宴息室。沿著兩旁的迴廊往後走，就是上下兩層的小樓，上面做了風荷的閨房、書房、淨房，視線開闊，夏日裡風大，下邊做了丫鬟歇息的房。

房間裡都是照風荷的喜好佈置的，既有山間的野趣，又不失大家的風範。

杭天曜看看屋子裡一切都齊全，不必人伺候，擺手命丫鬟下去。

風荷從淨房出來，詫異道：「葉舒姊呢，沈烟她們呢？」

「葉舒去照看晚飯了，沈烟幾個也要收拾一下行李啊。」他說著謊話連眼神都沒閃。

風荷坐到梳妝鏡前，卸下釵環首飾，放下髮髻，問道：「要不要給你也安排一個院子，我看後邊有個掩映在杏樹下的院子不錯。」

杭天曜也不管她有沒有收拾好，一把抱起她走到床前，悶悶道：「又想打發我了是不是，董風荷，今兒不給妳點顏色瞧瞧，妳是不知道我杭天曜的厲害了。」他相當不滿，願意跟幾個下人說話也不肯與自己一處，都是自己平日太寵她了。

風荷被他這突如其來的反應嚇得愣了半刻，直到自己被人壓在床上方才反應過來，嘟囔道：「人家不過隨口問一句，你就惱了，我看你近來的脾氣是越發大了，只怕是心裡有旁的念頭了吧。」

他能有什麼念頭，每次當自己收拾好了上床就發現她已經睡著了，有火無處發，前幾日又是小日子，憋了好幾天，偏她昨晚又與自己耍脾氣，他好歹是正常的男人。他略帶野蠻地撕咬著她的衣衫，恨恨道：「再不聽話，我可要打屁屁了。」

「你，壞人。」她泫然欲泣，企圖喚醒他的內疚，可惜杭天曜再不吃她這套，享受著她唇齒間的甜美。

她發現他今日有點瘋狂，不比平日待她溫柔體貼，她幾次被他吻得喘不過氣來，發出誘人的喘息聲。他在她身上點火，不肯放過任何一處，他的手、他的吻每到一處，就讓她忍不住的嚶嚀出聲，甚至是嗚咽。

他將他的巨大放在她花房入口，卻始終沒有進去，或快或慢地摩擦著，她嚇得花容失色，又迫切地感到自己體內燃起了一股火，想要他來填滿充實。
杭天曜全身壓著她，親吻著她的耳垂問道：「想不想？妳不說我就一直這樣。」
「你……」她的臉脹得通紅，水汪汪的眸子彷彿能沁出水來，卻咬緊牙關不讓自己開口說出羞恥的話。
他繼續服務著，當聽到她的喘息聲越來越劇烈，帶著壓抑的痛苦時，才咬著她的鎖骨問：「要不要？」
風荷羞愧欲死，摟著他，可他故意不進去，她嗚咽出聲。「要……大壞蛋……嗚嗚嗚。」
他看到她清麗的臉蛋上都滑下了清淚，猛地沈下腰，直頂進去。
那一刻，她彷彿看到了漫天的雲彩，她緊緊抱著他，泣道：「做什麼那麼快？」
「想要讓妳感到我的存在。」他吻去她的淚花，慢慢動作起來，捧著她的頭，嬉笑道：「往後不聽話，我就這麼治妳。」
她又氣又窘，抬起頭來在他肩膀重重咬了一口，啐道：「討厭。」
他大笑，開始與她一起陷入美好的夢裡。
風荷背著身，抱著被子，不理他。
他將她玲瓏的曲線貼在自己身體裡，撫摸著她的秀髮，笑道：「娘子，發現那樣其實也不難吧。」

她慌得轉過身，捂住他的嘴，小聲道：「不許說。」她想起那樣羞人的事就覺得自己再也沒臉見人了。

「娘子，妳不知那時候的妳有多美。」他不管，拉開她的手，纏綿著。「別人也這樣的，沒什麼好羞的。」

風荷才不管別人怎樣呢，總之杭天曜占了便宜還賣乖，這些事心裡明白就夠了，如何能夠大剌剌的說出口呢。

望著杭天曜的馬遠去，她才回身道：「備車。」

半夏莊離杭家的家廟並不遠，半夏莊在西山，家廟在西山最南角，靠近南郊一帶。說是家廟，其實是個不小的莊子，分布著杭家的祭田，圍繞著家廟。

三少夫人被貶到家廟，當然不可能住在廟裡，而是單獨撥了一個極小的院子給她住，加上門房一共就四間房。她來時允許帶了兩個貼身丫鬟來，然後派了兩個婆子來照應著，大概一百丈遠就是家廟，有事也能有個照應。

門前的婆子看到一輛豪華的馬車停在門口，驚得能把眼珠子瞪出來，三少夫人來了這裡之後，只有三少爺來看過兩次，可每次少夫人不肯見，便快快地回去了。除此之外，就是杭家遣人送些吃用之物的下人馬車。

風荷扶著沈烟的手下了車，婆子方反應過來，她只在外邊伺候過，從未見過風荷，一時有些不明所以。

淺草笑道：「嬤嬤，這位是四少夫人，來看三少夫人的。」

婆子愣了半日，慌得忙跪地行禮，口中求饒。

「起來吧，三少夫人可在屋裡？」她緩緩問道。

「在、在的，自從到了這裡後，三少夫人連院門都沒出過。」雖然不知賀氏為何來這裡，但有眼的都能看出來三少夫人是失勢了，如果真是養病的話，不可能條件這麼差，她們無緣無故被派來這裡的都抱怨著呢。

風荷一面往裡走，一面細細打量，下等的磚砌的三間低矮的小房，只用泥巴糊了牆，院子很小，種了點菜蔬，靠東一個只有一丈見方的屋子，估計是做廚房的。

她想了想，轉而來到了廚房門口，裡邊一個青布的婆子聽到動靜走了出來，亦是嚇了一跳，門口的婆子忙與她解釋，她再次下跪磕頭。

風荷只能望到廚房裡一片烏黑，看不大清，就問道：「再有一個時辰就是中午了，三嫂都吃什麼呢？」

廚娘小心翼翼瞄著風荷的繡鞋尖，琢磨著王府是什麼意思，恭敬地回道：「今兒有一個酸筍雞皮湯、油鹽炒枸杞芽兒，還有一樣雞蛋羹。」

風荷問的是賀氏，不知她回的是賀氏還是她們所有人的，便隨口又道：「那妳們都吃些什麼？」

「三少夫人不能吃腥的，奴婢幾個中午有個香煎小黃魚，有一個白菜香菇湯。」廚娘越發小心了。

「嗯，每日的食材妳們自己去買呢，還是怎麼辦？」依太妃的脾性，應該不會這般苛待賀氏才對，傳到外頭杭家的體面全沒了，那又是誰的意思，王妃？蔣氏？

廚娘見風荷沒有怪罪的意思，說話又和氣，就笑道：「府裡每月都會送些銀子衣物和醃製的肉類魚類過來，然後蔬菜之類的廟裡每日都會撥過來，再有三少夫人跟前的姑娘們有時也會掏了錢讓奴婢們去買點新鮮吃食。」

看來是王妃的意思了，一開始說好的是每半月給這邊送次東西，顯然不但次數減少，送的吃食也不大好，銀子還不知能不能拿到賀氏的手中呢。

王妃恨賀氏是理所應當的，不過風荷依然覺得難受，想起丹姊兒每回拿到月銀就會發呆半日，估計是想辦法要給她母親送出來吧。但她一個小孩子，無權無勢的，誰敢冒著頂撞王妃的風險幫她。

她跨進門，看到房裡糊著白紙，顯得亮堂了不少，但不聞一點人聲，甚是怪異。

門房的婆子收到她詢問的目光，忙討好著道：「每日這個時辰，三少夫人都會睇一會兒眼，冬兒姑娘去後邊溪裡洗衣服了，」她很快又道：「三少夫人的衣服冬兒姑娘怕奴婢們手重洗壞了，都是她自己洗的。」

冬兒，應該是賀氏身邊的大丫鬟，還有一個一同來的夏兒呢？

她一雙利眼盯著婆子一動不動，卻又不說話。

婆子情知瞞不過，而且這本與她干係不大，不必替著背了黑鍋，趕緊跪下說道：「夏兒姑娘時常會做點針線，拿到十里外的趙莊上去賣，那兒有個集市，每逢九都會開市。奴婢們都是服侍三少夫人的，主子們不曾關照過，是以也不知使不使得。」今天正好是七月二十九。

「罷了，只要注意些就好，她年紀輕，往後有這樣跑腿的事妳們去辦。」風荷當然清楚這是怕婆子們貪了銀子，可是夏兒一個大姑娘，生得又不賴，杭家出去的又很體面，被那些不長眼的欺負了，事情就大了。

沈烟輕輕打了簾子，風荷抬腳進了裡間。

屋子裡，只有一個顯得有些老舊的架子床，靠南窗下一個小炕，靠西是個黑漆的櫃子和普通的梳妝檯，只比鄉下農人的方子略好一些。

賀氏面朝裡躺著，看不清形容，簡薄的赭石色棉布面的被子蓋在她身上，床旁一個小圓凳。

沈烟拿帕子擦了，淺草趕緊墊上自己家裡帶來的靠墊，風荷緩緩坐下，輕喚道：「三嫂。」

賀氏動了動，似乎以為自己聽錯了，繼續睡覺。

「三嫂，我是妳四弟妹。」風荷再次喚道。

這一次，賀氏果然聽清了，她勉強轉過身來。

這一看，風荷大是吃驚，消瘦得皮包骨頭的容顏泛著淡淡的蠟黃，鬢邊居然冒出幾絲銀光，脖子瘦弱得彷彿一掐就會斷，整個人躺在被子下就如一個未長成的孩子一般。她老了，一下子老了有十來歲，而且雙目無神，只在看到風荷的那一瞬間眼中閃過些微的光亮。

她輕笑，笑聲遙遠而空虛，聲音更是沒有了先前的圓潤飽滿。「是呀，也就四弟妹妳會記得我，他們誰不是念著我快點死呢，可我偏偏死不了。」

一剎那間，風荷如鯁在喉，這就是各人的命，好與壞都是自己選擇的結果。但是自己，還不能讓她死了。

風荷冷笑道：「妳只想著那些指望妳死的人，有沒有想過還有兩個孩子，每日巴巴地等著妳回去，人前不敢哭，背後心涼透。妳說，妳怎麼對得起丹姊兒和慎哥兒呢？妳心裡只有三哥一人，難道他們就不是你們的孩子了，妳這樣作踐自己，到了地底下，看到他們姊弟倆被人糟踐，妳就能夠瞑目了？」

風荷看到了賀氏面上一閃而過的痛苦，她知道賀氏是在自欺欺人，自我痲痺，讓自己不去想兩個孩子，可她偏偏要賀氏想。「丹姊兒現在很是乖巧，孝順太妃，照顧弟弟，還懂得省下她的月銀來偷偷藏著，連太妃都對她甚是喜愛。

「不過，我不怕告訴妳，前段時間，慎哥兒不小心被五弟妹打了一巴掌，慎哥兒嚇得如今看到五弟妹都會發抖。他現在跟著側妃娘娘住，側妃娘娘，我不說妳也明白，側妃娘娘對他管教極嚴，成才是有指望的，就不知他能不能熬到那日。」她的聲音冰冷而沈重，每一下都似一把重錘狠狠捶在賀氏心上。

賀氏哇的一聲哭了，喊道：「妳別說了，我求妳，別說了。我如今已是這個樣子，我是個不負責任的母親，我保護不了他們，他們也忘了我的好。」

「妳後悔還有用嗎？妳當初選擇了三哥，陷害我，自己背了所有的黑鍋，然後這一切的報應都會由丹姊兒和慎哥兒來承擔，而妳呢，反正是將死之人，他們好與歹妳管不著。等到過兩年，丹姊兒年紀大了，不知送到誰家去聯姻，或者為她的仇人攀交情；慎哥兒，再好頂多是下一個三哥，而且很可能比三哥還差遠了。」

風荷知道賀氏會傷心會痛苦，可是不這樣激不起賀氏心中的意志來，側妃的很多事，她尚未查清，而賀氏至少會比自己清楚。

賀氏捂著耳朵，痛痛快快哭了一場，心裡卻透亮了些。

風荷點點頭，淺草下去打了水上來，服侍賀氏梳洗了一番，讓她仰靠在迎枕上。

她到底是明白人，盯著風荷道：「妳告訴我這些，是為何？」

風荷抿了嘴，閒閒地道：「我就說嘛，三嫂不是個普通女子，心中自有一桿秤，分得清輕重緩急。三嫂，咱們明人不說暗話，我在查側妃的底細，相信三嫂一定知道許多我們查不到的事。」

賀氏的臉色明顯變了，暴露了側妃就相當於暴露了杭天瑾，那個她為他不顧一切的男人，她如何能狠下心來出賣呢。她很快接道：「側妃娘娘，她有什麼不對嗎？」

風荷把玩著手上的碧玉鐲，鐲子發出清脆的叮噹聲，她抬眸笑道：「三嫂，看來妳還是想不通，既如此，咱們也沒什麼好說的了，今兒就當我是順便過來看看妳的吧。沈烟，讓他們卸下馬車上的東西，三嫂，我自己莊子裡產的一些新鮮瓜果，妳留著吃吧。好了，我還有事，先走了，三嫂好生保養著，好歹等到丹姊兒與慎哥兒長大成人吧。」

賀氏不想她會說走就走，有些急了，她既想保丈夫，又想保孩子，其實不過是想跟風荷談談條件罷了。

風荷卻是不給她機會的，條件也得由她定，她不喜歡別人左右自己。

「四弟妹，妳別走。」一想到兩個孩子，賀氏的心就硬不起來，她正在受著最慘痛的糾結，愛了一生的男人與一雙兒女，她該保誰？

風荷站著，居高臨下望著她，徐徐道：「三嫂，只要妳與我合作，丹姊兒的終身、慎哥兒的前程，我都可以保證，不然無論他們將來發生任何事，我都會撒手不管。妳覺得，我會說到做到嗎？」

她會的，這個女人的心，能比鐵還硬，何況兩個與她無親無故的孩子，她憑什麼能期望她保護自己的孩子，除了自己手中的把柄，還有什麼能換來兩個孩子的平安？但一想起那個男人，她受不了，她怎麼能親手將他推下萬劫不復的深淵呢，她幾乎不能承受他對自己的恨。

風荷暗暗嘆氣，賀氏對杭天瑾的感情，竟可以這麼深，深到為他付出了自己後，還不知回頭，這樣的女人，說是可憐呢還是可悲呢？

風荷坐下，嘆道：「三嫂，三哥是杭家的子嗣，只要有這一點在，他不曾犯過類似於弒父殺母等等過錯的話，杭家是會留他一條生路的。

「當然，權勢富貴是不可能了，但是妳以為，他能成功嗎？他能坐上王爺之位嗎？妳捫心自問，以他的出身，只要嫡子尚存，便是只剩下一個嫡孫，也輪不到他在王府指手畫腳。與其為了一個遙遠得不可能成真的夢想，付出他的生命，付出兩個孩子的幸福，妳認為，值得嗎？」

是呀，這些，賀氏難道沒有想過，她清楚杭天瑾得到杭家只有微小的機會，可是為了那一點點光明，她無條件服從他的母親，想要看他不再當一個卑微的庶子，想要看他意氣風發的時候。

他那麼有才華，卻因為是庶子，而且是王府幾個孩子中最大的，不得不隱藏自己，苟且偷生的感覺讓她心疼他，讓她終於也走上了那條路。

她全身脫力般的靠在枕上，苦笑道：「妳說的我何嘗不知，但是知不知又能如何，我勸止不了，更不能與他對上，除了支持他的一切，我還有什麼路可走。四弟妹，妳是永遠不懂那種痛苦的，妳的人生太得意，京城出名的紈袴子弟能在妳手下變樣，犀利的太妃理直氣壯的喜歡妳，王妃拿妳沒有一點辦法，妳何嘗體會過我那種無可奈何不得不搏的痛苦糾結。

「明知是一條死路，還要蒙著頭走到底，我恨不得我早早死去，那樣至少看不到兩個孩子因為我的連累而沈淪。」她忽然間抬起頭，直視著風荷的眼睛，一字一句道：「四弟妹，妳果真可以保我兩個孩子，妳拿什麼保證？」

「三嫂，莫非妳也變迂了，妳想想，眼下的杭家，除了我，還有誰能為妳保護兩個孩子？三哥嗎，他太忙，內院的事情不好插手，而且府中權力不夠；側妃，或許會照顧慎哥兒，但丹姊兒就難說了；太妃的心思越來越乏，管我們一個爺就夠了。妳只能把孩子託付給我。我雖只是個新媳婦，但我上有太妃之意，下定四少爺之心，王妃或是其他人想對兩個孩子動手，也要看看行不行。

「將來之事，即便出了，兩個孩子也是無辜的。不管我們爺最後能不能拿下王位，保住兩個孩子，我還是綽綽有餘的。話我說到這裡，妳信不信隨妳。」即使不與賀氏作這個交易，她也不會眼睜睜看著兩個孩子受苦，她不過是利用一下而已。

賀氏心知人為刀俎我為魚肉，她信不信都只能選擇相信，因為除了風荷，她無人可以託付。她竟露出了笑顏。「四弟妹，妳到底是哪兒來的信心？我常常懷疑，莫非妳能未卜先知？」

風荷莞爾一笑，捋了捋髮髻，說道：「世間萬事，只要我去做了，才知道可不可行，試都不曾試就放棄了，不是我的風格。」

賀氏已然是投降了，卻故意問道：「那四少爺呢，妳確定可以拿住他，不怕他有朝一日始亂終棄。」

「君若無心我便休，他對我好有對我好的過法，對我不好自然還有旁的路可走。」在她母親多年所受的痛苦中，她的心智早就練得很成熟了，為一個男人生老病死，太不值得。

「好，我把我知道的都告訴妳，只求妳，日後放三少爺一條生路。」大勢已去，何必再作無謂的掙扎，不如趁早留下一條後路，也算對得起他了。

風荷的心中還是有幾分激動的，不過面上紋絲不露，鎮定的笑道：「三嫂，我既答應妳了就不會食言。側妃娘娘背後是不是有人？」

賀氏緩緩搖頭，嘆道：「側妃這樣精明而好強的人兒，怎麼肯被人要挾或者服從他人，她背後不會有人，如果有，也是合作夥伴。她雖然許多事情吩咐我去做，對我卻一直抱有提防之心，是以我至今不知她到底跟誰合作，但據我觀察，脫不出杭家這個地方。」

這一點倒是極有可能，側妃表面溫柔似水，其實骨子裡是個唯我獨尊的人，不大可能受制於人，頂多就是各取所需。

風荷試探著。「聽說側妃時常吃過飯後到東院散步，而且甚是喜歡東邊一帶的梨樹林？」

賀氏一下子有些震驚，瞪著她道：「妳已經查過了，這次來不過是跟我求證的？」

「三嫂明白就好，妳是占了大便宜呢。」她現在還是猜測，要在賀氏這裡確定自己的想法，原來側妃從來沒有去過東院東邊一帶的梨樹林，風荷這句話不過是意有所指，這也只有明白人能夠聽懂。

「妳待我倒是情深意重。是，他們有來往，但不多，我也是偶然發現的。」賀氏發現自己與風荷合作還是正確的，不會為了一場明知結局的鬥爭而毀了兩個孩子。

風荷笑著追問道：「九江那邊呢，什麼意思？」

賀氏凝神細想著，皺眉道：「這我確實不大瞭解，側妃與他們聯繫不多，我進府這麼久只見過兩次九江那邊遣人來探。」

「我們府裡，還有多少是側妃的人？」這個才是最關鍵的問題。

賀氏心裡數著府裡的人，認真道：「我每次都只管服從她的指令，對於她下面究竟有多少人一直未打探出來，但有一個人我卻是一直記著的。」

風荷略略有些失望，想不到側妃這般謹慎，連自己兒媳婦都瞞得那般緊，不過一個兩個也有用，就道：「是誰？」

賀氏笑吟吟看著她，似乎有些幸災樂禍。「正是你們房裡的柔姨娘。」

是她，她居然不是王妃的人？

賀氏以為她不信，就解釋起來。「柔姨娘母親被打死之後，有一次深夜，我有個緊急的事去請示她，居然看見柔姨娘偷偷從她院裡出來，而且一個人不帶，獨自一人。」

風荷輕輕笑著，恍然大悟，她一直懷疑側妃不可能不給杭四身邊安插人，原來人家一早就安了，借的還是王妃的手，可惜王妃一直替她人作嫁衣裳了。更可憐柔姨娘被自己主子害得終身不育，估計是側妃怕柔姨娘生下孩子後有了自己的心思，不聽指使，索性讓她沒得倚仗，只能乖乖聽從自己的命令。

「那麼雪姨娘呢？別告訴我也是側妃的手筆。」雪姨娘的來路是風荷最懷疑的，因為一切發生得太巧合了，只怕杭四也是懷疑的，卻不得不將計就計。

「這卻不是。因為雪姨娘進府後，她曾經命我去打聽過雪姨娘的出身情形，所以我可以斷定與她無關。」賀氏不打算再有隱瞞，都說了那麼多，多一點少一點又何妨呢。

雪姨娘如果不是側妃的人，又不是王妃的人，是從哪兒冒出來的呢，英雄救美那樣狗血的事情她是不信的。風荷看著賀氏的眼睛，問出了自己最想知道的一件事——

「我們爺的兩位哥哥，與她有關係嗎？還有兩位未過門的妻子？」

賀氏笑看著風荷，嘴角有嘲諷。「妳太看得起我們側妃了，如果她果真有那麼大的勢力，三爺早成事了。先前的兩位爺，我來得晚，不大聽過，可那兩位小姐，我卻有所耳聞。當時我一聽定下了那般富貴有權的人家，有些擔心給四少爺帶來妻家的權勢，便去請教側妃。她只說了一句話——等，有人會出頭的。我雖不十分解，也明白還有別人看不得四少爺娶了名門貴妻。」

不是側妃動的手就好，風荷就擔心側妃背後有她想不到的巨大勢力，那樣一切就是個未知數，剩下的人容易猜得多了。

她露出了滿意的微笑，與賀氏話別，臨走給她留下兩百兩銀子。

剛回到莊子裡，日頭已經西斜，晚霞絢爛，董華辰竟然來尋她了，這會子正在裡邊等她，她忙快走幾步。

董華辰見她，忙笑著迎上前。「我恰好從附近鎮上要回城去，又怕趕不及在城門關之前回去，就想到妳這莊子裡歇一晚，誰知妳也在這兒，先前倒是不曾聽說。」他穿著月白色的夏衫，下襬處有塵土的痕跡，看來是急著趕路。

風荷先命丫鬟去尋一身杭天曜的衣服給他換上，待他梳洗好了，兄妹兩人方歸坐敘話。

「四少爺為何不見？」他聽丫鬟說杭天曜也來了，以為他與風荷一處出去了，誰知是風荷一個人回來的。

風荷親自為董華辰續了一盞茶，笑道：「他在北邊也有一個莊子，去瞧瞧，怕是晚飯前會回來。哥哥想吃什麼，我吩咐他們下去備著。」

上次兩人去董家，董華辰就看出來他們兩人感情不錯的樣子，心下酸酸的、澀澀的，但又覺得高興，聲音有些沙啞。「那就要一個野雞崽子湯吧。」這是風荷愛吃的菜。

風荷倏地憶起幼年往事，心下難受，強笑道：「哥哥如今不小了，家裡是怎生打算的？」

這個話題是董華辰不感興趣的，不過風荷問了，他是不會拒絕的。「老太太看中了工部尚書家的女兒，父親更喜歡內閣大學士陳家的小姐。」

「工部尚書羅家，聽說他家小姐訂了親啊。」上次順親王府賞荷，他們家小姐訂了親，所以不去參加呢。

董華辰苦笑著點頭。「訂的那位公子上月裡忽然得了痢疾沒了，羅家怕耽誤了女兒，急著另尋親事呢。」

這個，不免有些太過急迫，好歹等到風聲過去再說吧，這會子急著給女兒說親女兒面子上過不去啊，看來羅家的行事不太靠譜。風荷心裡先就把羅家給否決了，又問：「內閣大學士陳大人，他的長女好似嫁到了山東去，他們祖籍是山東的吧，肯把小女兒留在京裡？」

董華辰對這個妹妹簡直就要佩服透頂了，從前在家裡時懶得理事，一心讀書寫字侍奉董夫人，簡直是兩耳不聞窗外事，現在去了杭家，怕是被逼著把京城的權貴都打聽得仔仔細細，也難為她了。他的語氣不免帶了寵溺。「就妳知道的多，父親的口風應該與陳大人有過溝通，陳家想來是願意的。」

陳家，山東望族，書香門第出身的小姐性子不會差到哪兒去，尤其陳大人在皇上面前還是很有幾分臉面的，算起來倒是門當戶對，比羅家強些。

風荷聽華辰的口氣都不是很熱心，擔心他兩個都不願意，不免問道：「那哥哥的意思呢，覺得哪個好，或者還有其他更好的？」

他在心裡描畫著她的眉眼，想起小時候自己揹著她滿院子跑的情景，多想再回到從前。兄妹的緣分不淺了，他該滿足了，他隨意笑道：「我無所謂，只要孝順長輩就好。」

想起過半月宮裡要辦中秋宴，到時候誥命夫人大家小姐很有可能都會去，太妃多半會帶上她，若是陳家小姐到時候也進宮的話，可以找機會與她聊幾句，看看人品如何。

想罷，她已是展了笑顏。「哥哥放心，妹妹幫你親自去偵察一番，絕對會給你娶一個嬌滴滴的新娘子回家的。」

畢竟，哥哥的妻子就是母親的兒媳婦，風荷可不想弄一個杜姨娘般的人物進去，既要端莊賢慧，又不能懦弱，不然非得被杜姨娘壓制不可，這個可要看好了。

兄妹倆說著閒話，不自覺時間過得很快，轉眼就到天黑了，可杭天曜卻還未回來。

風荷心下有幾分焦急，但不好表露出來，華辰自然注意到了，就說：「不如我前去迎一迎妹夫。」

「那怎麼行，哥哥難得與我聚聚，我豈能支使著哥哥幹活。何況這麼多下人跟著，能出什麼事，實在晚了，就遣幾個護院去找一找。」杭天曜不是個會胡來的人，回來晚了要嘛是遇上了事要嘛就會送消息過來，還是再等等的好，免得他笑自己輕狂。

房子裡點了燈，風荷不好讓哥哥陪自己餓肚子等人，就欲吩咐丫鬟先擺飯，杭天曜讓他回來了一個人吃去。但董華辰不肯，要再等等。

墨色沈沈，溫度漸漸降了下來，城外的天空比城裡顯得清冷，而且一眼望出去全是樹影的感覺，路也不比城裡，不好走，天又黑，千萬別出什麼事才好。風荷終於忍不住點了幾個護院去尋他，誰知還未吩咐完，他倒是回來了。

杭天曜的頭髮被晚風吹得有些凌亂，面色從容，衣服與走的時候一樣，將鞭子甩給伺候的人，大踏步走過來。瞧這樣子，應該不曾發生過什麼事，風荷的心放回了肚裡。

杭天曜的手很自然地就要放在風荷腰間，卻下一眼瞥見站在風荷三步開外的董華辰，面上的笑容閃了閃，很快上前行禮。「大哥幾時過來的，如何不提前去知會我？」後半句話卻是看著風荷說的。

風荷擺手讓下人們先散了，嗔道：「你原說黃昏回來的，誰知會這般晚，還好意思怪別人不成？」

杭天曜嬉笑著拍了拍董華辰的肩，小聲道：「瞧瞧，大哥，你也教我幾招，這丫頭天天敢問到我鼻子上來，太不把人當爺兒們看了。」

在董華辰心裡，風荷永遠是最好的，他溫柔地看著妹妹笑道：「妹妹擔心了你許久，正要派人去尋你呢。」

「這還差不多，剛還那麼嘴硬。」杭天曜滿意地點點頭，拉了風荷的手。「是我的不是，路上遇到幾個熟人，耽誤了一會兒工夫，走，正餓得很，吃飯去。」

風荷聞言，也不與他計較，吩咐丫鬟上飯。

因董華辰是自己大哥，風荷一向不避忌的，杭天曜也不好說出分開吃飯的話來。只是席間，終究有幾分不大樂意，只因董華辰對風荷的喜好比他還清楚，時不時給風荷挾菜，看得他吃味，心中暗暗腹誹——看來大舅爺應該快點成婚。

晚上，將董華辰安置在了近處的另一個院子，夫妻二人回房。

沐浴過後，風荷換上一襲淺碧色輕紗的寢衣，披散了頭髮，坐在床沿上低頭沈思。待到杭天曜進來，上下打量著他，懷著戒備的眼神。

杭天曜故作不知，只在腰下搭了一條褻褲，趿拉著鞋過來。風荷緊了緊自己衣襟，先到裡邊躺下，把一床被子捲得蠶寶寶似的，然後骨碌碌盯著他看。

杭天曜好笑，在她身旁躺下，摸了摸她額角，嗔道：「這麼燙，蓋這許多做甚？」他口裡說著，手下用力去拉她的被子。

風荷趕忙說道：「你別動，我有正事與你商議。」

「好，什麼事？」他笑著鬆了手，在她眉心落上一吻。

風荷放心了些，與他說起今日的行蹤。

杭天曜聽著聽著變了臉色，身子漸漸僵硬起來，良久，方嘆道：「我從前也是查過的，只是一時間不得頭緒，後來事忙就漸漸撩開了手，沒想到妳倒是會利用機會，從賀氏口中套出話來。我實話告訴妳吧，據我所得的信息，側妃剛來那幾年還是很安分守己的，後來我母妃沒了，大哥也去了，她就有些守不住，起了旁的心思。

「尤其那時候三哥被送回了她院裡撫育，她的心思就越來越強，但因勢力有限，而一直謹慎小心。魏氏進門之後，很是防了她一陣，後來看她安分守己，就罷了，而她卻利用那段時間培養三哥。

「我兩位兄長的事，估計與她關係不大，尤其我二哥，的確是體弱患了風寒夭亡的，我大哥的死卻有不少疑點。因我大哥自小習武，身子不錯，難得有個病痛的，娶大嫂那時還好著，不到一年突然間就沒了。那時候，我只有十歲，不清楚具體情形。

「若說佟家和韓家的女兒，的確蹊蹺得很，內院私密之事，我這邊不好打探，或許他們自己家裡人開始有些懷疑。可我剋妻的名聲忽然傳了出來，大家漸漸信以為真，那事就不再提了。」

風荷靜靜聽著，忽然道：「佟家小姐去世之時，你可能不曾多想，後來發生了韓家小姐一事，莫非你還沒有懷疑？所以，當聽到家裡為你我定下婚事後，你派人去監視過我？」

她的目光明亮迫人，弄得杭天曜無處躲藏，只得強笑道：「我也是擔心妳。」

「說得好聽，只怕是怕我成了別人手中的棋子吧。」風荷冷笑著，她一直就懷疑譚清與她提過的有人監視他們，可是又像沒有惡意的樣子，不知究竟是什麼人，她當時就有三分疑心到杭天曜身上，可惜沒有證據，這會子總算套出了話來。

杭天曜訕笑著，抱了抱她的腰。「我實在是嚇怕了，所以叫人去打探著，順便保護妳啊。」

風荷知他的話屬實，而且那時候兩人素未謀面，他對她有疑心也是能夠理解的，就放過了他，淺笑道：「你不是紈袴子弟嗎，哪來的那樣的高手？還有上次你回府，身後跟的都是些什麼人啊，不像咱們府中的護院啊。」

杭天曜心中哀怨得緊，他知道風荷遲早會問的，他也不是有心瞞她，不過軍國大事，都有規矩在，他不能隨意壞了規矩，那樣他日如何服人。可是風荷是他最信任的人，他連自己的心都能掏給她，何況是一點點秘密，他怕風荷會生氣。

正在考慮著要不要說的時候，風荷已經嬌笑著道：「你不說我也猜得到，你只聽我猜得準不準。」

他想了想，那樣不算壞了規矩吧，就點了點頭。

風荷捏著他鼻子，低聲問道：「你在替皇上辦事嗎？皇上不會將那些不好拿到明面上來的事交給你去辦吧？」

杭天曜情知瞞不過，也不願意瞞著她，點頭應是。

「那些人手是皇上交給你的？我看不像，皇上那時不可能無緣無故信任你一個紈袴子弟，你哪兒來的人手？」她笑得眼睛都眯了，拱了拱身子，把自己投到杭天曜懷裡。

杭天曜哪受得了她的美人攻勢啊，很快放棄了抵抗的意圖，摟了她脖子，附耳說道：「是我祖父留下的人。」

這還差不多，以杭天曜當時的年紀聲望，估計自己是培育不成一批人的，若說老王爺留下來的比較靠譜。但老王爺不把人交給王爺，而是交給了當時只有十來歲的孫子，又是為著什麼呢？而皇上，為何知道有這些人馬，為何會這般信任呢？

風荷將問題一股腦兒問了出來，杭天曜聽得冷汗涔涔，他想撒個謊圓過去只怕都沒希望，他的娘子心太細了，一點點漏洞都能被她慮到了，自己還是老老實實配合比較好，免得回頭吃苦。

他點點滴滴回憶著，細細說道：「那年我大哥無端端沒了，我祖父傷心異常，只剩下我這麼個嫡孫，去哪裡都把我帶在身邊。府裡的地方沒我不敢去的，有一次，我恰好看見祖父去了後花園廢棄的院子，那裡據說是禁地，沒有祖父的命令誰都不許進。可我哪管這些，偷偷跟著祖父看他去幹什麼，誰知看到祖父在那兒與人說話，我十分詫異，那是個男子，竟然到了王府後園，不小心就發出了聲音。

「我祖父見是我，倒不是很怪我，反而領著我認識了那位叔叔。後來慢慢得知，他們三十多人都是祖父手下的人，祖父偶爾為皇上辦點為難的事情。當時我好奇，就多問了一些，誰知祖父臨走前把那些人給了我，讓他們保護我。

「皇上那邊應該是知道人在我手中，有一次藉姑媽的口宣我進宮，然後交給了我一個任務要考考我，我辦完了，以後就常常接到宮裡的任務。那時候，前後兩家的小姐出事，讓我起了疑心，一來為保護自己，二者為皇上辦的差不能引人注意，我索性就裝得自己很紈袴，讓大家放下對我的戒心。

「我的事，就是這樣的，其實本想早些跟妳說清楚，但皇上那邊極為小心在意，我只能瞞著。不過我保證，我絕不是不信任妳。」說到最後，他語氣軟了不少，很有些討好的意味。

這樣的情形風荷猜到了一半，杭天曜為皇上辦差是最可能的，但是那些人還是老王爺手上留下來的，她一時真沒想到，因為她以為老王爺不可能越過兒子直接傳給孫子。當然，這些年來，杭天曜可能也添加了不少自己帶出來的人。

她並不怪他，男主外女主內一直是規矩，男人把朝廷大事瞞著女人沒什麼好抱怨生氣的，她只是轉而想到了另一件事頭上去。

杭天曜看她面無表情的不理他，以為風荷是生氣了，愈加擔憂，拍著她肩道：「我保證我說的句句都是實話，妳難道不信我？」

風荷看他在意的樣子，心下好笑，不過正好利用一下他歉疚的心理，故意不悅的說道：「你當我小孩哄呢，皇上即便因為皇后娘娘的關係信任咱們家，可也不會無條件信任吧，難道連祖父私下養著一群人都不在意，反而愈加重用，我如何都不相信。」

「這是有緣由的，因為咱們家本就……」說到這兒，他恍然大悟，忙止了話頭，他差一點就著了這個小丫頭的計謀，把話漏了給她。

風荷暗暗埋怨，都說了一半居然被他發現了，心下有氣，嘩嘩轉過身去不理他。

杭天曜不是不想告訴她，而是多年養成的習慣，一提到那事就會立時住口，忙扳著她的身子笑道：「瞧妳，又生氣了？好，我都告訴妳，妳好歹給個笑臉吧。」

風荷心下十分得意，慢吞吞轉過了身，憋著笑道：「你要與我說什麼就快點說，我要睡覺了。」她還很不樂意聽的樣子。

杭天曜深恨自己被她耍得團團轉，這回簡直是在求她聽自己說這個不能說的公開的秘密——

「好啦，我錯了，妳聽好了。大概七、八十年前，有一位大將叛亂，導致舉國大亂，差點改朝易主，雖然後來朝廷勝了，但國勢虧了不少，而且大家心有餘悸。

「那時皇上愁眉不展，企圖定下一勞永逸的法子。那一次咱們家平亂立下大功，被封為莊郡王，之前只是個普通將軍，我高祖父就向皇上提出可以在所有軍隊中發展密探，軍隊一旦發生風吹草動就直接彙報到京城皇上手中。

「皇上登時讚為好計，因此事機密異常，若洩漏出去不但密探性命難保，而且心懷不軌之人一定會想法子避開，就交給了我高祖父。我高祖父用幾年時間，漸漸在所有軍中或上或下籠絡了只忠於皇上的人，然後一代代傳下來，皇上體恤，就將這個任務放在咱們家手裡，而咱們家也會想辦法獲得皇上的全部信任。」

風荷聽得震驚不已，杭家居然掌握著那麼重要的機密，軍中密探，那可是具備顛覆朝廷的能力的。而杭家，又要付出什麼代價，方能贏得一代代君主的信任，是不是像皇后那樣？

她急問道：「所以，那次吳王謀反，皇上是早得了消息的，才會不到半年時間，就把吳王鎮壓了？」她幾乎不敢置信，因為她的外祖父、舅舅，是為了將吳王謀反的消息送回來而死的。

「是。皇上對曲家心中有愧，是以額外加封了。」杭天曜不過轉瞬間就想到風荷為何那般激動了，當時曲大人巡視各省，帶著兒子前去，他們去了之後，皇上才收到吳王有異的消息，但為了不打草驚蛇，眼睜睜看著曲大人去赴死。

皇權自古無情，為皇權，父母兄弟可以自相殘殺，何況是一個普通的臣子。風荷的心狠狠地揪緊了，她強命自己不要想，不要去想，祖父曾說過——「食君俸祿，死而後已。」

她平靜了半刻，方緩緩敘道：「是不是那次平叛，暴露了王府的秘密，許多高官權貴都聽聞了此事，所以咱們家在京城，一向分外受到關注。」

她這麼說是很客氣了，什麼關注啊，分明就是一個個盯著這塊大肥肉看，不管是那有沒有野心的。沒有野心的，靠緊了莊郡王府總不會有錯，關鍵時刻還能向皇上表忠心；有野心的，掌握了王府手中的軍中密探，輕則打探消息，重則斷了天聽。

杭天曜為她的聰慧而自豪，撫了撫她的面頰，笑問：「那妳怕不怕？」

說不怕，有點矯情，到底有多少人得知此事，在暗中窺視著王府，伺機而動，她根本無從得知，她們在明別人在暗，什麼時候有人將主意打到了她頭上她還一無所知呢。怕卻是最無用的一樣東西，杭家即使把這個交出去了，也不一定能安生下來，不經意間得罪的人有幾個會放了他們。

她嫣然而笑，雙眸明亮若星。「咱們家不是沒有從中得到好處的，世上之事從來都是雙面的，有失有得，有危險有機遇，皇后娘娘為一族之安危年少入宮，事情既然到了頭上，逃避不是我的選擇。」

他很是欣慰，她願意支持他他才能義無反顧。

王位，他必須到手，半點不能沾惹到魏平侯府身上，不然杭家就斷了天子的信任，不只王府，皇后、太子都是危險的。王爺的念頭他隱約猜到幾分，如果最後不得不將王位交到五弟手裡，那麼杭家幾代先祖為之付出了無數心血的軍探就必須交回皇上手中，杭家從此後也會少一個安穩的籌碼。

暮色沈沈，兩人攜手而眠。

董華辰用了早飯就準備回城裡，他昨日出城是為送一位同科的進士，那人家道中落，名次中等，只能等著上邊的安排。好在董華辰幾個同科好友為他謀劃，得了一個縣令的缺，昨兒啟程出京。

風荷與杭天曜本就要來多住幾日，一時也不急著回去，送了他上馬，他來時帶了兩個隨從，都安頓在下人房裡。走時，帶了不少莊子裡的新鮮瓜果蔬菜。

「走，我們也摘葡萄去。」杭天曜答應了風荷，陪她痛痛快快玩幾日，興致頗好。

風荷抬頭望望天邊，一碧如洗的藍天，澄澈透明，連一片雲朵都沒有，陽光刺眼而奪目。她抬手擋了擋陽光，挽了他的胳膊，笑道：「好。」

兩人剛想回屋換下華服，就聽見急促的馬蹄聲傳來，不由回了頭往大路上望。遠處有飛揚的塵土漫天而來，至少有三、四匹馬，兩人對視一眼，住了腳。

莊裡的小廝飛快地跑了過來，回稟道：「少爺、少夫人，是王府來的人。」

王府派了人來，這麼急？一定有要緊事，杭天曜忙命快傳進來。

四匹馬停在院門外，幾個小廝飛身下馬，迅速奔了進來，其中一個是王爺身邊的，等閒不離王爺身邊。

他恭恭敬敬跪下，一字一句說道：「今日早朝，聖上恩封五少爺為正四品上輕軍都尉，如今闔府歡慶，請少爺與少夫人盡快回去。」

這個消息來得實在太過突然，兩人都愣了好一會兒，震驚地望著對方。

杭天曜想的是這樣大的事，不可能一點風聲都沒傳出來，一有風聲他這邊應該很快得知，除非是皇上忽然定了主意。

風荷想的是恩封上輕軍都尉，杭天睿當然可以被恩封，可古來慣例，世家中一般無法繼承爵位的，皇上賞識，那就多恩封一個，現在恩封了杭天睿，是不是表示皇上向朝臣們暗示，他不同意杭家立杭天睿為世子？

上輕軍都尉，正四品，品級不低了，可沒有實權，吏部掛個名號，每年拿點俸祿而已。

到底是不是發生了什麼事，使得皇上一反常態，突然間下了這個旨意？旨意一下，事情就被定下來了，再無轉圜餘地，難道是朝臣們把皇上逼急了？

不過，眼下不是細究這些的時候，他們要盡快趕回府裡，估計府中現在正是最熱鬧的時候，回得晚了怕是來不及看好戲。

杭天曜握了握風荷的手，笑得有點賊。「娘子，快收拾一下，咱們回去給五弟賀喜。」

「好，咱們帶來的包袱都還來不及打開呢，用不了多少時間，一刻鐘就夠了。」她滿心裡都是想著王妃此刻的表情，恨不得立時飛回去呢，她明白自己有點壞了。

——未完・待續，請看文創風048《嫡女策》5

勾心之最高段，鬥角絕不服輸

宅鬥絕妙好手／西蘭

嫡女策

謀劃精巧・膽大機敏・

爾虞我詐之中猶有夫妻鶼鰈情深

宅鬥不簡單啊！

文創風 048 5

即便莊郡王府是刀山火海，
不到最後，她是不會放棄的，
更不會放棄他們之間的感情……

風荷自從嫁了大家認定扶不起的杭家四少這位紈袴子弟後，
於上，她要鬥王妃，鬥王爺，鬥各房叔叔嬸嬸；
於中，她要鬥夫君，鬥妯娌，鬥圍繞她夫君的鶯鶯燕燕；
於下，她要鬥姨娘，鬥丫鬟，鬥各路管事。
一入王府，她還真是沒幾天風平浪靜的日子可過。
就連中秋佳節杭家團圓家宴上，還衝著風荷上演著一齣大戲——
她這四少夫人，不僅得了太妃疼寵，連風流浪蕩的夫君也改了性子，
這王府世子的位置眼看就快落入杭家四少身上，
看不過眼的居然拿風荷的身世作文章，把髒水往她身上潑，
污了她的身世，就等於絆了杭家四少成為世子的可能，
前兒那些算計使絆，比起這回僅能算是小奸小惡小伎倆了，
杭四與風荷這對小夫妻才剛剛恩愛好上，
卻要面對上自太妃王爺、下至奴僕們的懷疑，
還要想方設法阻斷杭、董兩府家醜外揚、聲譽大壞……

文創風 052 6

或許她曾經不愛他，或許他不是她想要的，
但這一刻，她終於深切感受到了，
他是對她用了真心，情意比她的真……

「董風荷，我這輩子就要妳一個了，
不管妳願不願意，都死死纏著妳，看妳能逃到哪兒去。」
他不得不對自己承認，自己是真心實意地愛著風荷，
顧不及男人的臉面，他再也不掙扎了，
甚至開口向她要求承諾，承諾她這一輩子都不會離開自己。
現在她有了身孕，懷著他期待已久的孩子，
王府裡裡外外的，不知有多少人盯著她，打著她的主意。
不把她身邊的危險一一去除了，他在外面是一刻不得安心。
明槍易躲暗箭難防，一想到這，他就徹夜難眠。
他決定要一一剔除府裡能近她身的一切危險，
就連不該他男人插手的內院之事，他也攬上身，
雷厲風行地從他的妾室開始「下手」「整頓」……
莫怪他狠，他的心、他的情只能給一個女人！

文創風 047

嫡女策 4

國家圖書館出版品預行編目資料

嫡女策 / 西蘭著. --
初版. -- 臺北市 : 狗屋, 民101.10-
面 ; 公分. --（文創風）
ISBN 978-986-240-942-8（第4冊：平裝）. --

857.7　　101018267

著作者　西蘭
編輯　王佳薇
校對　黃薇霓　邱淑梅
發行所　狗屋出版社有限公司
地址　台北市104中山區龍江路71巷15號1樓
電話　02-2776-5889～0
發行字號　局版台業字845號
法律顧問　蕭雄淋律師
總經銷　知遠文化事業有限公司
電話　02-2664-8800
初版　101年11月
國際書碼　ISBN-13　978-986-240-942-8

原著書名：《嫡女策》，由瀟湘書院科技有限公司〈www.xxsy.net〉授權出版。

定價230元
狗屋劃撥帳號：19001626
網址：love.doghouse.com.tw　E-mail：love@doghouse.com.tw

版權所有・翻印必究　倘有倒裝、缺頁、污損請寄回調換